[illegible]

ŒUVRES
DE MONSIEUR
DE
CAMPISTRON,
DE L'ACADEMIE FRANCOISE.

NOUVELLE EDITION.

Corrigée & augmentée de plusieurs Pieces qui ne se trouvent pas dans la derniere faite à Paris en 1715.

TOME I.

A AMSTERDAM,
Chez ETIENNE VALA

M. DCCXXIII.

PIECES,

Contenuës dans le premier Tome.

VIRGINIE, Tragedie.

ARMINIUS, Tragedie.

ANDRONIC, Tragedie.

ALCIBIADE, Tragedie.

PHOCION, Tragedie.

AVERTISSEMENT
SUR CETTE
EDITION.

VOici une nouvelle Edition des Oeuvres de Monſieur DE CAMPISTRON, infiniment plus correcte qu'aucune des précedentes, tant de *Paris*, que de *Hollande*. Par la confrontation de ces Editions on a corrigé dans celle-ci bien des fautes, & remplacé bien des mots, même des lignes entieres. Celle-ci eſt, ſur tout recommandable par l'augmentation de pluſieurs Piéces qui n'avoient encore jamais été imprimées, & dont l'on est redevable à l'illustre Auteur lui-même. C'auroit été grand dommage que ces Pieces n'eussent pas vû le jour. Si Monsieur DE CAMPISTROM, s'est aquis de la réputation par ses Poëmes dramatiques, comme cela est constant, assurément les Piéces, qui paroissent aujourd'hui pour la premiere fois, ne lui feront pas moins d'honneur. Il est certain que les Gens de bon goût & les Amateurs de la Poësie seront charmez de trouver ici des Piéces si dignes d'être conservées.

Tout n'est pas Poësie dans cette Edition. La premiere Addition eſt d'une Comédie en Proſe : Mais, quoi qu'elle ſoit en Proſe & l'Ouvrage de quinze jours, elle fera honneur à ſon Auteur ; auſſi réüſſit-elle fort dans les premiéres repréſentations. La Proſe ne diminuë pas le mérite d'une Piéce de Théatre, & la rapidité de la compoſition fait voir la fécondité d'un génie. L'Auteur n'auroit pas ſouhaité, qu'elle eut paru dans ce Recueil de ſes Oeuvres, ſoit par modeſtie, ou parce qu'elle n'étoit pas en Vers, comme le reſte des Piéces : On lui demande mille pardons de s'être enhardi à l'imprimer. Comme l'on deſeſperoit de recevoir les Augmentations qu'il avoit eu la bonté de promettre pour ſupléer à L'AMANTE AMANT, on a été comme forcé d'imprimer cette Piéce. Lors que les deux derniéres Epîtres ſont arrivées ici, cette Comédie étoit actuellement ſous la preſſe; & il ne doit pas être ſurprenant, ſi après plus de ſix mois d'incertitude & d'attente, l'impatience a pris au Libraire.

PREFACE DE L'AUTEUR.

ON m'a pressé pendant long tems de consentir à une nouvelle Impression de mes Tragedies. Je m'en suis défendu jusqu'à present. Les occupations que j'ai, bien differentes de celles du Parnasse, m'ont presque ôté le goût de ces dernieres, & ne m'ont pas laissé, depuis six ans, un seul jour de relâche pour y penser. Cependant j'esperois toujours de trouver un tems favorable, & quelque intervale, dont je pourrois profiter, pour revoir mes sept Poëmes avec soin, y faire quelques corrections & quelques changemens; & même, pour en mettre deux autres que j'ai composez, & qui n'ont point paru sur le Theatre, en état d'être donnez au Public. Comme ce tems n'est point encore venu, je me suis lassé de l'attente, & j'ai cedé aux instances qu'on m'a faites. Si bien que j'ai permis, qu'on travaillât, même pendant mon absence, à l'Impression qu'on me demandoit. Elle en sera sans doute beaucoup moins correcte; mais il n'y avoit pas moyen de faire autrement, & d'acorder ce qu'on desiroit de moi.

J'avois d'abord resolu de faire une Préface dans les formes: mais outre, comme je l'ai déja dit, que je ne suis pas le maitre du tems qu'il y faudroit employer, j'ai jugé qu'elle seroit assez inutile. Qu'aurois-je fait, que la remplir de reflexions sur la Poëtique, que la plûpart des gens n'entendent pas, & qui ont été si souvent repetées, & de tant de façons, qu'elles ne peuvent qu'ennuier ceux qui les entendent? Je me contenterai donc de dire un mot en particulier de chacune des sept Tragedies, qui sont contenues dans ce Volume.

VIRGINIE.

J'Etois si jeune, lors que je composai cette Tragedie, que je me suis toujours étonné, comment j'avois eu la temerité de la commencer, & la force & le bonheur de la finir. Son succez, quoi que mediocre, ne me donna pas lieu de me rebuter du Theatre Le Sujet est tiré de l'Histoire Romaine. Tout en est vrai; & il n'y a point de Personnage Episodique. Personne n'ignore, que le crime d'Appius, & la mort de Virginie, furent cause que le Gouvernement fut changé dans Rome, & que la Puissance des Decemvirs y fut abolie. Tous ceux qui ont écrit l'Histoire de la Republique & de l'Empire Romain, raportent ce grand évenement, mais particulierement Tite-Live, vers la fin du troisiéme Livre de la premiere Décade.

ARMINIUS.

CE Sujet est aussi pris de l'Histoire Romaine. Le nom d'Arminius est celebre par mille endroits, mais, sur tout, par la défaite de Varus, & par le desespoir d'Auguste. L'ancienne Germanie n'a point eu de Prince ni de Capitaine, qui puisse être comparé à celui là; & Tacite nous en fait concevoir la plus haute idée, par le magnifique éloge qu'il fait de lui, à la fin du second Livre de ses Annales. Il n'y a dans cette Tragedie que l'amour de Varus pour Ismenie qui soit de mon invention; tous les autres Faits, & tous les Personnages sont Historiques Son succez fut grand, quoi qu'elle fût representée dans un tems peu favorable aux Spectacles. J'avoue que j'ai une furieuse prevention pour cet Ouvrage. Je ne dirai point tout ce que j'en pense: Mais j'ose avancer hardiment, qu'il y a peu de Pieces de Theatre où il y ait plus de sentimens & plus de grandeur, que dans celle-ci; principalement dans le second Acte, que je croi un des plus brillans qu'on ait jamais vû sur la Scene.

Il y a environ trois ans, qu'un Gentilhomme de Florence, Academicien de la Crusca, traduisit cette Tragedie en Italien, presque mot pour mot, & en fit un Opera, lequel fut representé pendant trois mois devant Monsieur le Grand Duc de Toscane, dans son Palais de Pratolin, avec un aplaudissement general.

ANDRONIC.

JE conçus la premiere idée de ce Sujet sur une Histoire Moderne * écrite par Mr l'Abbé de Saint Réal, & qui a été pendant plusieurs années entre les mains de tout le monde. Mais comme, par des raisons invincibles, je ne pouvois pas mettre sur la Scene les Personnages de Mr de Saint Réal, sous leurs veritables noms, je fus obligé de chercher ailleurs quelque évenement, qui ressemblât à celui qu'il avoit traité. Je trouvai heureusement ce que je cherchois dans l'Histoire de Constantinople. Les Caracteres de Calo-Jean, d'Andronic, & d'Irene sont les mêmes que Mr de Saint Réal a donnez à ceux, dont il a

* *Dom Carlos, Histoire Espagnole.*

parlé ; & les faits des deux Histoires sont entierement conformes dans toutes leurs circonstances. La seule difference qu'on y trouve, c'est que Calo-Jean ne fit pas mourir son Fils ; il se contenta de lui faire crever les yeux avec du vinaigre brulant, suplice ordinaire des Princes dans l'Empire d'Orient.

Au reste l'éloge que j'ai fait d'Alexis, Pere de Calo-Jean, n'est pas sans fondement. Ce fut un très-grand Empereur ; & la Princesse Irene sa Fille, la Sapho de son siecle, a composé un Poëme à sa louange qu'on a regardé comme un Chef-d'Oeuvre.

Le succez de cette Tragedie fut aussi heureux à la Cour & à la Ville, qu'aucun qu'il y ait jamais eu ; & il se passa même, pendant les premieres representations, des choses si avantageuses pour moi, qu'il ne me convient pas de les raporter.

ALCIBIADE.

LA réüssite d'Alcibiade fut encore, s'il est possible, plus grande que celle d'Andronic, & la quarantiéme representation fut aussi suivie que la premiere. Le Sujet est tiré des Vies de Plutarque. Il est aisé de voir ce que j'ai changé ou ajoûté à l'Histoire. On remarquera seulement, que le Personnage d'Artemise, lequel paroîtra peut-être épisodique, ne l'est pas. C'est Herodote qui me l'a fourni ; & l'on trouvera dans cet Auteur, que cette Princesse étoit toute puissante dans le Conseil du Roi de Perse.

Les Critiques, à leur ordinaire, se déchaînerent d'abord contre cet Ouvrage ; mais les plus severes demeurerent toûjours d'acord que je n'y avois pas mal peint le caractere, l'esprit & les mœurs de l'ancienne Grece, & que tout ce qui s'est passé de memorable entre Darius, Xerxès, Artaxerce & les Grecs, y étoit assez heureusement ramené.

PHOCION.

CE sujet est aussi pris des Vies de Plutarque. Je l'ai autant & plus travaillé qu'aucun de ceux que j'ai traitez. La versification est noble & châtiée. Les interêts sont de ceux qui doivent produire les mouvemens les plus pathetiques. Il y a plusieurs situations heureuses & theâtrales. Cependant le succez fut tres mediocre. Cette Tragedie ne parût sur la Scene, qu'onze fois de suite; & le Public la reçut avec tant d'indifference, qu'il ne lui fit pas même l'honneur d'en dire du mal. J'ai toûjours imputé son mauvais sort, à la pitoyable maniere, dont le Personnage le plus important fut representé. Chacun aime à se flater. Je puis avoir tort; mais peut-être ai-je raison. Le Lecteur en jugera.

ADRIEN.

VOici la premiere fois qu'on imprime cette Tragedie, dont le ſuccez fut aſſez biſarre. On la loua, on en dit du bien ; mais elle n'excita point cet empreſſement vif & general, qui fait ſeul l'heureuſe deſtinée des Piece de Theatre. J'attribuë le ſort de celle. ci à la même cauſe de celui de Phocion. J'ai pris le Sujet dans l'Hiſtoire de l'Egliſe, & j'y ai changé ou ajoûté peu de choſe. J'ignore le jugement qu'on fera de cet Ouvrage ; mais je ſai bien, que, pour les Vers, l'ordre & les mouvemens, il ne doit ceder à aucun de ceux qui ſont ſortis de ma plume, & que d'excellens Connoiſſeurs l'ont mis beaucoup au deſſus.

TIRIDATE.

CE fut en lisant le second Livre des Rois, que l'amour d'Amnon, Fils de David, pour sa Sœur Thamar, m'inspira le dessein de faire une Tragedie sur ce sujet. Je crus devoir prendre pour cela quelque nom emprunté, & je choisis celui de Tiridate. Ce n'est pas qu'on trouve dans aucun Historien, que ce Prince ait été amoureux de sa Sœur; mais plusieurs assurent, qu'il mourut d'une langueur, dont la cause ne fut jamais connuë. J'ai usé du privilege qu'Aristote me donne, & j'ai imputé cette langueur à l'amour. Tout ce que j'ai dit des Parthes, de leur origine, de leurs mœurs, de l'établissement de leur Empire, de leurs victoires contre les successeurs d'Alexandre, est vrai à la lettre, & Justin le raporte de la même maniere. De toutes mes Tragedies, c'est celle où il y a le plus d'art, & de délicatesse dans les sentimens. Le succez en fut prodigieux; & l'on n'en a point vu sur nôtre Theatre, ni de plus brillant, ni de plus constant.

PRE-

PREFACE,

Qui étoit dans une des precedentes Editions devant la Tragedie de TIRIDATE.

FActum est autem post hæc, ut Sororem speciosissimam, vocabulo Thamar, adamaret Amnon Filius David, & deperiret eam valdè; ita ut propter amorem ejus ægrotaret. lib. 2. Reg. cap. 13.

Il arriva ensuite, qu'Amnon Fils de David devint si éperdument amoureux de sa sœur Thamar, que l'excez de sa passion le rendit malade à l'extremité. Au second Livre des Rois, chap. 13.

Voilà precisément le Sujet de ma Tragedie. Le respect que nous devons aux Livres Sacrez m'a empêché de le traiter sous les noms qui me l'ont fourni. Je n'ai pas cru, qu'il me fut permis de changer les faits importans de cette Histoire; & il m'étoit également défendu de les exposer sur le Theatre tels qu'ils sont veritablement. Je me suis donc borné à prendre les caracteres, &

quelques-uns des mouvemens de David, d'Amnon & d'Absalon, & de les donner à Arsace, à Tiridate & à Artaban. J'ai été moins reservé pour la disposition de ma Fable; & je me suis hardiment servi de tous les incidens naturels ou pathetiques, que j'ai pû tirer de l'Ecriture.

J'avoue qu'aucun Historien ne fait mention de l'amour de Tiridate pour sa Sœur; mais plusieurs assurent, qu'il perdit la vie par une langueur, dont la cause fut toûjours inconnue. Cette circonstance m'a déterminé à lui donner le penchant funeste qui le rend criminel, & qui le fait mourir dans un tems, où il devoit vivre le plus heureux, & le plus puissant Roi de la Terre. Tout ce que je dis des Parthes, de leur origine, de l'établissement de leur Empire, de leurs victoires contre les successeurs d'Alexandre, de leurs mœurs, de leurs coûtumes, & de leurs Loix, est vrai à la lettre. Il n'y a qu'à lire Suidas & Justin, qui le raportent de la même maniere.

Je ne repondrai point aux critiques que l'on m'a faites. Je prie seulement ceux qui ont condamné mon cinquiéme Acte, de songer, qu'un Auteur est indispensablement obligé de rendre un compte exact de ce que deviennent ses principaux Personnages. Il ne faut pas douter, que cette necessité ne produise toûjours quelque Scene moins vive que les autres : Mais il est impossible de l'éviter, à moins que de faire un monstre en Tragedie, & de manquer à la Regle du Theatre la plus essentiellement prescrite, & la plus religieusement observée.

On a publié, que les Parthes ne se faisoient pas un scrupule d'épouser leur Sœur. Je ne sai sur quel fondement on a avancé ce fait. Pour moi, quelque soin que j'aie pris, je n'ai pû trouver d'exemple de ces Mariages que chez les Perses : encore fût ce plûtôt une condescendance des Mages pour Cambise, qu'une coûtume generalement reçûe, & suivie par toute la Nation. Je ne dis rien là-dessus que sur l'autorité d'Herodote. Bien des gens se sont revoltez contre l'amour de Tiridate, avant que d'avoir vû de quelle façon il est traité : Il y en a même, que les aplaudissemens, qu'il a reçus, n'ont pas gueris de leur prevention. Je suis bien aise de leur dire, que les sentimens les plus extraordinaires sont ceux, qui réussissent le plus sur la Scene, pourvu qu'ils soient justes & adoucis. Je suis si persuadé de cette verité, que s'il m'arrive d'écrire encore quelque Poëme dramatique, je m'estimerai fort heureux de trouver un Sujet comme celui-ci : & le succez, qu'il a eu, ne servira qu'à me faire prendre plus de precaution & de soin, afin de meriter du Public, pour mon premier Ouvrage, l'estime qu'il a temoigné pour ce dernier.

APPROBATION.

J'Ai lu, par ordre de Monseigneur le Chancelier, *Les Tragedies de Monsieur Campistron*; & j'ai cru que le Public en verroit la reimpression avec plaisir. Fait à Paris ce 14. Novembre 1706.

FONTENELLE.

VIRGINIE,

TRAGEDIE.

ACTEURS.

APPIUS, l'un des Decemvirs de la Ville de Rome.

ICILE, Chevalier Romain, acordé avec Virginie.

CLODIUS, Chevalier Romain.

PLAUTIE, Mere de Virginie, & Femme de Virginius.

VIRGINIE, Fille de Virginius, & de Plautie.

CAMILLE, Confidente de Virginie.

FULVIE, Confidente de Plautie.

SEVERE, affranchi d'Icile.

FABIAN, affranchi d'Appius.

PISON, Capitaine des Gardes d'Appius.

GARDES.

La Scene est à Rome, dans le Palais d'Appius.

VIRGINIE,

TRAGEDIE.

ACTE PREMIER.

SCENE PREMIERE.

APPIUS, CLODIUS, PISON.

CLODIUS.

De ma temerité Rome encore ſurpriſe
Demande les raiſons d'une telle entrepriſe :
Le Peuple compâtit à la juſte douleur
D'un Amant éperdu, d'une Mere en fureur :
Il eſt tems d'informer Rome, Icile & Plautie,
Des droits qui m'ont permis d'enlever Virginie :
Qu'ils aprennent, Seigneur, & ſans plus differer....

APPIUS.

Helas !

CLODIUS.

Qui peut encor vous faire ſoupirer ?

Quel injuste chagrin & vous trouble & vous gêne?
Que craignez-vous?

APPIUS.

Je crains l'aspect d'une inhumaine;
Je crains de nos projets le succez dangereux:
Que puis-je attendre enfin d'un Amour malheureux,
D'un Amour dans mon cœur formé sans esperance,
Et dont le desespoir acroit la violence?
Je me laissai surprendre aux yeux qui m'ont charmé,
Sachant depuis long-tems qu'Icile étoit aimé,
Quand le don de leur Foi, quand leur Amour si tendre
Défendoit à mes vœux de pouvoir rien pretendre.
Dieux! que n'entreprent point un cœur au desespoir?
Je ne me souvins plus des loix de mon devoir;
Et pour semer entre eux un éternel divorce,
Mon Amour employa l'artifice & la force.
Je t'apris mes malheurs: ton Amitié pour moi
Déja par cent efforts m'assuroit de ta foi;
Et contre Icile enfin ta haine inexorable
Te rendoit à mes vœux encor plus favorable.
Ainsi je t'engageai dans mes desseins secrets;
Ton zele aveuglément a pris mes interêts:
Cependant quand je voi l'entreprise avancée,
Mille perils divers s'offrent à ma pensée;
Mais je tremble sur tout qu'un odieux Rival
Au repos de mes jours ne soit encor fatal.

CLODIUS.

De mon zele pour vous assuré dès l'enfance,
Vous m'avez honoré de vôtre confiance,
Seigneur, & vôtre main par de nouveaux bienfaits
A semblé chaque jour prevenir mes souhaits:
Mais le plus grand de tous, Seigneur, je le confesse,

C'est d'avoir employé mes soins & mon adresse
Pour rompre le bonheur qu'Icile s'est promis ;
Je le hais plus lui seul que tous mes Ennemis.
Depuis que par sa brigue assurant ma disgrace,
Je l'ai vû dans nos Camps commander en ma place,
Et par l'injuste choix de Rome & du Senat,
Des honneurs qu'on me doit obtenir tout l'éclat ;
Que je serois heureux de le pouvoir détruire !
Je goûterois du moins le plaisir de lui nuire,
Puis qu'enfin vôtre amour me permet aujourd'hui
D'attacher à ses jours un éternel ennui.
Mais je n'aurois pas crû, quelque ardeur qui vous presse,
Que le cœur d'Appius fit voir tant de foiblesse.
Tout flatte vos desirs, tout succede à vos vœux,
Vous n'avez qu'à vouloir, Seigneur, pour être heureux :
Cependant un Rival que vôtre Amour acable,
Vous gêne, & vous paroît encore redoutable.
Il vous le faloit craindre en cet instant cruel,
Que conduisant déja Virginie à l'Autel,
Par les liens sacrez d'un heureux Hymenée
Il alloit à son sort joindre sa destinée ;
Lors que tout étoit prêt, la coupe, le couteau,
La victime, l'encens, le Prêtre, le flambeau ;
Quand Plautie elle-même à ses desirs propice,
Pour l'Hymen de sa Fille offroit un sacrifice :
C'étoit alors, Seigneur, qu'on eût pu pardonner
Le trouble, où vôtre cœur semble s'abandonner :
Mais j'ai mis à ces nœuds un invincible obstacle,
Et pour vous épargner ce funeste spectacle,
J'ai ravi la conquête à cet heureux Amant
Dans le Temple, à l'Autel, dans le même moment
Qu'il formoit ce lien à vôtre Amour contraire ;
Et malgré les soupirs & les pleurs d'une Mere,
Malgré tous les efforts d'un Amant furieux,

J'ai conduit, j'ai remis Virginie en ces lieux.
Vôtre repos enfin de vous seul va dépendre ;
Il ne vous reste plus, Seigneur, qu'à faire entendre
Une fausse équité qui soutiendra mes Droits,
Et qui mettra le crime à l'ombre de nos Loix.
Parlons, & publions enfin que Virginie
N'est point du noble sang dont on la croit sortie ;
Que chez moi d'un esclave elle a reçû le jour,
Qu'elle doit être aussi mon esclave à son tour ;
Et suivant le destin de ceux qui l'ont fait naître,
Heriter de leurs fers, & m'accepter pour maître.

APPIUS.

Differons un éclat mortel à son honneur.
Seule encor de son sort elle sait la rigueur.
Peut-être se voyant au bord du précipice,
Son peril à mes vœux la rendra plus propice.
N'exposons point sa honte aux yeux de l'Univers ;
Elle craint, il suffit, de tomber dans les fers,
Elle fremit des maux d'un sort si déplorable.

CLODIUS.

Profitez donc, Seigneur, de ce tems favorable ;
Et donnant un cours libre à vos secrets soupirs,
Courez à Virginie expliquer vos desirs.

APPIUS.

Je me suis tû long-tems, & veux me taire encore.
Loin de faire éclater ce feu qui me devore,
Je doi plus que jamais le cacher en ce jour ;
Tout m'y contraint, l'honneur, mon devoir, mon amour.
Quel tems pour declarer ma temeraire flame :
A quel trouble nouveau je livrerois son ame !
Je ne ferois, helas ! qu'irriter ses douleurs,
Mes discours grossiroient la source de ses pleurs.
C'est assez qu'attachée à l'Amant qu'elle adore,
Captive dans ces lieux, elle ait apris encore,
Qu'elle est prête à tomber dans la honte des fers ;

Ce seroit à la fois trop de malheurs divers.
Attendons, pour lui faire un aveu si terrible,
Que le tems ait rendu sa douleur moins sensible;
Epargnons ses soupirs, & cherchons un moment
Où je trouve son cœur moins plein de son Amant.
Mais cachons-lui sur tout que c'est moi qui l'opprime;
Et puis qu'enfin l'Amour me coûte un si grand crime,
Que j'en rougisse seul, ou que ma honte au moins
N'ait dans tous mes remords que tes yeux pour témoins.

CLODIUS.

Prenez garde, Seigneur, qu'une injuste contrainte
Ne renverse à la fin tout le fruit de ma feinte.
Vous nourrissez un feu prêt à vous consumer,
Vous languirez toûjours...

APPIUS.

Cesse de t'allarmer.
J'ai mes raisons; je veux qu'une action si noire,
Loin de ternir ma vie, en releve la gloire.
Déguisons ce forfait, couvrons en la noirceur,
Et faisons admirer ce qui seroit horreur.
Si la vertu souvent passe pour imposture,
Le crime imite aussi la vertu la plus pure;
Et mon coupable Amour sera mieux écouté
Sous un pretexte adroit de generosité.
Je vais donc annoncer moi-même à Virginie
Qu'à la tirer des fers la gloire me convie,
Et que rien desormais ne la peut secourir,
Que la main & la foi que je lui viens offrir;
Sous ces dehors flateurs je cacherai mon crime,
Par là je gagnerai son cœur ou son estime,
Et l'on imputera, par ce subtil détour
A la seule pitié des effets de l'amour.

CLODIUS.

Je me rens au dessein que l'Amour vous sugere,
De nôtre intelligence il couvre le mystere:
Mais il faudroit aussi, pour ne rien negliger,
Eloigner un Rival qui cherche à se vanger.

Prevenez les transports d'un Amant en furie,
Prêt à tout hazarder pour sauver Virginie.

APPIUS.

Eh, c'est où je l'attens. J'ai su déja prevoir
Les effets de sa rage & de son desespoir :
Mais à nôtre dessein sa colere est utile.
Aussi, loin de bannir ce redoutable Icile,
Bien loin de lui cacher l'Objet de son Amour,
Je pretens qu'il la voie, & même dés ce jour.
Oui, je veux qu'il jouïsse ici de sa presence,
Afin de le porter à plus de violence.
Cet Objet douloureux aigrira sa fureur,
Il voudra la vanger & finir son malheur ;
Ce Rival odieux, pour servir ce qu'il aime,
A mes transports jaloux viendra s'offrir lui-même ;
Et dès le moindre effort qu'il osera tenter,
Sans bruit dans ce Palais je le fais arrêter.

CLODIUS.

Ah je prevois...

SCENE II.

APPIUS, CLODIUS, FABIAN, PISON.

FABIAN.

Plautie, aux pleurs abandonnée,
Seigneur, à vous attendre est toûjours obstinée.
Elle veut vous parler ; & ses frequens soupirs.....

APPIUS *à Fabian.*

Qu'elle entre. Cependant, pour flater ses desirs,
Dans cet Apartement conduisez Virginie ;
Allez, & dites-lui qu'elle y verra Plautie.
(*à Clodius.*) Vous, d'une Mere en pleurs évitez les transports ;
Eloignez-vous.

CLODIUS.

Seigneur, c'est mon dessein. Je sors :
Ma presence sans doute aigriroit sa colere.

SCENE III.

APPIUS, PLAUTIE, FULVIE, PISON.

PLAUTIE.

AH! Seigneur, écoutez les douleurs d'une Mere :
Et puis qu'après deux jours d'un mortel desespoir,
Vous avez bien voulu consentir à me voir,
Pourrai-je me flatter...?

APPIUS.

Ne doutez point, Madame,
Que je ne sois frapé du trouble de vôtre ame.
J'ai craint avec raison de vous voir en ces lieux,
Et que vôtre douleur n'éclatât à mes yeux.
J'ai fait plus, j'ai tâché long-tems de me défendre
De causer tant de pleurs que je vous vois repandre ;
Mais mon cruel devoir, le plus fort dans mon cœur,
D'une pitié craintive est demeuré vainqueur ;
J'ai cedé, j'ai suivi la severe Justice ;
Enfin que vouliez-vous, Madame, que je fisse ?
Chargé par tout l'Etat du Pouvoir souverain....

PLAUTIE.

Osez-vous vous parer d'un pretexte si vain ?
Quoi ? vous ordonne-t-il, ce devoir temeraire,
D'enlever sans pitié Virginie à sa Mere ?
Dans le tems que son Pere à la guerre ocupé
Peut-être va mourir pour ceux qui l'ont trompé ?
Mais pourquoi dans ces lieux retenez-vous ma Fille ?

Pourquoi l'arrache-t-on du sein de ma Famille?
Pour quel crime commis vos barbares Soldats
Viennent-ils la ravir au Temple dans mes bras?
Pourquoi...?

APPIUS.

De son destin n'êtes-vous pas instruite?

PLAUTIE.

Helas! dans ce Palais tout le monde m'évite.
En vain depuis deux jours errante dans ces lieux,
Les pleurs que j'ai versez ont épuisé mes yeux;
En vain de tous côtez mes cris se font entendre,
De son destin encor je n'ai pû rien aprendre,
Et je trouve par tout, dans mes soins empressez.
Des Gardes interdits, des visages glacez,
Qui redoutent ma vûë, & prêts à se confondre
Se dérobent à moi, sans daigner me repondre.
Par vos ordres cruels....

APPIUS.

Cessez de m'acuser,
Et ne me forcez pas de vous desabuser.
Quand je vous aurai dit...

PLAUTIE.

Quoi, que pourrez-vous dire?
Expliquez-vous.

APPIUS.

Je sai qu'il faut vous en instruire;
Mais, Madame, je crains de redoubler vos pleurs.
Je vais vous annoncer le plus grand des malheurs.
Cette Fille, l'objet d'une amitié si tendre,
Que vous me demandez, que vous venez défendre,
Cette Fille qui fit vos plaisirs les plus doux,
Un autre vous l'enleve, elle n'est plus à vous.

PLAUTIE.

Dieux! qu'entens-je? comment?

APPIUS.

Ce n'est plus un mystere.
Je suis de Virginie ici depositaire;

Clodius sait enfin la noire trahison
Qui la fit autrefois sortir de sa maison,
Ou d'un Esclave infame elle a reçu la vie ;
Oui, Madame, voilà le sort de Virginie.
Cet Esclave mourant, par ses remords pressé,
N'a pû dissimuler tout ce qui s'est passé ;
Le Traître a declaré que dans vôtre Famille,
Par un échange adroit il fit entrer sa Fille,
Et plusieurs Citoyens apellez à sa mort,
Sont prêts de confirmer son funeste raport.
Cet étrange secret a droit de vous confondre.

PLAUTIE.

Je demeure stupide, & ne sais que repondre.
D'un autre Virginie auroit reçû le jour !
Non, non, elle est ma Fille, & j'en crois mon amour.
Mon cœur fremit, mon sang s'émeut de cette injure,
Je sens trop fortement s'expliquer la nature,
Et je cede à la voix de ces instincts secrets,
Qui parlant à nos cœurs ne les trompent jamais.
Sur Virginie enfin, quoi qu'on ose entreprrndre,
Contre tout l'Univers je saurai la défendre.
Ouvrez les yeux, Seigneur; un perfide aujourd'hui
Pour me percer le cœur implore vôtre apui ;
Et vous le soûtenez ! Quoi ? vôtre propre gloire,
De mes sacrez Ayeux l'immortelle memoire,
De mon illustre Epoux les éclatans exploits,
Son sang pour le Pays repandu tant de fois,
Les égards que l'on doit à la vertu trahie,
N'ont pas dans vôtre cœur défendu Virginie ?
Ah ! rendez moi, Seigneur, ce trésor precieux,
Ma Fille, seul present que j'ai reçu des Dieux,
Avec tant d'amitié dans mon sein élevée,
De cent perils divers par moi seule sauvée,
Pour qui j'ai pris enfin tant de penibles soins,
Seigneur, dont vos yeux même ont été les temoins.

APPIUS.

Madame, à vos desirs je voudrois satisfaire.
Inexorable Loi d'un devoir trop severe,
Qui nous fait bien souvent condamner à regret
Ceux pour qui nôtre cœur se declare en secret !
C'est à vous d'éviter le coup qui vous menace,
Combattez Clodius, confondez son audace,
Madame, & vous verrez les suplices tous prêts
Vous vanger d'un perfide, & punir ses forfaits.
Cependant Virginie en ce lieu se doit rendre,
On peut en liberté lui parler & l'entendre :
Vous la verrez, Madame, avant que de sortir ;
Moi-même en ce moment je l'ai faite avertir.
Elle entre ; je vous laisse.

SCENE IV.

PLAUTIE, VIRGINIE, FULVIE, CAMILLE.

VIRGINIE.

Ah ! quel comble de joie !
Madame, enfin le Ciel souffre que je vous voie.
Quel plaisir, de pouvoir, en ces heureux momens,
Oublier mes douleurs dans vos embrassemens !

PLAUTIE.

Ma Fille, ils seroient doux pour le cœur d'une Mere,
Mais, helas ! ils ne font qu'augmenter ma misere.
Une crainte mortelle en corrompt les douceurs.
Tremble, fremis, entens le plus grand des malheurs.
Le traître Clodius...

VIRGINIE.

J'ai tout apris, Madame.

Si l'horreur de ce coup a pû fraper mon ame,
Revenuë à l'instant de ce trouble soudain,
J'ai vû pour m'en parer le remede certain.
Ne craignez point pour moi l'horreur de l'esclavage,
Le sang a dans mon sein transmis vôtre courage :
Attentive aux leçons qu'ont tracé mes Aieux,
Leur exemple sans cesse est present à mes yeux.
De mes jours malheureux je finirai la course,
Sans qu'aucune foiblesse en ternisse la source ;
Le plus cruel trepas me semblera trop doux,
Mourant avec le nom que j'ai reçu de vous.

PLAUTIE.

Non, non, je previendrai ta funeste disgrace.
J'admire de ton cœur la genereuse audace.
Le dessein de mourir pour conserver ton rang,
Est digne de ma Fille, est digne de mon sang ;
Mais je n'en puis souffrir la cruelle pensée :
Rome dans ton destin est trop interessée ;
Virginius déja par mes soins averti,
Pour te venir défendre est sans doute parti.
Dès le même moment que tu me fus ravie,
Sans prevoir les horreurs qui menacent ta vie,
J'envoyai vers le Camp, & je ne doute pas,
Que ton Pere vers nous ne s'avance à grands pas.
Ici le furieux, menace, prie, exhorte,
Aux plus hardis projets sa tendresse l'emporte ;
Enfin pour te sauver il suffira de moi.
Que ne pourrai-je point en agissant pour toi ?
Nous attendons beaucoup de secours de leurs armes :
Mais n'espere pas moins de celui de mes larmes,
De cet affreux Palais j'ouvrirai les chemins,
Je servirai de Chef aux premiers des Romains,
Et mes brulans soupirs ver[illegible]ront dans leur ame
Cette bouillante ardeur qui m'anime, & m'enflame.
Adieu, je cours...

VIRGINIE.

Helas ! vous me quittez si-tôt,
Madame !

PLAUTIE.

J'en fremis; mais, ma Fille, il le faut.

VIRGINIE.

Est-ce trop peu des maux dont je suis déchirée ?
Serai-je d'avec vous encore separée ?
Après tant de soupirs, à peine je vous voi...

PLAUTIE.

Crois-tu qu'à te quitter je souffre moins que toi ?
Quand à partir d'ici je me crois toute prête,
Malgré tous mes efforts ma tendresse m'arrête.
Cet amour toutefois ardent à ton secours,
Demande des effets, & non pas des discours;
Je te quitte, ou plûtôt je vais tarir tes larmes,
Te rendre à ta Famille, & finir nos allarmes;
Le soin de te sauver m'arrache de ce lieu,
On m'attend, & j'y vole; adieu, ma Fille, adieu.

SCENE V.

VIRGINIE, CAMILLE.

VIRGINIE.

Camille, connois-tu l'excez de ma misere?
Quel triste sort!

CAMILLE.

Je crains bien moins que je n'espere.
Les premiers des Romains se declarent pour vous,
Contre vôtre Ennemi le Peuple est en courroux;
Vôtre Pere est aimé dans Rome & dans l'Armée;
Le jeune Icile enfin, dont vous êtes charmée,
Et qui doit par l'Hymen s'unir à vôtre sort,
Ne fera pas pour vous un inutile effort,
Sans doute en ce moment...

VIRGINIE.

Excuse ma foiblesse;

Crois-tu qu'en ma faveur Icile s'interesse ?
Crois-tu qu'il me conserve une fidele ardeur ?
Mes disgraces peut-être auront changé son cœur.
Ah ! si le mien privé seulement de sa vûë,
Ne resiste qu'à peine au chagrin qui me tuë,
Dieux ! contre ma douleur où trouver du secours,
Camille, s'il faloit le perdre pour toûjours ?
N'importe, en ce moment, quoi que le Ciel ordonne,
A ses ordres sacrez mon ame s'abandonne ;
Je respecte les traits qui partent de sa main,
Et je vais sans murmure attendre mon destin.

Fin du premier Acte.

ACTE II.

SCENE I.

ICILE, SEVERE.

SEVERE.

OUi, vous pouvez, Seigneur, aussi-bien que Plautie,
Entrer dans ce Palais, parler à Virginie.
Vous ne vous plaindrez plus de l'injuste pouvoir,
Qui vous a jusqu'ici défendu de la voir.
Dans cet Apartement, où l'on va la conduire,
De tous vos sentimens elle pourra s'instruire.
Mais pourquoi la revoir ? Mon esprit incertain
Ne comprend pas encor quel est vôtre dessein.
Je ne sai que juger de vôtre impatience.
Quel interêt vous porte à chercher sa presence,
Seigneur ? Est-ce un effet de la seule pitié,
Ou le simple devoir d'un reste d'amitié ?
Car je ne pense pas, dans sa misere extrême,
Averti de son sort par Plautie elle-même,
Quand le Ciel l'abandonne au plus cruel malheur,
Que vous sentiez pour elle une honteuse ardeur.
Non, je ne croirai point qu'un aussi grand courage
Puisse avilir ses vœux jusques dans l'esclavage;
Qu'Icile jusque-là pût jamais s'abaisser,

ICILE.

Severe, que dis-tu ? Ciel ! qu'oses tu penser ?
Crois-tu de Clodius la noire calomnie ?
Mais quand les Dieux auroient fait naître Virginie
Dans la honte des fers, & dans un rang plus bas,
Quel que fût son destin, je ne changerois pas.
Plus on veut l'abaisser, plus je sens que je l'aime :
Si ses malheurs sont grands, mon Amour est extrême.
Qu'ai-je fait jusqu'ici pour lui prouver ma Foi ?
Je lui rendois des soins ; qui n'eût fait comme moi ?
Tout ne flatoit-il pas mes vœux & ma tendresse ?
Gloire, biens, dignitez, pouvoir, credit, noblesse,
Sa main me donnoit tout. Qui n'eût pû presumer
Que mon Ambition me portoit à l'aimer ?
Mais du moins aujourd'hui mon Amour seul éclate ;
Et mon ambition n'ayant rien qui la flate,
Je ferai hautement triompher en ce jour,
La generosité, la constance, & l'amour.

SEVERE.

Dieux ! qu'est-ce que j'entens ? vôtre discours m'étonne.
A quel fatal projet l'Amour vous abandonne ?
Une Fille sans nom, & qu'on va condamner...

ICILE.

Parce qu'on la trahit, dois-je l'abandonner ?
Et ne lui faisant voir qu'une amitié commune,
Regler ma passion au gré de la fortune ?
S'il est des cœurs mal faits, & d'indignes Amans,
Qui suivent dans leurs vœux ces lâches sentimens ;
Pour moi, n'en doute point, quand j'aime Virginie,
C'est à d'autres objets que mon cœur sacrifie.
Les grandeurs que le sort peut ravir en un jour,

N'ont jamais attiré mes voeux ni mon amour.
La fermeté d'esprit, la grandeur de courage,
La pureté de cœur, voilà ce qui m'engage;
Ce qui dépend du sort est pour moi sans apas,
Et j'aime les vertus qui n'en dépendent pas.

SEVERE.

Vous suivez trop, Seigneur, une aveugle tendresse.

ICILE.

Ah! ne t'opose plus à l'ardeur qui me presse.
Cependant Virginie est long-tems à venir.
Quel obstacle nouveau pourroit la retenir?
Quand verrai-je cesser l'ennui qui me devore?
Neglige-t-elle, helas! un Amant qui l'adore?
Dieux! que puis-je penser de son retardement?
Que je souffre de maux en ce cruel moment!
Que je suis déchiré! Mais je la voi, Severe;
Elle vient.

SCENE II.

ICILE, VIRGINIE, SEVERE, CAMILLE.

ICILE.

Le destin ne m'est plus si contraire,
Madame; je vous voi, & je puis en ce jour
Faire encore à vos yeux éclater mon Amour.
Qui l'eût crû, que si près d'un heureux Hymenée,
Nôtre Amour à ces maux dût être condamnée?
Mais suspendez l'effort de toutes vos douleurs;
Que la joie un moment regne seule en nos cœurs.
Pour moi, je l'avoûrai, quand le Sort me menace,
Du bien que je reçois je lui dois rendre grace.
J'étois absent de vous, inquiet, desolé;
Je vous vois, je vous parle, & je suis consolé.
Le trouble, la douleur qui déchiroit mon ame,

Tout s'est évanoui devant vos yeux, Madame,
Ma presence fait-elle au moins dans vôtre cœur
L'effet que vôtre vûë. . . . ?

VIRGINIE.

Eh, le puis-je, Seigneur ?
Puis-je de mes desirs calmer la violence ?
Je les sens augmenter même en vôtre presence :
Ce qui devroit causer mes plaisirs les plus doux,
Porte à mon triste cœur les plus sensibles coups,
Jugez dans quels malheurs le Ciel me precipite.
Oui, je sens qu'à vous voir ma tristesse s'irrite.
Helas! j'en connois mieux la perte que je fais;
Car enfin je vous perds, & vous perds pour jamais.

ICILE.

Ah, Madame, éloignez cette injuste pensée;
Par ce cruel discours ma flame est offensée.
Pourquoi perdre un espoir à nôtre Amour si doux?
Qui peut nous separer ?

VIRGINIE.

Helas ! l'ignorez-vous !
C'est le funeste effort du destin qui me brave;
Et si je sors du sang d'un malheureux Esclave,
Je vois qu'à vôtre Hymen je ne dois plus penser,
Qu'à cet espoir si doux, il me faut renoncer.
Oui, Seigneur, nous cessons de vivre l'un pour l'autre,
Mais, Dieux ! que mon malheur est different du vôtre!
Vous ne perdrez en moi qu'un cœur infortuné,
Au comble des horreurs par le sort condamné;
Et pour vous consoler de cette foible perte,
Il est plus d'une voie à vôtre Amour offerte.
Je ne vous parle point d'un Hymen plus heureux;
Car je n'ose penser qu'un cœur si genereux,
Aprés les doux transports d'une ardeur mutuelle
Puisse brûler jamais d'une flâme nouvelle :
Mais l'honneur immortel qu'au milieu des combats

Vôtre rare valeur promet à vôtre bras,
Le genereux desir de servir la Patrie,
Pouront de vôtre esprit effacer Virginie :
Ou si ces nobles soins ne peuvent l'en bannir ;
Pour en combattre au moins le triste souvenir,
Vous pourrez oposer, après vôtre Victoire,
Aux chagrins de l'amour les plaisirs de la gloire.
Mais moi desesperée, en l'état où je suis,
Je sens de toutes parts augmenter mes ennuis ;
Je perds l'heureux espoir d'un illustre Hymenée,
Et je perds avec lui le rang où je suis née ;
Enfin, pour m'acabler dans ce funeste jour,
Je voi d'intelligence & la gloire & l'amour.

ICILE.

Ainsi vous renoncez à ce juste Hymenée ?
Que deviendra la Foi que vous m'avez donnée ?
Lié par mes sermens, & presque vôtre Epoux,
N'aurai-je. . . .

VIRGINIE.

Cette Foi n'est plus digne de vous.
Le Sort injurieux. . .

ICILE.

Eh bien, que peut-il faire ?
Son pouvoir ne peut rien contre un Amour sincere.

VIRGINIE.

Penserez vous à moi dans cet état honteux ?

ICILE.

Ah, croyez-moi, Madame, un peu plus genereux ;
Rendez plus de justice à mon ardente flâme.
Vôtre merite seul l'alluma dans mon ame ;
Et je jure à vos yeux, qu'il n'est rien que la mort
Qui puisse desormais separer nôtre sort ;
Que par tant de sermens engagez l'un à l'autre,
Les Dieux même. . .

VIRGINIE.

Ah, Seigneur ! quelle erreur est la vôtre !
Lors que vous me verrez dans un rang odieux. . .

ICILE.

J'aurai le même cœur, j'aurai les mêmes yeux ;

Vous conserverez tout ce que mon cœur adore;
Vous aurez vos vertus ; & vous aurez encore,
Pour m'attacher à vous par un lien plus fort,
Vos craintes, vos douleurs, les injures du sort,
Oui, pour serrer les nœuds d'une chaîne si belle,
Vos disgraces auront une force nouvelle.
Ah ! si c'est un devoir pour un cœur genereux,
De plaindre, de servir, d'aider les malheureux ;
Pour un cœur enflâmé quelle douceur extrême,
De soulager en vous le digne Objet qu'il aime,
De finir vos malheurs, & de pouvoir enfin
Vanger vôtre vertu des affronts du destin!

VIRGINIE.

Ah Seigneur ! cet aveu rend mon ame charmée.
Quel plaisir de me voir si tendrement aimée !
Mais quand l'Amour pour moi vous porte à vous trahir,
A vos vœux indiscrets, Seigneur, dois-je obeir ?
Non, non, remplissons mieux nos devoirs l'un & l'autre ;
Ma generosité doit seconder la vôtre ;
Et refusant un bien que j'ai tant souhaité,
Faire connoître au moins que je l'ai merité.

ICILE.

Que ce noble discours pleinement justifie
Le veritable sang dont vous êtes sortie !
Un cœur dans l'esclavage, & d'un vil sang formé
D'un courage si grand n'est jamais animé ;
Et quelque fier qu'il soit, toûjours quelque foiblesse,
Découvre tôt ou tard sa premiere bassesse.
Mais finissez, Madame, un discours si cruel,
Et qui rend envers moi vôtre cœur criminel.
Dieux ! est-ce là m'aimer, que m'ôter l'esperance ?

VIRGINIE.

Eh, qu'a-t-il ce discours, Seigneur, qui vous offense ?
Croyez que ce refus marque mieux mon amour,
Que tout ce que j'ai fait jusqu'à ce triste jour.

Ce n'eſt pas qu'en effet, de mon deſſein troublée,
Par ce coup genereux je ne ſois accablée;
J'en fremis par avance, & jugez par mes pleurs.

ICILE.

Madame, par pitié cachez-moi vos douleurs.
C'eſt trop de mes ennuis, & de vôtre triſteſſe;
Mais je la finirai, croyez-en ma promeſſe.
Je perdrai vos Tyrans, & quel que ſoit leur Rang,
Ces pleurs que vous verſez leur coûteront du ſang.

VIRGINIE.

Ah, Seigneur! arrêtez; où courez-vous?

ICILE.

Madame,
Ne vous opoſez point à l'ardeur qui m'enflâme,
Il faut que l'inſolent qui vous oſe inſulter,
Aprenne deſormais à vous mieux reſpecter.

VIRGINIE.

Mais comment?

ICILE.

C'eſt à moi de vanger vôtre injure,
C'eſt à moi de convaincre & punir l'impoſture,
J'y cours, adieu, Madame.

SCENE III.

VIRGINIE, CAMILLE.

CAMILLE.

Il court vous ſecourir.
Les Dieux ſe ſont laſſez de vous voir tant ſouffrir;
Madame, eſperez tout du courage d'Icile.

VIRGINIE.

Ah! que me fais-tu voir, & qu'ai-je fait, Camille?

Dieux! devois-je d'Icile accepter le secours?
Pour mes seuls interêts j'ai hazardé ses jours.
Que n'entreprendra point sa tendresse offensée!
De cent perils mortels sa vie est menacée.
Hélas! que ce seroit un secours odieux,
S'il brisoit ma prison en mourant à mes yeux.
Prevenons-le, essayons de finir ma disgrace;
Nous-mêmes détournons le coup qui nous menace.
Hâtons-nous, empêchons mon Amant de perir;
Courons voir Appius, il peut nous secourir;
Que ses yeux soient temoins de mes vives allarmes;
Peut-être sera-t-il attendri par mes larmes;
Ne nous contraignons plus; le voici.

SCENE IV.

APPIUS, VIRGINIE, CAMILLE.

VIRGINIE.

Quoi, Seigneur,
Ne calmerez-vous pas le trouble de mon cœur?
Rendez-vous aux soupirs que je vous fais entendre;
Perdrai-je tant de pleurs que vous voyez repandre?
Et n'obtiendrai-je point un utile secours,
Qui des fers que je crains sauve mes tristes jours?

APPIUS.

Hélas! n'en doutez point; vôtre disgrace extrême
Plus que vous ne pensez me déchire moi-même;
Et pour porter mon ame à finir vos malheurs,
Vous n'avez pas besoin du secours de vos pleurs.

Vôtre seule jeunesse, & les soins d'une Mere
A qui mille raisons vous ont rendu si chere;
D'un Pere si fameux les illustres exploits,
Lors qu'ils parlent pour vous ont de puissantes voix.
Souvent par ces égards mon ame s'est émuë;
De vous rendre à leurs cris elle étoit resoluë,
Si l'austere devoir d'un Emploi glorieux,
Cette droite équité prescrite par les Dieux,
Si la peur des remords qui suivent l'injustice,
M'eût permis de vous faire un si grand sacrifice,
Et n'eût, malgré l'effort d'une tendre pitié,
Fait durer des malheurs dont je sens la moitié.
Mais enfin, plus je tâche à percer le mystere,
Plus je trouve à vos vœux la justice contraire:
Temoins, indices, droit, tout parle contre vous.

VIRGINIE.

Eh! vous me porterez de si funestes coups?
Helas! Seigneur....

APPIUS.

Mon ame est toûjours incertaine;
La pitié me retient quand le devoir m'entraine;
Sur tout, tant de vertus, tant de charmes divers
Ne me semblent point faits pour languir dans les fers.
Ainsi je vous soutiens au bord du precipice.
Je crains de tous côtez de faire une injustice:
Auquel des deux partis que je donne ma voix,
J'offense vos vertus, ou j'offense les loix.

VIRGINIE.

Helas! pour me sauver, n'est-il aucune voie?

APPIUS.

Madame, ouvrez-la moi, j'y souscris avec joie.
Parlez; si je le puis, sans blesser mon devoir,
Je ferai pour vous plaire agir tout mon pouvoir;
Inventez un moyen; ma puissance suprême,
Va tenter.....

VIR-

VIRGINIE.

... engagement-le vous même;
... faites un noble effort.
... vos mains tout le soin de mon sort:
... vous, rassurez mon ame impatiente.

APPIUS.

... l'accepterez-vous, si je vous le presente?
Si vous voulez sortir de cet affreux danger,
Je ne voi qu'un chemin pour vous en dégager:
Mais vôtre cœur peut-être à mes loix infidelle,
Osera m'oposer une fierté rebelle;
Cependant je vous jure, & j'atteste les Dieux,
Que mon dessein, Madame, est juste & glorieux;
Et que si vos refus le rendent inutile....

VIRGINIE.

Pour éviter les fers tout me sera facile.
Pourquoi balancez-vous à me le proposer?
En ce funeste état puis-je rien refuser?
Ne me le cachez plus, si la pitié vous touche,
Que puis-je....

APPIUS.

Il ne faut qu'un mot de vôtre bouche,
Oui, dès ce même jour vous briserez vos fers,
Vous-même finirez tous vos malheurs divers,
... porterez si haut l'éclat de vôtre vie,
Qu'aux premieres de Rome il pourra faire envie;
Si vous voulez....

VIRGINIE.

Et quoi?

APPIUS.

Me prendre pour époux,
... par des nœuds sacrez m'attacher tout à vous.
Venez, allons au Temple, & que mon Hymenée
... le malheur de vôtre destinée;
... Clodius contraint de respecter mon choix,
... plus exposer ses temeraires droits;
... en partageant ma puissance suprême,

Vous acquerir des droits sur Clodius lui-même,
Et prendre sur ses jours, à couvert de ses coups,
La même autorité qu'il veut avoir sur vous.

VIRGINIE.

Qu'entens-je ? juste Ciel ! & le pourrai-je croire?
Que de soupçons, Seigneur, mortels à vôtre gloire !
Je vois enfin, je vois la cause de mes pleurs,
Et je connois la main d'où partent mes malheurs.
Clodius n'a point seul commencé ma disgrace ;
C'est un bras plus puissant qui soutient son audace.
Seigneur, vous m'entendez.

APPIUS.

Ah ! que soupçonnez-vous ?
Au moment que ma main vous dérobe à ses coups,
Que pensez-vous de moi ?

VIRGINIE.

Ce qu'il faloit vous-même,
Me déguiser toûjours avec un soin extrême.
Mais c'est pousser trop loin ce funeste entretien.
Faites vôtre devoir, & je ferai le mien.

SCENE V.

CLODIUS, APPIUS.

CLODIUS.

QU'avez-vous fait, Seigneur, & que faut-il attendre ?

APPIUS.

Ah ! l'ingrate à mes vœux refuse de se rendre.

CLODIUS.

Quoi ? Seigneur, vôtre rang, vos soins, vôtre grandeur,

L'offre de vôtre main ne peut toucher son cœur ?

APPIUS.

Si la seule grandeur satisfaisoit une ame,
Helas ! serois-je en proïe à ma cruelle flâme ?
Inutile puissance ! importune grandeur,
Qui ne peut m'assurer d'un solide bonheur !
Malgré tout mon pouvoir, mon ame est à la gêne ;
J'aime, j'offre ma main, je trouve une inhumaine ;
Je me voi dédaigner, & mon amour confus,
Remporte seulement la honte d'un refus.

CLODIUS.

D'un discours imprevû Virginie allarmée,
A suivi le penchant de son ame enflamée ;
Mais ne vous troublez point de ce premier transport ;
D'un amour irrité c'est le dernier effort.
Laissez passer, Seigneur, sa premiere surprise,
Laissez-lui peser tout d'un ame un peu remise.
Lors que d'un œil tranquille, & moins preoccupé,
Son cœur verra le coup dont il seroit frapé ;
D'un côté vôtre Hymen, vôtre gloire en partage,
De l'autre, les horreurs qui suivent l'esclavage,
Son orgueil confondu par des emplois si bas ;
Eh ! doutez-vous, Seigneur, qu'elle ne change pas ?
Quand même à vôtre Hymen il faudroit la contraindre,
De vôtre cruauté pourroit-elle se plaindre ?
Vous ne la contraindrez, que pour la mieux servir ;
A ses propres desirs il vous la faut ravir ;
Et l'arrachant par force à cette erreur qu'elle aime,
Etablir son bonheur en dépit d'elle-même.

APPIUS.

Je te dois tout ; suivons ce conseil important ;
Il détermine un cœur irresolu, flotant.

Ne nous contraignons plus par ce vain artifice.
Tôt ou tard on ſaura quelle eſt mon injuſtice,
Ne ménageons plus rien, ſatisfaiſons nos vœux,
Et ne nous chargeons pas d'un crime infruc-
tueux.
De mon amour dépend le bonheur de ma vie.
Il n'importe à quel prix j'obtienne Virginie.
Allons encor un coup lui preſenter ma main ;
Allons mettre à ſes pieds le pouvoir ſouverain ;
Et ſi ſa flame encor la ſéduit ou l'abuſe,
Forçons-là d'accepter l'honneur qu'elle refuſe.

Fin du ſecond Acte.

ACTE III.

SCENE I.

PLAUTIE, FULVIE.

FULVIE.

Madame, où courez-vous ? Vous verrai-je toûjours
D'une douleur mortelle entretenir le cours ?
Sourde à tous nos conseils, desesperée, errante,
Loin d'acourcir vos maux, chaque instant les augmente :
Un chagrin devorant précipite vos pas ;
Vous courez en cent lieux, où vous n'arrêtez pas :
Tantôt parmi le peuple, & tantôt solitaire,
Tout ce que vous voyez, ne fait que vous déplaire.
Aux discours des Romains, touchez de vos malheurs,
Vous avez seulement repondu par des pleurs ;
Leurs soins officieux.....

PLAUTIE.

Eh ! que puis-je repondre ?
Leurs discours & leurs soins ne font que me confondre :
Pour flater ma disgrace, ils me viennent parler,
Et leur zele ne sert qu'à la renouveller.
Leur pitié m'assassine, & me devient funeste ;
Je ne voi point d'objet que mon cœur ne deteste.

En public, en secret, une égale douleur
Acable ma raison, & déchire mon cœur.
Si je vais me cacher au sein de ma famille,
Tout m'y semble odieux, je n'y vois plus ma fille :
Sans elle mon Palais m'est un desert affreux :
Et quand pour adoucir un sort si rigoureux,
Pleine de desespoir, je cours, je vole au Temple ;
Helas ! par un destin qui n'eut jamais d'exemple,
Cet azile sacré contre tous nos malheurs,
Qui toûjours des humains soulage les douleurs,
La presence des Dieux irrite ma disgrace,
Puis que mes tristes yeux y remarquent la place,
Où ces Dieux ont permis que des monstres cruels
Enlevassent ma fille au pied de leurs Autels.
Comment calmer les maux où mon malheur m'expose ?
Tout retrace à mes yeux la perte qui les cause ;
Quoi que je fasse enfin pour calmer mes ennuis,
Je rencontre par tout les horreurs que je fuis.

FULVIE.

Mais, Madame, souffrez...

PLAUTIE.

J'ai tout perdu, Fulvie,
Et ne puis que trainer une importune vie.
Tandis que Virginie a lieu d'aprehender,
Au severe Appius je cours la demander,
Non que j'ose esperer qu'il daigne me la rendre,
Je ne veux seulement que l'obliger d'attendre,
Que mon époux, du Camp soit ici de retour ;
Helas ! ce seul espoir rassure mon amour.
Si je puis le revoir, mes douleurs & mes craintes,
Ne me donneront plus que de foibles atteintes.
Courons donc essayer... Mais que vois-je grands Dieux !
Quel objet imprevû se presente à mes yeux ?
C'est Appius, que suit mon ennemi perfide.
Ah ! je ne sais que trop le dessein qui le guide.
Il lui parle en secret... J'en fremis...

SCENE II.

APPIUS, PLAUTIE, CLODIUS, FULVIE, FABIAN, PISON.

PLAUTIE.

Ah! Seigneur,
Ecoutez-vous encor la voix d'un imposteur?
Que dit il? ose-t-il, comblant sa perfidie,
Vous presser d'oprimer la triste Virginie?
Ne previendrez-vous pas son funeste dessein?
Préterez-vous le bras pour me percer le sein?
Me refuserez-vous le secours que j'implore?
Seigneur, entre nous deux balancez-vous encore?
Faudra-t-il qu'à mes pleurs on puisse reprocher,
Qu'ils n'ont pas eu la force, helas! de vous toucher?
Dans le tems qu'à vos yeux je suis presque mourante,
Mon extrême douleur sera-t-elle impuissante?
D'un barbare projet vous connoissez l'Auteur;
Et mes tristes soupirs, mes transports, ma fureur,
Mon desespoir mortel, mon ardente priere,
Tout vous prouve, Seigneur, l'amitié d'une Mere.
Faut-il d'autres raisons, pour vous persuader?
Il en est mille encore à qui tout doit ceder:
Considerez, Seigneur.... Mais mon ame troublée,
Succombe à tant de maux, dont elle est accablée,
Ma parole se perd... je cede à mes douleurs...
Helas! Je ne vous puis parler que par mes pleurs.

CLODIUS.

J'ose encor me flater, malgré tant d'artifice,
Que vous suivrez, Seigneur, la severe Justice.
Je ne vous dis plus rien pour soutenir mes droits,
Vingt témoins differens ont d'assez fortes voix.
Donnez-moi Virginie, & forcez au silence
Une femme en fureur dont la plainte m'offense,
Et qui s'autorisant de l'amour maternel,
Cache sous ce pretexte un dessein criminel,
Ne differez donc plus... venez...

PLAUTIE *à Clodius.*

Tai-toi, parjure :
N'ajoute point encor l'outrage à l'imposture.
(*à Appius.*) Seigneur, si mes soupirs peuvent vous émouvoir,
Éloignez Clodius que je ne saurois voir.
Plus que tous mes malheurs, sa funeste presence,
De mes profonds ennuis aigrit la violence.
Vous me verrez sans doute expirer en ces lieux,
Si plus long-tems ce traître est present à mes yeux.

APPIUS.

Oüi, Madame, je vais soulager vôtre peine.
(*à Clodius.*) Sortez. Retirez-vous dans la chambre prochaine.
Je saurai prononcer lors qu'il en sera tems.

CLODIUS.

Vous differez encor, Seigneur ; je vous entens :
Vous n'osez de Plautie augmenter la misere ;
Mais un Chef des Romains doit être plus severe :
Juste à recompenser, intrepide à punir,
Il doit voir le passé sans craindre l'avenir,
Sans qu'aucun interêt le retienne ou l'anime ;
Et la pitié d'un Juge est souvent un grand crime.
Puis que la vôtre ici combat vôtre devoir,
Seigneur, je vais d'un autre implorer le pouvoir ;
Vôtre retardement me servira d'excuse,
Si je demande ailleurs le bien qu'on me refuse.

[illegible] III.

[illegible] PLAUTIE, FULVIE,

[illegible]DIAN, PISON.

APPIUS.

[illegible] le voyez, Madame ; il va chercher
[illegible] ailleurs
[illegible] arrêt qui comble vos malheurs.
[illegible] prononcer cet arrêt si funeste ;
[illegible] déplaisirs cette douceur me reste,
[illegible] autre main au moins vous portera les
[illegible]
[illegible] mon cœur allarmé fremit déja pour vous.

PLAUTIE.

[illegible] votre pitié sera-t-elle inutile ?
[illegible] elle à mon Sang assurer un azile ?
[illegible] elle, Seigneur, détourner loin de moi,
[illegible] dont vôtre cœur a déja quelque effroi ?
[illegible] justes desirs me seriez-vous contraire ?
[illegible] vous plûtôt l'Ennemi que la Mere ?
[illegible] ande ma Fille, & sur quoi ? par quels
[illegible] droits ?
[illegible] en a parlé ; mais il n'a point de voix.
[illegible] que le sort dans les fers a fait naître,
[illegible] d'autre volonté que celle de son maître :
[illegible] que vivant, comblé d'un loug ennui,
[illegible] ni parler, ni vivre que pour lui.
[illegible] sans écouter ce suspect témoignage,
[illegible] l'amour d'un époux rendez-moi le saint gage.
[illegible] prononcer au moins attendez son retour ;
[illegible] le verrez sans doute avant la fin du jour.
[illegible] qui soutiendra les droits de sa Famille ;
C'est à lui de défendre & de sauver sa Fille.
[illegible] era-t-on des nœuds que le sang a formez,

Ces saints nœuds par l'amour, par le tems confirmez ?
En condamnant la Fille on condamne le Pere;
Et peut-on lui ravir ce sacré caractere,
Que la forte nature a pris soin de graver,
Et dont même les Dieux ne sauroient le priver ?

APPIUS.

Moderez les terreurs de vôtre ame craintive.
Puis que vous le voulez, j'attendrai qu'il arrive,
Madame; mais enfin que fera vôtre Epoux,
Que déja ma pitié n'ait pas tenté pour vous ?
Pour tâcher de vous rendre une Fille si chere,
Je n'ai pas attendu les larmes de sa Mere.
J'avois formé tantôt un genereux dessein,
Et que les Dieux sans doute avoient mis dans mon sein.
J'allois avec éclat reparer sa misere;
Mais elle a refusé ce conseil salutaire,
Et preferé les fers qui menacent ses jours,
A la necessité d'accepter mon secours.

PLAUTIE.

Que dites-vous, Seigneur ? L'ingrate Virginie,
Refuse le secours qui la rend à Plautie ?
Et sans égard pour vous, sans tendresse pour moi,
Elle aime mieux subir une si dure loi ?
Elle se livre entiere au destin qui la joue ?
Seigneur, s'il est ainsi, mon cœur la desavoue.
Mais ne puis-je savoir ce dessein glorieux,
En faveur de ma Fille inspiré par les Dieux ?

APPIUS.

Je la voi qui paroit; elle peut vous l'aprendre.
Mais songez que des fers rien ne la peut défendre,
Si toujours obstinée en son premier dessein,
Elle fuit les bienfaits qui partent de ma main.

SCENE IV.

PLAUTIE, VIRGINIE, FULVIE.

PLAUTIE.

QUi pourra m'expliquer ce trouble & ce silence ?
Du discours d'Apius que faut-il que je pense,
Ma Fille? devois-tu refuser le secours,
Qui te rend à Plautie, & rassure tes jours ?

VIRGINIE.

Ah ! quand vous le saurez, ce secours si funeste,
Vous le detesterez comme je le deteste.
Dieux ! à quel prix cruel, à quelle extremité,
Le perfide Appius a mis ma liberté !
Dure, dure toûjours le malheur qui me presse,
Si je n'en puis sortir que par cette bassesse.

PLAUTIE.

Comment ? que pretend-il ? quel injuste dessein?

VIRGINIE.

Me forcer malgré moi de lui donner la main.
Il n'a pû me cacher sa tyrannique flâme ?
Ses yeux & ses discours m'ont découvert son ame.
Que vous dirai-je enfin ? vos craintes, mon malheur.
Sont les tristes effets de sa coupable ardeur.

PLAUTIE.

O coup ! ô trahison à jamais inouïe !
Peut-on jusqu'à ce point pousser la perfidie ?
O Ciel ! as-tu permis que le cœur d'un Romain,
Ait osé concevoir cet horrible dessein ?

VIRGINIE.

Helas ! dans quel état le Tyran m'a laissée !
Le plus sensible effort de ma douleur passée,
Tout ce que j'aï souffert, ne sauroit égaler
Les maux dont son Amour commence à m'acabler.
Mais, grands Dieux ! quel sera le desespoir d'Icile,
Quand de la trahison averti par Camille,
Il saura qu'Appius ne s'arme contre moi,
Qu'afin de me contraindre à violer ma foi ?
Ah ! pour tirer raison d'un si cruel outrage,
Que n'entreprendront point sa haine & son courage ?
Dans quels nouveaux perils se va-t-il engager ?
Sans doute en ce moment tout prêt à se vanger,
Il va. . .

SCENE V.

ICILE, PLAUTIE, VIRGINIE, FULVIE, CAMILLE, SEVERE.

ICILE.

Consolez-vous, & retenez vos larmes.
Madame, je sais tout, & conçois vos allarmes ;
Mais les gemissemens sont ici superflus ;
Appius perira, vous ne le craindrez plus.
Nos genereux Amis partagent nôtre offense,
Et brûlent d'en tirer une prompte vangeance.
D'abord que le Tyran sortira du Palais,
Tout son sang repandu lavera ses forfaits ;
Et dans le desespoir, Madame, qui me guide,
Moi seul je percerai le cœur de ce perfide.
Attendez cet effort de ma juste fureur.

[illegible] I L E.

[illegible] tout cœur je sens naître en mon [illegible]

[illegible]

[illegible] la main qui nous outrage.

[illegible] quel dessein vôtre amour vous [illegible]

[illegible] vous flatez en vain de pouvoir l'acabler.

VIRGINIE.

[illegible] Seigneur, cessez de nous faire trem-
[illegible]bler;

[illegible] projet vous seriez la victime;

[illegible] vous perdriez le Tyran qui m'opri-
[illegible]

[illegible], croyez que son trépas,

[illegible] affreux ne me sauveroit pas.

[illegible] resteroient, qui, pour vanger sa
[illegible] perte,

[illegible]endroient pour nous punir l'ocasion offerte.

[illegible] armez contre vos jours,

[illegible] à l'envi de funestes secours;

[illegible] enfin à mon ame étonnée,

[illegible] mort, & les fers où je suis destinée.

[illegible] I C I L E.

[illegible] vous allarmez point, craignez moins leur
pouvoir,

Madame, j'ai prévû tout ce qu'il faut prévoir.

[illegible] un de nos Tyrans, sans accabler les
autres,

[illegible] redoubler vos perils & les nôtres;

Pour terminer l'horreur de vôtre triste sort,

De tous les Decemvirs j'ai resolu la mort;

[illegible] sans borner mes coups à la perte d'un homme,

[illegible] veux avec vos fers rompre encor ceux de Rome:

[illegible] vanger l'une & l'autre, & remplir en ce
jour,

[illegible] devoirs de ma gloire, & ceux de mon amour.

Je remarque à vos yeux, quelle extrême surprise

[illegible] dans vos esprits une telle entreprise.

[illegible]

Est de [illegible]

Qu[illegible]

[illegible]

Seulement les malheur[illegible]

[illegible]

Me [illegible]

Quand je tremble [illegible]

[illegible]

Et je [illegible]

Nos [illegible]

[illegible]

Rend[illegible]

Hors [illegible]

Doivent [illegible]

Je dois, accompagné [illegible]

De sa Palais [illegible]

Dont [illegible]

Nous préviendrons l'horreur de [illegible]
feins.

Les Chefs & les Soldats [illegible]

Que d'ouir de nos [illegible]

Et dès le même instant, de nos [illegible]

Impatiens, heureux, & hardis [illegible]

Vous les verrez, poussez d'une [illegible]
aime,

Se disputer l'honneur d'abattre [illegible]

Et sur huit ennemis confondans leurs [illegible]

A chacun des Tyrans assurez mille [illegible]

Le peuple fatigué d'un pouvoir tyrannique [illegible]

Est tout prêt de finir la misere publique [illegible]

Déja, pour l'animer, j'ai sû peindre à ses [illegible]

Les funestes horreurs qui desolent ces lieux [illegible]

Les sacrez Tribunaux ouverts à l'avarice [illegible]

Le commerce honteux qu'on fait de la Justice [illegible]

Le Senat dépeuplé des plus vieux Senateurs [illegible]

Leur puissance donnée à d'indignes flateurs [illegible]

Le crime triomphant, l'innocence tremblante [illegible]

Du ſang de ſes Heros Rome toûjours fumante,
Les tragiques éfets du fer & du poiſon,
La violence jointe avec la trahiſon,
La pudeur expoſée à de coupables flames,
Les Veſtales en proye à des monſtres infames,
Tous nos Temples détruits, deſerts, ou prophanez,
Les Augures confus, les Prêtres conſternez ;
Enfin des maux plus grands, un joug moins ſupportable,
Que ne fût de Tarquin le Regne abominable.
Le Ciel me favoriſe, & je puis en ce jour,
Servir la Republique en ſervant mon Amour.
Si je reviens vainqueur, ma gloire eſt infinie,
J'affranchis ma Patrie, & j'aquiers Virginie ;
Et, s'il faut ſuccomber dans un ſi noble effort,
Où pourrois-je trouver une ſi belle mort ?

VIRGINIE.

Je n'oſe condamner l'ardeur qui vous entraine ;
Je vous aime, & je crains : mais j'ai l'ame Romaine.
L'interêt du païs doit ici prévaloir :
Tout cede dans mon cœur à ce premier devoir.
Je ne vous aurois pas hazardé pour moi-même,
Mais je conſens pour lui d'expoſer ce que j'aime.
Le genereux amour qui regne dans mon cœur,
Ne veut point d'un Amant enchainer la valeur ;
Je brûle, comme vous, de voir Rome ſauvée,
De voir vôtre vertu juſqu'aux Cieux élevée.
Joignez tous les devoirs de Heros & d'Amant,
Ils ſe peuvent entr'eux ſecourir puiſſamment ;
Leur union vous offre une double victoire,
Du côté de l'Amour, du côté de la Gloire ;
De toutes parts enfin vous ſerez couronné,
Comme illuſtre Guerrier, comme Amant fortuné.
Les Romains admirant cette grande victoire,
Dreſſeront des Autels, Seigneur, à vôtre gloire ;
Et moi, n'en doutez point, à vôtre heureux retour
Je prens ſur moi le ſoin de couronner l'Amour.

Ah! [illegible]

[illegible]

[illegible] laisse [illegible]
Peut-être que je sois [illegible]
La plus juste part [illegible]
N'importe, allez, Seigneur, [illegible]
Marque de votre mort cette triste [illegible]
Je jure que mon sang par [illegible]
Dans le vôtre aussi-tôt se verra confondu [illegible]
Que mon bras. . .

[illegible]

Eloignez cette funeste image.
J'accepte seulement votre premier présage:
J'espere qu'aujourd'hui, content, victorieux,
Madame, je viendrai vous tirer de ces lieux.
Adieu.

PLAUTIE.

Je vous suivrai, Seigneur, & mon courage
Veut avoir quelque part dans ce fameux ouvrage.

SCENE VI.

PLAUTIE, VIRGINIE, FULVIE, CAMILLE.

VIRGINIE.

Quoi? vous voulez vous-même. . .

PLAUTIE.

Oui, je veux que mes cris
Réveillent la vertu des Romains assoupis.
Je veux leur inspirer les transports de [illegible]
Sans doute ils rougiront, en voyant une femme [illegible]
Moins timide cent fois & plus Romaine qu'eux,
Tâcher de r'animer cet esprit genereux.

Qu'a versé dans leur sein le sang de leurs ancêtres,
Sans cesse revolté contre d'injustes Maîtres.
Ah ! songe quel triomphe, & quel bonheur pour nous,
Si tandis que l'on voit mon invincible Epoux,
Des perils du dehors nous sauver, nous défendre,
L'on voit en même tems son Epouse & son Gendre,
Affranchir Rome encor du joug des Decemvirs ;
Et le sort secondant nos soins & nos desirs,
Nôtre famille seule assurant sa memoire,
D'un Empire si saint faire toute la gloire !

VIRGINIE.

Je connois la grandeur d'un si noble dessein ;
Mais, helas ! que je crains qu'on ne le tente en vain !
Je crains...

SCENE VII.

PLAUTIE, VIRGINIE, CAMILLE, FULVIE, SEVERE.

SEVERE.

N'Attendez plus un secours inutile,
Madame, c'en est fait, on nous enleve Icile ;
Un traître, qu'il croyoit ferme en ses interêts,
Vient d'instruire Appius de ses desseins secrets.
Dans le moment qu'Icile alloit tout entreprendre,
On l'a mis hors d'état de vous pouvoir défendre,
De sa juste colere on previent les effets,
On le vient d'arrêter en sortant du Palais.

PLAUTIE.

O Ciel !

VIRGINIE.

Cruel destin ! quelle perseverance !
Puis-je après un tel coup avoir quelque esperance
Vous le voyez, Madame; il n'est plus de secours ;
Il est tems de finir mes déplorables jours.
Icile est arrêté ; le Ciel nous est contraire,
Il nous prive à la fois de l'Amant & du Pere ;
C'en est fait, je me livre à mon seul desespoir.

PLAUTIE.

Ah ! prens sur toi, ma Fille, un peu plus de pouvoir.
Mourir lors que le sort rend la vie importune,
C'est l'ordinaire effet d'une vertu commune :
Mais vivre en essuyant ses plus funestes coups,
Lui faire voir un cœur plus grand que son courroux,
C'est-là que la vertu doit briller davantage.
Dans ces extremitez éclate, un grand courage.
Que te dirai-je, enfin ? tu dois par ces efforts,
Me prouver qu'en éfet c'est de moi que tu sors.

VIRGINIE.

Qu'exigez-vous de moi ? Pourquoi vouloir, Madame,
Faire durer les maux qui déchirent mon ame ?
La mort les eût finis : loin de vous allarmer,
A ce juste dessein vous deviez m'animer.
Prête à souffrir des fers l'afreuse ignominie,
Rien ne semble à mon cœur si cruel que la vie.
Helas ! pour me tirer du gouffre où je me voi,
Quelles mains, quels Amis voudront s'armer pour moi ?

PLAUTIE.

Tous les Romains. Ta cause est la cause commune,
Il s'agit de leur sort comme de ta fortune.
Le perfide Appius a commencé par nous ;
Mais demain sur quelqu'autre il portera ses coups,
Si tous nos Citoyens, armez pour ta défense,
N'assurent leur repos en vangeant nôtre offense.

Je vais, par un recit des maux que je prevoi,
Faire trembler le cœur des meres comme moi.
Je vais les allarmer pour toute leur famille,
Par l'exemple inoui des malheurs de ma Fille,
Je vais tout animer contre Appius ; enfin,
Je cours perir moi-même, ou changer ton destin.

VIRGINIE.

Secondez, Dieux puissans, ce desir legitime.
Que si pour vous fléchir il faut une Victime,
Frapez, me voilà prête, & par un prompt effort,
Epargnez-moi des maux plus cruels que la mort.

Fin du troisiéme Acte.

ACTE IV.

SCENE I.

APPIUS, CLODIUS.

CLODIUS.

OUi, ce Rival heureux, par la fin de sa vie,
Bien-tôt à vos transports livrera Virginie.
Que tardez-vous, Seigneur, à le faire perir?
Vangez-vous des tourmens qu'il vous a fait souffrir.
Craignez-vous par sa mort de vous charger d'un crime?
Croyez-vous?...

APPIUS.

Non, je croi sa peine legitime.
N'a-t-il pas hautement, par un lâche attentat,
Assemblé ses Amis, voulu troubler l'Etat?
Sa perte en ce moment est juste & necessaire.
Mais Virginie.

CLODIUS.

Eh bien; craignez-vous sa colere?
Détrompez-vous, Seigneur; peut-être qu'aujourd'hui,
Elle attend un pretexte à renoncer à lui;
Peut-être qu'en secret sensible à vôtre gloire,

[illegible] charmé vous cede la victoire :
[illegible] tyran de ses vœux les plus
[illegible]
[illegible] uniquement de s'unir avec vous.
[illegible] Seigneur, la cruelle contrainte
[illegible] son Amant la pitoyable plainte ;
[illegible] je, & par sa mort assurez - vous d'un
[illegible]
[illegible] insensible à sa premiere ardeur,
[illegible] pour se donner n'attend plus rien peut-
[illegible]
Que l'éclat d'un Amour qui doit parler en Maî-
[illegible]

APPIUS.

Quelle honte pour moi, s'il faut que mon Amour,
Pour vaincre mon Rival, lui ravisse le jour !
Quel triomphe pour lui, quelle gloire immor-
telle,
De n'avoir jamais vû Virginie infidelle !
[illegible] perdu son cœur ; enfin d'avoir vaincu,
Ma grandeur & mes feux, tant qu'il aura vêcu !

CLODIUS.

[illegible] qu'importe, Seigneur ? quel scrupule vous
presse ?

APPIUS.

J'aime pour mon malheur, avec trop de tendresse.
Enfin de mon Rival je me vengerai mieux,
[illegible] puis épouser Virginie à ses yeux.
[illegible] ici l'ingrate, & ne veux plus lui taire,
De nos desseins secrets le dangereux mystere ;
Je vais tout employer pour ébranler sa foi,
[illegible] respect, amour, menace, effroi ;
[illegible] que des fers l'épouvantable image,
[illegible] qu'elle moucant, fléchiront son courage ;
[illegible] lui faire voir son Amant enchaîné,
[illegible] cruels tourmens, à la mort condamné,
[illegible] instruit déja, que, pour sauver sa vie,
[illegible] en ma faveur parler à Virginie,
[illegible] qu'à ce prix échaper à la mort,

Peut-être mon rival fera-t-il cet éfort.
Que je serois heureux, si par cette foiblesse,
Il ne meritoit plus l'objet de sa tendresse !
Qu'en la tenant de lui, j'eusse encor la douceur
D'avoir flétri sa gloire, & fait trembler son cœur !
Cependant cours, Ami, t'informer dans la Ville
Des discours, des desseins des Partisans d'Icile.
Examine avec soin, observe exactement
Les démarches qu'ils font, leur moindre mouvement.
Va ; tu m'aprendras tout, comme temoin fidelle.
Virginie entre, il faut m'expliquer avec elle.

SCENE II.

APPIUS, VIRGINIE, CAMILLE.

APPIUS.

Madame, il faut enfin vous découvrir mon cœur ;
Il faut de mon Amour vous declarer l'ardeur.
En ce moment fatal je ne saurois plus feindre ;
Depuis assez long-tems je cherche à me contraindre :
Pour vous j'ai tout trahi, gloire, devoir, emploi ;
L'amour fait tous mes soins, & mon unique loi.
Je suis les mouvemens d'une aveugle tendresse ;
Et si vôtre pitié pour moi ne s'interesse,
Songez que rien ne peut ébranler mon dessein,
Que je ne perdrai pas toute ma gloire en vain ;
Songez...

VIRGINIE.

Vous m'aimez donc, Seigneur, & vôtre flâme

Par d'illustres éfets se déclare à mon ame ?
Barbare, de quel front m'osez-vous presenter,
Une main attachée à me persecuter ?
Je fremis à la voir, cette main violente,
Qui m'arrache des bras d'une Mere tremblante,
Qui m'a déja causé tant de malheurs divers,
Et pour toucher mon cœur me peesente des fers
Comment avez-vous crû qu'au mépris de ma gloire,
Mon cœur lâche, & cedant une indigne victoire,
D'un si funeste hymen voulut former les nœuds,
Et joindre l'innocence à vos crimes affreux ?

APPIUS.

Ah, cruelle ! est-ce à vous de parler de mes crimes ?
Leur seule cause, helas ! les rend trop legitimes.
Est-ce à vous de montrer à mon cœur abattu,
Qu'il a souillé sa gloire, & trahi sa vertu ?
M'osez-vous reprocher mon ardeur criminelle ;
Vous, qui rendez mon cœur à son devoir rebelle ;
Vous, qui seule causez mes forfaits odieux ?
Ah ! je puis justement en acuser vos yeux,
Leur demander raison des malheurs de ma flame,
De mon repos perdu, du trouble de mon ame ;
D'avoir de mon esprit, malgré mes soins prudens,
Éfacé les leçons de plus de quarante ans,
Et d'avoir fait enfin, par un coup éfroyable,
D'un Souverain heureux un Amant miserable.
Aussi n'esperez pas de pouvoir m'abuser ;
Je connois la raison qui vous fait m'accuser.
Pour un heureux Rival vôtre ardeur empressée,
Fait que de tous mes soins vous êtes offensée :
Cet Icile, l'objet de vos ardens souhaits,
Me défend...

VIRGINIE.

Oui, je l'aime autant que je vous...
Vous me tyrannisez ; il m'a toujours ...
Il fait tout le bonheur, vous l'horreur de ma vie :
Et je voyois enfin dans cet illustre Epoux,
Encor plus de vertus, que de crimes en vous.

APPIUS.

On conserve sans peine une entiere innocence
Quand un bonheur constant prévient notre esperance.
Icile satisfait dans ses voeux les plus doux,
Tranquille, glorieux, enfin aimé de vous,
A-t-il pû jusqu'ici se charger d'aucun crime à ...
Mais si de vos mépris déplorable victime,
Accablé des tourmens que mon coeur a souf-ferts,
Il avoit ressenti tout le poids de mes fers ;
Si vous l'aviez contraint d'aimer sans esperance,
Qu'il eût eû comme moi la suprême Puissance,
Cet Icile à vos yeux digne de vôtre foi,
Seroit peut-être encor plus coupable que moi.
Ah ! son bonheur allume un courroux dans mon ame,
Qui pourroit.... mais songez à répondre à ma flâme :
Autrement malgré moi....

VIRGINIE.

Favorable retour !
Vôtre courroux me plaît bien plus que vôtre amour.
Menacez, accablez l'impuissante innocence,
Je crains moins les tourmens, qu'un amour qui m'offense ;
Je préfere mes maux à d'injustes bienfaits.
Armez vôtre fureur, j'en brave les effets.

APPIUS.

Eh bien, pour me vanger de vôtre ingratitude,
Vos malheurs ne sont pas un supplice assez rude ;
Et je veux desormais vous porter d'autres ...

Moins

Moins funestes pour moi, mais plus cruels pour vous.
Je jure qu'il n'est rien que ma fureur ne tente.
L'Amant me repondra des mépris de l'Amante;
C'est lui qui rend pour moi vôtre cœur si cruel;
Et puis que vous l'aimez, il est trop criminel.
Il faut par un seul coup acabler l'un & l'autre:
Je percerai son cœur qui me ravit le vôtre;
Pour goûter à la fois le plaisir sans égal,
De punir vos dedains, & de perdre un Rival.

VIRGINIE.

Helas! Seigneur...

APPIUS.

Pour vous la menace est terrible,
Je vous frape à la fin par vôtre endroit sensible:
Mais ne m'acusez point, c'est vous qui l'ordonnez,
Et c'est par vos mépris que vous l'assassinez.

VIRGINIE.

Il mourra donc, Seigneur, & c'est moi qui l'oprime?
N'importe, je suivrai cette chere Victime;
Et par ce grand effet d'une immortelle foi,
Je le vengerai bien si vous brulez pour moi.
Vôtre esprit libre alors de la jalouse envie,
Verra qu'un même coup aura fini ma vie;
Et j'aurai ce plaisir, parmi tous mes malheurs,
Que la mort d'un Rival vous coûtera des pleurs.

APPIUS.

Madame, prevenons un malheur si funeste;
Du tems que je vous donne employez mieux le reste.
Icile en ce moment va paroître à vos yeux;
J'ai moi-même ordonné qu'on l'ameine en ces lieux.
Il vient.

SCENE III.

APPIUS, ICILE, VIRGINIE, CAMILLE, PISON, GARDES.

APPIUS *à Icile.*

DErobez-vous au coup qui vous menace,
Icile, par vos soins meritez vôtre grace.
(à Virginie.) Madame, songez-y ; vous savez mon dessein ;
Il me faut dès ce soir son sang ou vôtre main.
Je sors pour un moment. Gardes, qu'on se retire.

SCENE IV.

ICILE, VIRGINIE, CAMILLE.

VIRGINIE.

VOus avez entendu ce qu'il vient de nous dire.
Cessons de nous flatter ; voici le jour affreux,
Où l'on va pour jamais nous separer tous deux.
De nôtre heureux Hymen l'esperance est perduë,
Je ne puis qu'un moment jouir de vôtre vûë ;
Et vous n'ignorez pas à quel funeste prix
Ce dernier entretien vient de m'être permis.

ICILE.

Je sai que contre nous on met tout en usage ;
Même pour essayer d'ébranler mon courage,
On a fait en passant étaler à mes yeux

De mon trepas certain l'apareil odieux,
Et les tristes aprêts des tourmens redoutables,
Dont la rigueur des Loix punit les grands coupables :
Mais parmi ces objets, mon cœur, sans s'émouvoir,
N'a songé seulement qu'au plaisir de vous voir.
Madame, qu'il m'est doux de vous parler encore,
De pouvoir attendrir la beauté que j'adore,
Et de voir une fois au moins avant ma mort,
Vos yeux donner des pleurs à mon funeste sort !
Car ne presumez pas que mon ame étonnée
Vienne vous conseiller un honteux Hymenée.
Si le lâche Appius étoit digne de vous,
J'oserois vous prier d'en faire vôtre Epoux ;
Je vous immolerois mon amour & ma vie ;
Je serois trop heureux de vous avoir servie,
Et d'avoir en mourant pû mettre entre vos mains
La suprême puissance, & le sort des Romains.
Ne pensez pas aussi que je vienne, Madame,
Pour vous solliciter en faveur de ma flâme ;
Vôtre bonté pour moi feroit tomber sur vous
La fureur d'un Rival tout-puissant & jaloux.
Sauvez-vous. . .

VIRGINIE.

Arrêtez ; en ce malheur extrême,
Je pretens desormais me conseiller moi-même ;
Je voi ce qu'il faut faire, & ne balance plus ;
Vos conseils & vos soins sont ici superflus ;
Je sai par où finit vos maux & ma misere,
Et dés ce même jour. . .

ICILE.

Quoi ? que voulez-vous faire ?
Par où pretendez-vous nous pouvoir secourir ?
Qu'avez-vous resolu, Madame ?

VIRGINIE.

De mourir.

ICILE.

Ah Ciel !

VIRGINIE.

Le sort nous force à perir l'un & l'autre.
Mais souffrez que ma mort precede au moins la vôtre ;
Je le veux, vôtre cœur ne doit point l'envier,
Le plus foible des deux doit mourir le premier.
J'ai du courage assez pour m'immoler moi-même,
Et n'en ai point pour voir expirer ce que j'aime.

ICILE.

Ah ! renoncez, Madame, à ce cruel dessein.
J'en fremis...

VIRGINIE.

Vous tremblez, & vous êtes Romain !

ICILE.

Oui, je tremble sans doute, & je vous le confesse ;
Mais mon cœur s'aplaudit d'avoir cette foiblesse.
Je verrois vos beaux yeux se fermer pour jamais,
Ah, plûtôt ! ...

VIRGINIE.

Le trepas fait mes plus doux souhaits.
Mourons, puis qu'il le faut, genereux & fidelles,
Emportons au tombeau nos ardeurs mutuelles,
Servons de noble exemple aux siecles à venir,
D'une foi que la mort n'aura pû desunir ;
Remportons du Tyran une entiere victoire ;
Mourons ; & me laissant partager vôtre gloire,
Faisons que l'Univers déplore nôtre mort,
Et forçons le Tyran d'envier nôtre sort.

ICILE.

Non, Madame, vivez... Mais le Tyran s'aproche.
C'en est fait ; de ma mort l'instant fatal aproche ;
Le suplice m'attend au sortir de ce lieu ;
L'apareil est tout prêt ; & pour jamais, adieu.
Je ne vous verrai plus.... Mais je vous prie encore,
C'est le dernier souhait d'un cœur qui vous adore,
De vouloir...

SCENE V.

APPIUS, ICILE, VIRGINIE, CAMILLE, FABIAN, PISON, GARDES.

APPIUS.

Quel succez aura vôtre entretien ?
Qu'avez-vous resolu ? parlez, Icile.

ICILE.

Rien.

APPIUS.

C'est donc là tout l'effet d'une telle entrevûë ?
C'est ainsi que pour moi vous l'avez resoluë ?
J'ai crû que par vos soins je recevrois sa foi.

ICILE.

Je n'ai pas seulement daigné penser à toi.
Comment t'es-tu flatté que, pour sauver ma vie,
Je viendrois pour tes feux parler à Virginie ?
J'ai dû mieux employer un tems si precieux,
Qu'à servir d'un Tyran les desseins odieux.

APPIUS.

Ah, perfide ! ta mort ; mais une mort cruelle,
Punira de ton cœur l'audace criminelle ;
Rien ne te peut sauver, c'en est fait.

ICILE.

Hâte-toi.
La mort n'a rien d'affreux ni de triste pour moi :
Mais que dis-je ? ma mort encor plus que ma vie,
De ton amour jaloux excitera l'envie ;
Je mourrai plaint, heureux, & sans être trahi ;
Tu vivras criminel, malheureux, & haï.

VIRGINIE.

Cesse de te flatter ; en vain ta tyrannie

S'attache à separer Icile & Virginie ;
En vain d'un feu si beau tu veux rompre le cours,
L'Amour plus fort que toi nous rejoindra toûjours.

APPIUS.

Oui, vous serez unis.... mais c'est vous faire grace,
Il faut bien autrement confondre vôtre audace.
Vous voulez m'irriter ; un trepas éclatant
Est le suprême bien que vôtre Amour attend :
Mais vous vous abusez ; mon adroite colere
Par un long châtiment cherche à se satisfaire :
Je pretens que vos cœurs endurent chaque jour
Mille tourmens divers, mille maux tour à tour,
Vous craindrez pour sa vie, il craindra pour la vôtre ;
Ainsi vous tremblerez sans cesse l'un & l'autre ;
Et pourvû que l'effet réponde à mes projets,
Vous mourrez mille fois sans expirer jamais.
(*aux Gardes.*) Qu'on les ramene.

VIRGINIE.

Adieu, Seigneur.

ICILE.

Adieu, Madame.

SCENE VI.

APPIUS *seul.*

C'En est fait ; banissons la pitié de mon ame ;
Ne songeons qu'à vanger le mépris...

SCENE VII.

APPIUS, CLODIUS.

CLODIUS.

Ah, Seigneur!
Plautie. . .

APPIUS.

Eh bien ?

CLODIUS.

Craignez sa fatale douleur.
On la voit en tous lieux de Romaines, suivie,
A tous nos Citoyens demander Virginie,
Ces Femmes, à l'envi, par de tristes acords
Expriment leurs regrets en des termes si forts,
Qu'il semble que chacune ayant perdu sa Fille,
Déplore les malheurs de sa propre Famille.
Les unes par des pleurs exhalent leur courroux;
D'autres, pour animer le Peuple contre vous,
Poussent jusques au Ciel mille cris pitoyables;
Plusieurs, pour éviter des disgraces semblables,
Embrassent leurs Enfans, & courent les cacher,
Craignant que de leurs bras on les vienne arracher:
Enfin, à les sauver leur amitié s'empresse,
Et la peur de les perdre augmente leur tendresse;
Ailleurs les Partisans de vôtre heureux Rival,
Sement par tout un bruit qui vous seroit fatal;
On dit que c'est l'amour, & non pas ma priere,
Qui vous fait enlever Virginie à sa Mere:
Pour vous justifier dans l'esprit des Romains,

Il faut dès ce moment la remettre en mes mains,
Attendant que ce bruit avec le tems s'efface.

APPIUS.

Vien, sui-moi; nous verrons ce qu'il faut que
je fasse.

Fin du quatriéme Acte.

ACTE V.

SCENE I.

PLAUTIE, PISON, FULVIE.

PLAUTIE.

QUoi ! l'on me traîne ici ! quel injuste projet. . . ?

PISON.

Aux ordres d'Appius j'obéis à regret,
Madame ; mais. . .

PLAUTIE.

O Dieux ! quelle fureur l'anime ?
C'en est fait ; ce Tyran marche de crime en crime.
Il retient Virginie, & me fait arrêter !

PISON.

Madame, à cet effort il a dû se porter.
Le soin de son salut l'a forcé d'y souscrire,
Il n'a pû s'en défendre ; & j'oserai vous dire,
Que son cœur inquiet a long-tems balancé ;
Mais d'un peril trop grand il s'est vû menacé.
Vos pleurs étoient plus forts que les armes d'Icile.
Déja de toutes parts on voyoit dans la Ville
Les Femmes, à l'envi, sur vos pas s'assembler.
Déja. . .

PLAUTIE.

Quoi ! nos clameurs l'ont pû faire trembler ?
Il craint nôtre douleur, dont les plus fortes armes
N'ont été que des vœux, des soupirs, & des larmes ?
Mais voilà le destin des Tyrans tels que lui,
Ils traînent avec eux un éternel ennui ;
Et c'est des justes Dieux un ordre legitime,
Que la crainte sans cesse acompagne le crime :
Sa rage va sans doute éclater contre moi.

SCENE II.

PLAUTIE, VIRGINIE, PISON, FULVIE, CAMILLE.

VIRGINIE.

Fuions, Camille, ah, Ciel ! est-ce vous que je voi,
Madame ! quel dessein ici vous a conduite ?

PLAUTIE.

Mais toi-même, quelle est la raison de ta fuite ?
Qu'a fait nôtre Ennemi ? Qu'est-ce qui s'est passé ?

VIRGINIE.

Madame, mon Arrêt vient d'être prononcé.

PLAUTIE.

Que dis-tu ?

VIRGINIE.

Le Tyran, sans égard pour sa gloire,
De ses derniers sermens oubliant la memoire,
A suivi les conseils de son funeste amour,
Et n'a pas de mon Pere attendu le retour.
Par son ordre tantôt conduite en sa présence,
J'ai conçu les raisons de son impatience ;
J'ai jugé que l'excez d'un amour criminel,

M'alloit abandonner au sort le plus cruel :
L'effet n'a point trompé mon presage sinistre,
Appius m'a livrée à son lâche Ministre ;
Il fait Clodius le maître de mon sort.
Pour éviter les fers, je ne voi que la mort ;
Il faut mourir, Madame, & que cette journée,
Termine mes malheurs avec ma destinée.

PLAUTIE.

Quel funeste dessein ! N'est-il point de secours,...
Dieux tout-puissans ? ...

VIRGINIE.

Les Dieux nous sont cruels & sourds.
Je n'espere plus rien ; & mon ame assûrée
Au plus grand des tourmens est enfin preparée ;
Clodius me poursuit ; des Gardes furieux
Viendront dans un moment m'enlever de ces lieux.
Vous allez voir, Madame, une troupe barbare....

PLAUTIE.

Ah ! quel spectacle encor pour mes yeux se prepare,
Ma Fille ! je verrai de farouches Soldats,
Une seconde fois t'arracher de mes bras ?
Je t'entendrai gemir, & ma tendresse oisive...?
Non, malgré leurs efforts, il faut que je te suive,
En vain ces inhumains voudront nous separer.

VIRGINIE.

Madame, à cet effort il faut vous preparer.
Je conçois, par les pleurs dont vôtre amour m'honore,
Quelle vive douleur, quel chagrin vous devore ;
Je ne voi que trop, qu'une tendre pitié
Vous fait de tous mes maux ressentir la moitié :
Cependant retenez vos soûpirs & vos larmes ;
Au fond de vôtre cœur renfermez vos allarmes,
Clodius va venir ; faites un noble effort ;
De tous vos déplaisirs moderez le transport.

Nos regrets, les ennuis où nous sommes en
proie,
D'un Ennemi cruel redoubleroient la joie.
Ne permettrez donc pas que ses barbares yeux
Jouissent des douleurs de nos derniers adieux;
Aussi bien près de lui la plainte seroit vaine.
C'est l'amour d'Appius qui dans les fers m'entraîne.
J'avois tantôt prevû la rigueur de mon sort,
Et j'allois m'en sauver par une juste mort:
Vous n'avez pas voulu; vous vous êtes troublée.
Vos discours, vos soupirs, vos pleurs m'ont acablée.
Voyez le triste effet de vos funestes soins;
J'ai souffert plus long-tems; je n'en mourrai pas
moins.
Et ce qui dans mon sort m'afflige davantage,
Je mourois libre alors, je meurs dans l'esclavage.

PLAUTIE.

Ne me reproche point ce funeste secours.
Que n'aurois-je point fait pour conserver tes
jours?
Je me flattois... Mais, Ciel! nôtre Ennemi s'avance.

VIRGINIE.

Madame, au nom des Dieux, évitez sa presence;
Laissez-moi seule, allez; ne vous exposez pas
Aux affronts d'un perfide, aux transports des
soldats;
Il ne reste plus rien, pour combler ma misere,
Que de voir leur fureur outrager une Mere.

PLAUTIE.

Moi, que je t'abandonne en cette extremité?
Que j'aille loin de toi chercher ma sûreté?
Ah! plûtôt le trepas...

SCENE III.

CLODIUS, PLAUTIE, VIRGINIE, FABIAN, PISON, FULVIE, CAMILLE, GARDES.

PLAUTIE *à Clodius.*

Tu viens ici, perfide ?
Quel dessein criminel te conduit & te guide ?
Monstre inhumain, viens-tu, me déchirant le flanc,
M'acabler, me ravir le plus pur de mon sang ;
Ta barbare fureur jusqu'en ces lieux me brave ;
Veux-tu ?

CLODIUS.

Je viens ici pour prendre mon Esclave.
Cette Fille est à moi, je suis son Maître enfin :
Appius à mes loix a soumis son destin.
Gardes, qu'on la conduise..

PLAUTIE.

Ah ! quelle tyrannie !
Leurs criminelles mains vont saisir Virginie.
Aux Gardes qui veulent la saisir.
Osez-vous ? . . .

VIRGINIE.

Arrêtez, ne portez point vos mains,
Sur le sang glorieux des plus fameux Romains.
N'aprochez point de moi, je vous suivrai, sans peine.
Dans le honteux état où le destin m'entraîne,
Trahie, abandonnée, en proie à vos fureurs,
Je n'ai que ma vertu contre tous mes malheurs :
Mais elle me suffit ; je puis tout avec elle.

Adieu, Madame, adieu ; vôtre douleur mortelle
Ebranle ma constance, & me fait plus trembler
Que l'aproche des fers qui me vont acabler.
Prenez soin de vos jours, j'aurai soin de ma gloire.
J'ose esperer qu'un jour ma déplorable histoire ;
Aprenant ma disgrace aux siecles à venir,
Laissera de mon sort un digne souvenir,
Et fera confesser à la plus noire envie,
Que d'illustres Ayeux m'avoient donné la vie.
Adieu.

PLAUTIE.

Je cours....

PISON *en l'arrêtant.*

Souffrez...

SCENE IV.

PLAUTIE, FULVIE, PISON, GARDES.

PLAUTIE.

Quoi ? l'on m'ose arrêter !
Inhumain, c'en est trop je ne la puis quitter.
Souffrez que dans les fers je suive Virginie ;
Sans ma Fille je hais & mon rang & ma vie :
Par rage ou par pitié perce mon triste flanc.
Après m'avoir ravi la moitié de mon sang,
Achevez, repandez tout celui qui me reste.
Helas ! heureuse encore en ce moment funeste,
Si je pouvois au moins, par une prompte mort,
Arracher Virginie aux horreurs de son sort,
Ou tourner sur moi-même, en m'exposant pour elle,
De son affreux destin l'influence cruelle !

Je ne puis la sauver, la suivre, ni mourir.
Cruels, aucun de vous ne veut me secourir?
Mais que vois-je! comment...

SCENE V.

PLAUTIE, FULVIE, SEVERE, FABIAN, GARDES.

SEVERE.

Tout a changé de face,
Madame; vous verrez finir vôtre disgrace.
Reprenez de l'espoir: déja les Dieux plus doux
M'ont acordé le bien d'arriver jusqu'à vous.
Icile est libre enfin, sa prison est forcée;
J'ai vû par ses Amis sa Garde dispersée;
Et sans perdre de tems, les armes à la main,
Vers l'injuste Appius il s'est fait un chemin.
Ils sont aux mains, Madame, & le Ciel équitable
Fera perir sans doute un Tyran detestable.
De vôtre esprit troublé dissipez la terreur;
Tout semble vous promettre un tranquille bonheur.
Appius prevenu d'une aveugle furie,
Par ses meilleurs Soldats fait garder Virginie;
Et resté presque seul, abandonné, troublé,
Sous les efforts d'Icile il doit être acablé;
Contre tant d'Ennemis il ne peut se deffendre.
Icile m'a pressé de courir vous l'aprendre,
Et de vous avertir, Madame, qu'en ces lieux
Vous le verrez bien-tôt venir victorieux.
Je cours le retrouver.

PLAUTIE.

Non, je pretens vous suivre.

Courons ; que j'aille voir la main qui nous délivre ;
Aussi bien dans ces lieux on ne me retient plus.
Je voi fuir à ce bruit mes Gardes éperdus.
Allons... mais c'en est fait ; & mon ame ravie...

SCENE VI.

PLAUTIE, FULVIE, ICILE, SEVERE.

ICILE.

OUi, c'en est fait, Madame, Appius est sans vie.
Je viens de le punir ; enfin tout est sauvé,
Et déja vôtre Epoux dans Rome est arrivé.

PLAUTIE.

Virginius !

ICILE.

Madame, on vient de me l'aprendre.
Le bruit de son retour par tout s'est fait entendre.
Mais que fait Virginie ? on ne m'en a rien dit ;
Elle seule sans cesse ocupe mon esprit.

PLAUTIE.

Clodius escorté d'une troupe cruelle,
S'en est saisi, Seigneur.

ICILE.

Ah ! courons aprés elle ;
Courons la délivrer, & qu'aux yeux des Romains,
Le traître Clodius soit puni par mes mains !
Que je puisse goûter le plaisir & la gloire
Que prepare à mon cœur une pleine victoire !

SCENE DERNIERE.

ICILE, PLAUTIE, SEVERE, FULVIE, CAMILLE.

PLAUTIE *à Icile.*

Hâtez-vous donc Seigneur... (*à Camille.*)
Que viens-tu m'annoncer ?
Di moi, que fait ma Fille ? où l'as tu pû laisser ?

CAMILLE.

Vôtre Fille ?

ICILE.

Aprens-nous, où faut-il que je vole ?
Où sont mes Ennemis ? que mon bras les immole,
Que Virginie enfin ne les redoute plus,
Que j'aille...!

CAMILLE.

Moderez des transports superflus.
Il n'est plus tems.

ICILE.

Comment ?

CAMILLE.

L'aimable Virginie....

PLAUTIE.

Eh bien, qu'est-ce !

CAMILLE.

A mes yeux vient de perdre la vie.

PLAUTIE.

Ciel ! qu'est-ce que j'entens ? Ah ! destin rigoureux,
Quel coup !

ICILE.

De tous mes maux voici le comble affreux,

Que puis-je craindre après ce que je viens d'aprendre,
Grands Dieux !

CAMILLE.

Virginius venoit pour la défendre.
Au moment qu'il l'a vûë au milieu des Soldats,
Ce spectacle cruel a retenu ses pas.
Il s'arrête ; & du Peuple il aprend que sa Fille
Vient d'être pour jamais ravie à sa Famille,
Qu'elle est soûmise aux fers du traître Clodius,
Et sans doute exposée aux transports d'Appius.
A ce fatal recit, son desespoir extrême
Fait qu'il veut la sauver, ou se perdre lui-même ?
Il attaque lui seul plus de mille Ennemis ;
Le succez repond mal à ce qu'il s'est promis ;
On le saisit d'abord ; il se voit sans épée :
Hé que sert, a-t-il dit, à ma valeur trompée
L'inutile bonheur de mes autres exploits,
Puis que je suis vaincu cette derniere fois ?
Mais, helas ! permettez, cruels, dans ma disgrace,
Si je perds Virginie, au moins que je l'embrasse ;
De cet embrassement la puissante douceur,
D'un cœur desesperé flatera la douleur.
On le laisse ; il y court ; la joint malgré la presse ;
Par ses embrassemens il marque sa tendresse ;
Je le suis, & j'entens qu'elle lui dit : Seigneur,
Ah ! donnez-moi la mort, & sauvez ma pudeur.
Virginius surpris admire son courage ;
Il soupire à la fois & d'amour & de rage :
A tes desirs cruels, dit-il, puis-je obeïr ?
Mais ne t'obeïr pas ce seroit te trahir ;
Satisfaisons ton ame, & malgré ma foiblesse,
Dérobons ta pudeur au peril qui la presse,
Par un coup rigoureux prouvons nôtre amitié,
Montrons-nous inhumains par excez de pitié,
Et que tout l'Univers sachant que je suis Pere,
Admire mon courage, & plaigne ma misere.
Après ces tristes mots, égaré, furieux,

Il promene par tout ses regards curieux ;
Il voit, cherche avec soin ; ah, disgrace impreveuë !
Un funeste coûteau se presente à sa vûë :
Il le prend, & poussé d'une indiscrete ardeur,
De sa constante Fille il veut percer le cœur :
Mais en vain pour ce coup son courage s'aprête,
Quand il croit l'achever sa tendresse l'arrête :
Car à peine a-t-il vû le coûteau près du sein,
Que la nature semble avoir glacé sa main :
Il demeure immobile à ce triste spectacle,
On court ; à son dessein chacun veut mettre obstacle,
Virginie en tremblant voit venir ce secours,
Qui hazarde sa gloire en conservant ses jours.
Elle se hâte alors de terminer sa vie ;
Se lance sur le fer ; & d'une main hardie
Prend celle de son Pere, & poussant le coûteau,
S'en frape, tombe, & s'ouvre un chemin au tombeau.

PLAUTIE.

Helas !

CAMILLE.

Virginius après ce sacrifice,
De ce sang precieux demande la justice ;
Il prend entre ses bras ce corps ensanglanté,
Le fait voir aux Romains ; le Peuple épouvanté,
Fremit en regardant cette Victime offerte ;
De tous les Decemvirs il conspire la perte ;
Il court de tous côtez vanger vôtre malheur ;
Clodius a déja ressenti sa fureur ;
Et moi je suis venuë en ce lieu vous aprendre
Les funestes horreurs que vous venez d'entendre :
Heureuse, si ma mort avoit pû devancer
La douleur que je souffre à vous les annoncer !

ICILE.

Ainsi pour mon amour Virginie est perduë !
Voilà cette union que j'avois attenduë !
Mourons : mais d'une mort qui soit utile à tous.

Portons sur nos Tyrans ma rage avec mes coups.
Allons, Madame, allons ; & courons l'un & l'autre
Faire parler par tout ma douleur & la vôtre ;
Allons ; que mille morts marquent ce triste jour,
Puis que Rome l'exige aussi bien que l'amour.

FIN.

ARMINIUS,

TRAGEDIE.

ACTEURS.

VARUS, Gouverneur de la Germanie, pour Auguste.
SEGESTE, Prince des Gattes.
ARMINIUS, Prince des Cherusques, acordé à Ismenie.
SIGISMOND, Fils de Segeste, accordé avec Polixene.
ISMENIE, Fille de Segeste.
POLIXENE, Sœur d'Arminius.
BARSINE, Confidente d'Ismenie.
TULLUS, Confident de Varus.
SUNNON, SINORIX, Capitaines des Gardes de Segeste.
Suite.

La Scene est dans le Camp de Varus, près les Forêts de Teutberg, dans les Tentes de Segeste.

ARMINIUS,

TRAGEDIE.

ACTE PREMIER.

SCENE PREMIERE.

SEGESTE, SUNNON.

SEGESTE.

OUi, Sunnon, je le veux : je l'attens de ton zele ;
Parle, trace à mes yeux la peinture fidele
Des sentimens divers du Peuple & des Soldats.

SUNNON.

Seigneur...

SEGESTE.

Parle, te dis-je, & ne me flatte pas.
Je sai que le Traité que je viens de conclure,
De la plûpart des miens excite le murmure ;

Que ne penetrant point dans mes justes desseins,
On me voit à regret dans le Camp des Romains.
Je le sai, dis le reste ; il ne me faut rien taire.

SUNNON.

Puis que vous m'ordonnez, Seigneur, d'être sincere,
Je ne vous cele point que de ce changement
Les Peuples étonnez cherchent le fondement.
Quoi, Segeste, dit-on, par qui la Germanie
Jusqu'ici des Romains brava la tyrannie,
Qui de flots de leur sang couvrit nos Champs vingt fois,
Qui fit trembler le Tibre au bruit de ses exploits,
Ce Segeste aujourd'hui peut étouffer sa haine,
Et mêler ses Drapeaux avec l'Aigle Romaine ?

SEGESTE.

Je fais plus. Du Senat je brigue la faveur ;
Son estime est pour moi le comble du bonheur,
Et c'est avec plaisir que j'entens qu'il me nomme
Allié de l'Empire, & Citoyen de Rome :
Je regarde ces noms comme un illustre prix.
Toi-même à ce discours tu me parois surpris :
Mais aprens les raisons de ce qu'on m'a vû faire,
Et ne condamne plus une paix necessaire.
Les Dieux me sont temoins, que dans tous mes desseins,
Me proposant pour but le salut des Germains,
Sans regarder jamais ma grandeur ni ma gloire,
J'ai combattu pour eux, & cherché la victoire.
Pendant plus de vingt ans, par un heureux effort,
Entre l'Empire & moi j'ai suspendu le sort :
Mais dans ce même tems Rome étoit ocupée
A la perte d'Antoine, ou du jeune Pompée ;
Et ses Chefs, divisez par leurs propres fureurs,
Nous laissoient aisément reculer nos malheurs.
Maintenant que par tout regne une Paix profonde,

Qu'Au-

Qu'Auguste sous ses loix fait trembler tout le monde,
Devois-je attendre ici qu'il rassemblât sur nous
Tout l'effort, tous les traits de son vaste courroux?
J'ai crû devoir ceder, puis qu'un leger hommage
M'assuroit le repos, & détournoit l'orage.
Ce n'est pas que souvent un reste de fierté
Ne m'ait presque contraint de rompre le traité:
Mais de mille Heros la perte encore éclate;
Et qu'ont fait contre Rome Annibal, Mithridate,
Nicomede, Pyrrhus, tant d'autres Rois fameux?
Etois-je plus puissant, étois-je plus heureux?
J'ai sauvé mes Etats en finissant la guerre;
Et quand je me soumets avec toute la terre,
J'obeis aux decrets des Dieux & du Destin,
Qui veulent que tout cede à l'Empire Romain.

SUNNON.

Je croi de cette paix les causes legitimes;
Des Princes vos voisins vous suivez les maximes:
Cependant si je puis, en vous obéissant,
Vous oposer, Seigneur, un interêt puissant,
J'oserai dire encor qu'une immortelle gloire
Auroit à l'avenir transmis vôtre memoire,
Si voyant l'Univers par les Romains dompté,
Vous seul aviez joui de vôtre liberté.
Pour abatre l'orgueil & le pouvoir de Rome,
Peut-être ne faut-il que le bras d'un seul homme.
Vous l'avez dit cent fois. Eh! qui pouvoit, Seigneur,
Pretendre mieux que vous à ce suprême honneur?
Rome s'assure en vain sur la foi des Oracles,
Les mortels quelquefois y mettent des obstacles;
Ils relevent un Trône, un Etat abatu,
Et font changer les Dieux à force de vertu.
Mais sans developer un si profond mystere,

Arminius croit-il ce traité ſalutaire?
Vôtre amitié confond vos droits avec les ſiens,
Vous l'allez confirmer par de plus forts liens;
Bien-tôt en épouſant la Princeſſe Iſmenie,
Il verra ſa Famille avec la vôtre unie;
On dit que cet Hymen ſi long-tems differé
A ſon retour ici doit être celebré:
Déja tous nos Soldats en preparent la Fête;
Déja chacun s'attend...

SEGESTE.

C'eſt en vain qu'on l'aprête.
Cependant garde-toi de parler deſormais
D'un Hymen que les Dieux ont rompu pour jamais.

SUNNON.

Ciel! Qu'entens-je, Seigneur? Qui peut être la cauſe...

SEGESTE.

Un obſtacle invincible à cet Hymen s'opoſe.
Je le romps à regret; je plains Arminius:
Mais enfin j'ai promis Iſmenie à Varus.
Le rang de Gouverneur de ces vaſtes Provinces,
Eleve ce Romain au deſſus de nos Princes;
Il adore ma Fille, & ſon cœur amoureux
Me preſſe chaque jour de les unir tous deux.
Je m'y ſuis engagé; ma parole eſt donnée.

SUNNON.

A ce diſcours, mon ame interdite, étonnée,
De ſoupçons differens ſe laiſſant agiter,
Ne ſait auquel, Seigneur, elle doit s'arrêter.
Eh quoi! par vôtre choix dès ſa tendre jeuneſſe
Arminius reçut la foi de la Princeſſe,
Il lui donna la ſienne; & juſques à ce jour
Vous-même avez pris ſoin de nourrir leur amour.
De ce grand changement que faut-il que je penſe?
Croirai-je qu'oubliant une longue alliance,
Par des conſeils flateurs reglant tous vos deſſeins,
Vous ſacrifiez tout au pouvoir des Romains?
Pardonnez-moi, Seigneur: mais, Dieux! que puis-je croire?

Quel sujet...?

SEGESTE.

Ne croi rien de funeste à ma gloire.
Si j'étouffe ce feu que j'avois allumé,
Le seul Arminius en doit être blâmé.
Juges-en. Au moment que l'on m'eut fait entendre,
Qu'aux faveurs de Cesar j'avois droit de pretendre,
Sans vouloir separer nos communs interêts,
J'exigeai que ce Prince entrât dans cette paix;
Je depêchai vers lui. Je crus qu'en diligence
Il viendroit confirmer cette auguste Alliance;
Il differa pourtant: Je pressai; mais en vain.
J'ignore s'il revient, s'il s'arrête en chemin.
Mais pendant quatre mois sans daigner me repondre,
Par ses retardemens je me suis vû confondre.
Les Romains me pressoient, & j'étois menacé
De voir rompre sans fruit le traité commencé;
Je l'ai conclu tout seul; & ma Fille est le gage
Qui de cette union doit assurer l'ouvrage.
Le Prince m'a quitté, j'ai fait ma paix sans lui,
Je ne m'en repens pas. On m'aprend aujourd'hui,
Que dans tous nos Etats à ma honte il publie
Que je trahis mon Sang, mes Amis, ma Patrie;
Que mandiant la paix les armes à la main,
Je vens la Germanie à l'Empereur Romain,
Et je deviens suspect, par ce lâche artifice,
Aux Peuples que mes soins sauvent du precipice.
Je suis même averti qu'il conspire en secret.
S'il arrive en ce Camp, il se perd; c'en est fait.
S'il trame les projets que l'on m'a fait entendre,
De le faire punir je ne puis me deffendre.
Je t'avoûrai bien plus. Je croi que sans douleur
Je livrerois ce Prince à son dernier malheur.
Sa fortune, son nom, la gloire de sa vie,
Ont versé dans mon cœur une secrete envie,
Qui me force à rougir de voir entre ses mains

Le pouvoir que j'avois jadis sur les Germains.
Cependant, quel que soit l'interêt qui me presse,
Sa franchise, son rang, sa vertu, sa jeunesse,
Le soin de mon honneur, un reste de pitié,
Enfin le souvenir d'une longue amitié,
Me porteroient peut-être à prendre sa défence:
Mais je crains des Romains la haine & la vangeance.
Je voudrois que ce Prince inspiré par les Dieux,
Bien loin de s'aprocher s'éloignât de ces lieux.
Il n'a plus de ma part que des vœux à pretendre.

SUNNON.

Ah, Seigneur! sur ses jours voudroit-on entreprendre?
Il se confie à vous, vous l'apellez: Eh, quoi?
Vous verroit-on pour lui violer vôtre foi?
Laisseriez-vous....?

SEGESTE.

Varus dans ce Camp est le maître:
Arminius se perd s'il ose ici paroître;
A moins que des Romains desarmant le courroux,
Ce Prince ambitieux ne tombe à leurs genoux.
Mais le soin de son sort me cause peu de peine;
Ma fille seule, helas! m'inquiete & me gêne.
Je viens de la mander; je l'attens en ces lieux;
Elle vient; laisse-nous. Que lui dirai-je, ô Dieux!

SCENE II.

SEGESTE, ISMENIE, BARSINE.

ISMENIE.

De vôtre part, Seigneur, on est venu me dire
Que vous aviez ici quelque ordre à me prescrire :
J'ai d'abord vers ces lieux precipité mes pas :
Que voulez-vous, Seigneur ?

SEGESTE.

Ce que je veux ? Helas!
Que ne puis-je à jamais, ma Fille, vous le taire ?

ISMENIE.

Vour soupirez, Seigneur ? Ciel ! quel est ce mystere ?

SEGESTE.

Dans de profonds chagrins vous me voyez plongé,
Et ce n'est que pour vous que je suis affligé.

ISMENIE.

Pour moi ; grands Dieux ! Serois-je assez infortunée
Pour troubler le bonheur de vôtre destinée ?
Qu'ai-je pû faire? helas! quel crime ai-je commis?

SEGESTE.

Je ne vous blâme point. Les Destins ennemis
Vous demandent, ma Fille, un cruel sacrifice,
Et de vôtre douleur me rendent le complice ;
Ils contraignent ma main de vous porter les coups.

ISMENIE.

Comment ?

SEGESTE.

Vous l'entendrez ; sur tout, consultez-vous.
D'un effort vertueux vous croyez-vous capable ?
Sentez-vous vôtre cœur constant, inébranlable ?
Repondez-moi.

ISMENIE.

Seigneur, s'il ne faut que mourir,
Sans foiblesse au trepas vous me verrez m'offrir.
Vôtre Fille en mourant aura soin de sa gloire,
Et ne laissera point une indigne memoire.
Expliquez-vous ; le Ciel a-t-il juré ma mort ?

SEGESTE.

Non ; vos jours ne sont point poursuivis par le sort ;
Mais quand ses dures loix vous auroient condamnée,
Croyez-vous que mon cœur vous eût abandonnée ?

ISMENIE.

Quel est donc cet effort ?

SEGESTE.

Souvenez-vous au moins
Quels ont été pour vous mon amour & mes soins ;
Songez que de vos maux j'ai fremi par avance,
Et que vous me devez entiere obeissance.
Je croi par ce discours vous devoir preparer
Au secret que je vais enfin vous declarer.
Dès vos plus jeunes ans vous esperez, ma Fille,
De voir Arminius entrer dans ma Famille :
Cependant à ce Prince il ne faut plus penser.

ISMENIE.

Ah ! quel projet, Seigneur, venez-vous m'annoncer ?
Dans quel tems... ?

SEGESTE.

Je vous plains ; comme vous, je soupire
Mais Rome le défend, je ne puis l'en dédire.
D'autres raisons encor s'oposent à vos vœux,
Et me forcent de rompre un Hymen malheureux.

ISMENIE.

De ce coup imprevû justement confonduë,
Dieux ! quelle horreur je sens dans mon ame éperduë !
Ah ! Seigneur, pardonnez dans cette extremité,
Si j'ose m'expliquer avec sincerité.
Vôtre bonté pour moi bannissant la contrainte,
M'a permis de tout tems de vous parler sans crainte.
Vous disiez que le sort n'attaquoit point mes jours.
Eh ! cet Arrêt funeste en termine le cours...

SEGESTE.

Qu'entens-je ? vous cedez à l'ardeur qui vous presse ?
Ma Fille s'abandonne à toute sa foiblesse ?
Quoi ? loin de m'obeir, vôtre devoir trahi...

ISMENIE.

Eh ! mon malheur ne vient que d'avoir obei.
Arminius courant de victoire en victoire
En vain pour m'enflamer faisoit parler sa gloire :
Ses soins pour moi, ses feux & ses heureux combats
Lui gagnoient mon estime, & ne m'engageoient pas.
Souvenez-vous, Seigneur, que vous vintes vous-même
Joindre à ses vœux ardens vôtre pouvoir suprême ;
Et par les justes droits que vous avez sur moi
A ce jeune Heros vous promites ma foi ;
J'obeis sans effort : cet ordre legitime
Fit alors succeder la tendresse à l'estime :
Mais pourrai-je étouffer, Seigneur, sans desespoir
Des feux qu'ont allumé l'estime & le devoir ?

SEGESTE.

Recevez mieux des loix prescrites par un Pere ;
Et bien loin de fremir d'un effort necessaire,
Montrez...

ISMENIE.

C'en est donc fait ; & vous ne pensez plus
A vos engagemens avec Arminius ;
Vous avez oublié qu'avec mon Hymenée,
A mon Frere sa Sœur fut aussi destinée.
Des yeux de Polixene il a senti les coups.
Elle vient en ces lieux le prendre pour Epoux.
Verra-t-elle... ?

SEGESTE.

Je sai que Sigismond l'adore :
Mais il faut qu'il immole un feu que Rome abhorre ;
Et mon Fils par Cesar fait Chevalier Romain,
Ne peut sans son aveu disposer de sa main.
Mais ne pensons qu'à vous. Ce que je viens de dire
N'est pas la seule loi que je dois vous prescrire,
Et vous devez encore...

ISMENIE.

Eh ! que dois-je, Seigneur ?
Quoi, ne suffit-il pas de bannir de mon cœur..

SEGESTE.

Non, il ne suffit pas, & vous l'allez aprendre.
C'est peu pour vous de rompre une union si tendre,
Il faut encor sentir en faveur de Varus
Tout ce que vôtre cœur sent pour Arminius.
Ce Romain desormais ne songe qu'à vous plaire :
Voilà l'Epoux enfin que vous destine un Pere.
Fuiez Arminius ; & pour mieux m'obeir,
Portez-vous, s'il le faut, jusques à le haïr.

ISMENIE.

Je ne puis étouffer le trop juste murmure
Qui s'éleve en mon cœur contre une loi si dure.
Quoi donc ? vous pretendez forcer des sentimens
Qu'ont assuré vos soins, l'habitude & le tems ?
Dès que j'ouvris les yeux, vos discours, vôtre zele
M'inspirerent pour Rome une haine immortelle ;
Et moi, pour satisfaire à vos premiers desseins,
Aimant Arminius, j'ai haï les Romains.

Seigneur, c'eſt bien aſſez de contraindre mon ame
De s'attacher ſans ceſſe à combattre ma flame;
De perdre pour jamais un legitime eſpoir
Que j'avois trop conçu ſur la foi du devoir:
Daignez vous contenter de cette obeiſſance;
Ne forcez point mon cœur à plus de violence;
Et croyez que c'eſt trop de vouloir en un jour
Changer l'amour en haine, & la haine en amour.

SEGESTE.

Pour vous faire obeir à cette loi ſi dure,
D'un effort genereux vôtre vertu m'aſſure.
Varus vient. Vous ſavez quel eſt vôtre devoir.
Preparez-vous, ma Fille, à le bien recevoir.

ISMENIE.

Quelle gêne!

SCENE III.

VARUS, SEGESTE, ISMENIE, BARSINE.

SEGESTE.

JE viens d'annoncer à ma Fille
L'honneur dont vôtre Amour veut combler ma Famille:
Seigneur, elle eſt toujours prête à ſubir mes loix;
Ses plus tendres deſirs ſe reglent par mon choix.
Vous pouvez ſans contrainte expliquer vôtre flâme.
Je vous laiſſe, Seigneur.

SCENE IV.

VARUS, ISMENIE, BARSINE.

VARUS.

Vous vous troublez, Madame ;
J'en connois les raisons ; on veut vous attacher
Un Amant dès l'enfance à vos desirs si cher,
Un Amant si long-tems avoué par un Pere,
Jeune, charmant, enfin trop digne de vous plaire.
Mais c'est peu : l'on vous offre encor un autre Epoux
Qu'un long âge a rendu moins aimable pour vous.
Je serai le premier à me rendre justice ;
Mes soupirs sont pour vous un triste sacrifice :
Un Amant tel que moi ne doit point se flater.
D'autres s'attacheroient à vous representer,
Traçant de leurs travaux une brillante histoire,
Qu'un front ne vieillit point environné de gloire,
Qu'un long amas d'honneur, des exploits éclatans
Reparent quelquefois les injures des ans ;
Que c'est même à vos yeux un plus grand avantage
De charger de vos fers un captif de mon âge,
Et d'embraser un cœur que les ans, la raison
Sembloient devoir sauver de ce fatal poison.
Cependant aujourd'hui je ne veux point, Madame,
Prêter auprès de vous ces secours à ma flame.
Je sai que dans un cœur plein de sa passion
De semblables discours font peu d'impression :
Mais je crois qu'à mes vœux vôtre ame inaccessible

Au bonheur des Germains se montrera sensible ;
Que le juste desir d'assurer pour jamais
A vôtre Pere, aux siens, l'abondance & la paix,
A l'offre de ma main vous rendra moins contraire :
C'est par là seulement que je pretens vous plaire.
Faites pour la Patrie, en donnant vôtre foi,
Ce que je n'ose encor vous demander pour moi.

ISMENIE.

Helas ! puis je, Seigneur...?

VARUS.

Non, arrêtez, Madame,
Et suspendez encor le destin de ma flame.
Avant que me l'aprendre, attendez pour le moins
Que mes profonds respects, que le tems, que mes soins,
Que mes sinceres vœux, mes ardens sacrifices
Puissent de mon Rival balancer les services.
Sur tout ne craignez point que j'aille contre vous
Solliciter un Pere, allumer son courroux.
Je ne veux employer sa puissance absoluë
Qu'à me faire acorder l'honneur de vôtre vûë ;
Et je vais desormais borner tous mes plaisirs
A prevenir vos vœux & vos moindres desirs.
Des graces de Cesar j'ai comblé vôtre Pere ;
Et des bienfaits nouveaux vont chercher vôtre Frere :
Tout vous retracera mon amour, mes transports.
Vous pourrez sur mon sort vous expliquer alors.
Adieu, Madame.

SCENE V.

ISMENIE, BARSINE.

ISMENIE.

O Coup ! ô disgrace imprevûë !

Malheureuse !

BARSINE.

Quoi donc ?

ISMENIE.

Ma mort est resoluë.
Mon Pere me condamne, il m'ôte Arminius.
Barsine, c'est vouloir que je ne vive plus.
Pere injuste ! pourquoi tyranniser ma vie ?
Puis-je aimer ou haïr au gré de vôtre envie ?
Ne concevez-vous point, en m'imposant ces loix,
Qu'un cœur comme le mien ne se rend qu'une fois ?
Déplorables effets de l'amitié Romaine !
Perisse Rome, objet trop digne de ma haine.
Toi, cher Arminius, qu'on arrache à ma foi,
Tu sais que je ne vis qu'autant que je te voi.
Reçoi de mon amour mes jours que je t'immole :
Mais fui loin de ces lieux, écarte-toi, cours, vole.
Si toûjours à te voir j'ai borné mes souhaits,
Maintenant je les borne à ne te voir jamais.
Viendrois-tu dans ce Camp pour servir de victime
Au Rival odieux dont le pouvoir m'oprime !
C'est le dernier malheur que j'aie à redouter,
Courons, hazardons tous afin de l'éviter.
Faisons partir vers lui quelque ami plein de zele.
Vien, Barsine.

SCENE VI.

ISMENIE, BARSINE, SINORIX.

SINORIX.

Aprenez une heureuse nouvelle,
Madame ; Arminius va paroître à vos yeux ;
Il vient en ce moment d'arriver en ces lieux.
Sigismond s'avançant dans la forêt prochaine,

Est allé hors du Camp recevoir Polixene,
Que le Prince son Frere a voulu devancer.
J'ai crû que je devois venir vous l'annoncer,
Pour être le premier à vous marquer mon zele.
Madame, en d'autres lieux mon devoir me rapelle;
J'y cours.

SCENE VII.

ISMENIE, BARSINE.

ISMENIE.

QU'ai-je entendu ? Dans quel tems, justes Dieux !
Allez vous presenter mon Amant à mes yeux ?
Quels malheurs, quels combats, quel spectacle barbare
Ce funeste retour aujourd'hui me prepare ?
De quel œil se verront mon Pere & mon Amant ?
Ah ! pouvois-je prevoir cet affreux changement ?
Jusqu'ici les Destins propices & fideles
Marquoient tous mes momens par des faveurs nouvelles :
Mais dans un seul instant leurs tyranniques loix
Ont fait tomber sur moi tous les maux à la fois.
Je ressens en un jour plus d'ennuis, plus d'allarmes,
Qu'en dix ans de bonheur je n'ai trouvé de charmes.
C'en est trop, justes Dieux ! & si vôtre rigueur
Condamnoit les transports d'une innocente ardeur,
Si vous vouliez punir mon ame trop charmée
Des sensibles douceurs d'aimer & d'être aimée,
Helas ! pour me punir n'étoit-ce point assez
D'égaler mes douleurs à mes plaisirs passez ?

EARSINE.

Ah ! Madame, eſperez...

ISMENIE.

Que veux-tu que j'eſpere ?
Tu le vois mieux que moi, tout me devient contraire.
Mais c'eſt trop m'attendrir. Mes ſoupirs & mes pleurs
M'arrêtent en ces lieux ſans parer mes malheurs.
Courons donc à mon Frere aprendre ma diſgrace :
Il m'aime ; un ſort pareil aujourd'hui le menace.
Cherchons-le ; puiſſions-nous acorder en ce jour
Les devoirs opoſez du ſang & de l'amour.

Fin du premier Acte.

ACTE II.

SCENE I.

ISMENIE, BARSINE.

ISMENIE.

QUe fait Arminius, dis, l'as-tu vû, Barsine ?
Attendra-t-il ici le sort qu'on lui destine ?
De ces lieux ennemis ne veut-il point sortir ?

BARSINE.

A s'éloigner, Madame, il ne peut consentir.
En vain de vôtre part, à vos ordres fidelle,
J'ai peint vôtre douleur, vôtre crainte mortelle;
En vain à ce Heros j'ai predit, j'ai tracé
Les perils, les malheurs dont il est menacé :
Constant dans ses projets, & toûjours intrepide,
Il s'abandonne entier à l'amour qui le guide,
Et croit que de Segeste ayant reçu la foi,
Il peut paroître ici sans danger, sans effroi ;
Qu'on respecte toûjours, même pendant la guerre,
Ce fameux droit des gens saint par toute la terre :
Mais à l'heureux Cesar dût-il être immolé,
Il ne veut point partir sans vous avoir parlé.

ISMENIE.

Helas ! à quels tourmens sa fermeté m'expose !
Il perira, Barsine, & j'en serai la cause.
Va, retourne vers lui ; qu'il parte en ce moment.

Je le veux, je l'ordonne; & s'il m'aime ardemment,
De ſon amour pour moi la marque la plus chere
C'eſt de fuïr les Romains, & Varus, & mon Pere.
Qu'il ne s'obſtine plus à demeurer ici,
Cours, redouble tes pas.

BARSINE.

Madame, le voici.

SCENE II.

ARMINIUS, ISMENIE, BARSINE.

ARMINIUS.

Madame, malgré vous, malgré vôtre défence,
J'oſe juſqu'en ces lieux chercher vôtre preſence.
Quand Segeſte s'obſtine à me manquer de foi
Je viens voir ſi ſa Fille eſt plus juſte pour moi:
Enfin, pour diſpoſer de ma funeſte vie,
Je viens lire mon ſort dans les yeux d'Iſmenie.
S'ils peuvent ſans regret conſentir à me voir,
Je n'abandonne point un legitime eſpoir:
S'ils daignent me montrer leur tendreſſe ordinaire,
En vain à mon amour tout le reſte eſt contraire;
Mais ſi d'intelligence avec mes ennemis,
Ils détruiſent l'eſpoir qu'ils m'ont toûjours permis;
Sans laiſſer aux Romains le ſoin de me pourſuivre,
Madame, avec plaiſir je vais ceſſer de vivre.

ISMENIE.

Dans un tems moins cruel, vous le ſavez, Seigneur,

J'aurois à vous revoir borné tout mon bonheur :
Mais, helas ! la douceur d'une si chere vûë,
Par une juste crainte est ici suspenduë.
Je vous vois à regret dans ce Camp malheureux,
Où vous n'avez pour vous que mes timides vœux;
Où de vôtre Rival la puissance m'allarme ;
Où pour vous perdre enfin, tout conspire, tout s'arme.
Faloit-il dans ces lieux venir porter vos pas ?
Que venez-vous chercher ?

ARMINIUS.

Ne le savez-vous pas ?
Absent depuis six mois de tout ce que j'adore,
J'ai volé vers ce Camp, plein d'amour & d'espoir.
Eh ! qui jamais, Madame, auroit osé prevoir
Le funeste dessein qu'a formé vôtre Pere ?
Je savois qu'engagé dans un Parti contraire,
Ce Prince s'étoit joint avec mes Ennemis :
Mais devois-je penser, qu'indignement soûmis,
Il n'eût point conservé des droits sur une armée
A vaincre les Romains long-tems acoûtumée ?
Qu'il reconnût ici Varus pour Souverain,
Et voulût vous forcer de lui donner la main ?
Pouvois-je soupçonner... ?

ISMENIE.

Oui, vous deviez tout croire
Des fureurs des Romains jaloux de vôtre gloire ;
Et ne deviez-vous pas sur tout vous défier
D'un Prince qui de Rome a voulu s'apuier ?
Faloit-il s'exposer à la poursuite injuste.... ?

ARMINIUS.

Eh ! Madame, l'Amour raisonne-t-il si juste ?
J'esperois, & j'espere encore en ce moment,
De ramener Segeste à son premier serment.
Vous le voyez ; ce Prince évite mes aproches ;
Il ne soûtiendra point ma vûë & mes reproches ;
Rassurons-nous : bien-tôt, par un effort heureux..

ISMENIE.

Helas ! Seigneur, cessons de nous tromper tous deux.
En vain vous vous flatez de regagner mon Pere :
Mais quand il changeroit, que pretendez-vous faire ?
Seul contre les Romains armez contre vos jours ;
Sans forces, sans soldats...

ARMINIUS.

Nous aurons du secours.
Oui, Madame, aprenez que toute mon armée
Dans les bois de Teutberg par mon ordre enfermée,
Prête à tout entreprendre en ce même moment,
N'attend que ma presence & mon commandement.
En divers petits corps ces troupes divisées,
Ont fait dans nos Etats cent marches oposées :
Et passant par des lieux inconnus aux Romains,
Dans les eaux, dans les bois se traçant des chemins,
Après trois mois de soins, de perils, & de peines,
Se sont jointes enfin dans les forêts prochaines.
Madame, tout est prêt à marcher sous ma loi,
Vôtre frere conspire, & s'unit avec moi.
Je viens de lui parler : il ne voit qu'avec peine
Segeste adorateur de la grandeur Romaine
Et ne peut endurer qu'un ordre rigoureux
Refuse Polixene à son cœur amoureux.
Un interêt commun dans mes desseins l'engage ;
Et nous allons tous deux....

ISMENIE.

Ah ! quittez ce langage.
Un seul mot peut vous perdre ; & ces funestes lieux
Pour observer vos pas ont peut-être des yeux.
Ne vous assûrez point sur vôtre Rang suprême.
Segeste prevenu, Seigneur, n'est plus le même ;

Il ne connoît que Rome ; & les droits les plus saints
Contre elle dans son cœur n'ont que des titres vains.
Cher Prince, épargnez-moi les tourmens que j'endure.
Fuiez ce Camp fatal ; l'Amour vous en conjure.
Le plaisir que je sens tandis que je vous voi,
Cede à vôtre peril qui me glace d'effroi.
Partez, je vous l'ordonne, & ne puis m'en deffendre.
Les larmes que m'arrache un interêt si tendre,
Prince, tant de soupirs ne vous font que trop voir
Que vôtre cœur faisoit ma joie & mon espoir ;
Et je vous pers aussi, dans ma douleur profonde
Je ne compte pour rien tout le reste du monde ;
Tout est perdu pour moi. Si pourtant desormais
Je puis jusqu'à la mort former quelques souhaits,
Je demande à l'amour, qu'il conserve en vôtre ame
L'éternel souvenir du feu qui nous enflame ;
Que tandis que je vais vous tout sacrifier,
Il vous empêche au moins, Prince, de m'oublier ;
Non jusqu'à vous causer un suplice trop rude,
C'est assez qu'il vous donne un peu d'inquietude ;
Helas ! ce n'est pas trop. Allez, quittez ces lieux ;
Dans ce dernier soûpir, recevez mes adieux.

ARMINIUS.

Non, je ne reçois point un adieu si funeste.
S'il faut vous perdre, helas ! que m'importe du reste ?
Madame, quelque sort qui me soit preparé,
Je dois l'attendre ici d'un visage assuré.
Voulez-vous que montrant une indigne foiblesse,
J'aille loin de vos yeux expirer de tristesse ?

Vous livrer à Varus ? Ah ! s'il me faut mourir,
Que ce soit pour la gloire, & pour vous conquerir.
Quel ordre, quel départ ! Dieux ! quand je l'envisage,
Je fremis, & je sens chanceler mon courage.
Quoi ? j'irois, pour sauver de miserables jours,
Dont ma douleur bien-tôt auroit tranché le cours,
Errer desesperé de contrée en contrée,
Et portant dans mon cœur vôtre image adorée,
Sans cesse devoré d'inutiles souhaits,
Vous chercher en tous lieux, & ne vous voir jamais ?
Quoi ? j'irois loin de vous languir sans esperance.
Sans trouver un moment d'intervale à l'absence ;
Tandis que mon Rival content, favorisé,
Jouiroit du bonheur qu'on m'auroit refusé ?
M'en preserve le Ciel ; qu'ici plûtôt je meure
Vivre dans ces horreurs, c'est mourir à toute heure.
Vous le connoissez trop ; retenez donc vos pleurs ;
Epargnons nous tous deux d'inutiles douleurs.
Laissez-moi voir Segeste, il doit ici se rendre ;
Je vai fraper son cœur par l'endroit le plus tendre ;
Je vai l'encourager, rapeller à ses yeux
Sa parole, son sang, ses exploits glorieux.
Il se rendra peut-être, & me fera justice.
Mais, dût il, de mon sang hâter le sacrifice,
Fidele à mon amour, fidele à mon païs,
L'un & l'autre par moi ne seront point trahis.
Que Segeste en fureur s'arme contre ma vie,
Je n'ai ne fortement que vous, & ma patrie.
J'en atteste les Dieux : le coup me sera doux,
Qui me fera perir & pour elle, & pour vous.

ISMENIE.

Helas ! à quels malheurs.. Mais j'aperçois mon Pere.
Ah ! Prince, gardez-vous d'allumer sa colere.

Sur tout souvenez-vous durant vôtre entretien,
Qu'aujourd'hui vôtre sort decidera du mien.
Adieu.

ARMINIUS *apercevant Segeste.*

Fais-moi fléchir ce courage barbare,
O Ciel !

SCENE III.

SEGESTE, ARMINIUS, SUNNON, SINORIX.

SEGESTE *à Sunnon, & à Sinorix.*

A M'obeir, Gardes, qu'on se prepare ;
Executez mon ordre, & ne balancez pas ;
Cependant laissez-moi, ne suivez point mes pas.

SCENE IV.

SEGESTE, ARMINIUS, *assis*

ARMINIUS.

ENfin je vous rejoins après six mois d'absence,
Seigneur ; le sort repond à mon impatience.
Je n'avois pas pensé que jusques à ce jour
Il dût auprès de vous reculer mon retour :
Mais depuis ces forêts où l'Elbe prend sa source
Tant d'obstacles divers ont retardé ma course
Que, malgré mes efforts & mon empressement,
Je n'ai pû l'avancer, Seigneur, d'un seul moment,

SEGESTE.

Seigneur, de vos desseins vous seul êtes le maître,
Et pour vos interêts vous avez crû peut-être
Qu'il faloit negliger mes utiles avis :
Mais tout autre que vous les auroit mieux suivis.
Je n'examine point quelle raison puissante
Vous a fait refuser une paix importante ;
Cependant, je l'avouë, après vos longs refus,
Segeste dans ce Camp ne vous attendoit plus.

ARMINIUS.

Vous ne m'attendiez plus ! O Ciel ! pouviez-vous croire
Qu'un serment solemnel sortit de ma memoire ?
Que je pusse le rompre, & vous manquer de foi ?
Mais, vous justifiez l'état où je vous voi.
Quel vous laissai-je, helas ! quel aujourd'hui vous êtes !
Ma raison se confond, à voir ce que vous faites.
Segeste, ce Heros que nous admirons tous,
Dont la valeur, le nom, faisoit tant de jaloux,
Vient de ternir l'éclat de ces lauriers illustres
Qu'il avoit moissonnez pendant plus de six lustres.
Vit-on jamais, grands Dieux ! un semblable retour,
Et nos neveux, Seigneur, le croiront-ils un jour ?

SEGESTE.

De tout ce que j'ai fait j'ai pesé l'importance,
Seigneur, & j'ai suivi les loix de la prudence.
Ce sont des changemens où les Princes, les Rois
Se portent par raison plûtôt que par leur choix.
Ils considerent peu quel serment les engage ;
Ils consultent leur foi moins que leur avantage,
Et reglant leur parole aux caprices du sort,
Fléchissent sous les loix qu'imposent le plus fort.
Ces maximes d'Etat n'ont rien qui deshonore,
Et si vous l'ignorez, vous êtes jeune encore,

Vous l'aprendrez, Seigneur ; & peut-être qu'un jour
Vous vous en servirez vous-même à vôtre tour.

ARMINIUS.

Ah ! pour me détourner de ce funeste exemple,
Il suffit qu'aujourd'hui, Seigneur, je vous contemple.
Où sont tous vos emplois, vôtre Cour, vos grandeurs ?
On vous commande ici, vous commandiez ailleurs ;
Vous faisiez le destin de toutes nos Provinces ;
Vous serviez de modele à nos Chefs, à nos Princes ;
Vous étiez aimé, craint, renommé, souverain ;
Vous n'êtes aujourd'hui qu'un Citoyen Romain ;
Et vous sacrifiez à ce titre sans gloire,
Ces noms toûjours suivis d'une longue memoire.

SEGESTE.

Et cet abaissement doit me combler d'honneur.
Tous ces noms éclatans ne flatent point mon cœur.
Ma puissance me gêne, & cesse de me plaire,
Lors que de mes sujets elle fait la misere ;
Et pour leur assurer un sort, des jours heureux,
J'embrasse leur destin, & suis sujet comme eux ;
Voilà ce qu'on apelle amour de la patrie,
Et non de vos pareils l'indiscrette furie.
Vous sacrifiez tout au soin de vôtre rang ;
Des peuples malheux vous prodiguez le sang ;
Et vôtre ambition d'un faux zele animée
Achete de leur vie un peu de renommée.
Quel bonheur dans la Guerre ont trouvé nos Etats ?
De quoi leur ont servi nos sieges, nos combats ?
Ah ! j'ai donné cent fois des larmes à nos pertes.
Les Temples ruinez, les Provinces desertes,
Les Princes moissonnez à la fleur de leurs ans,
Les massacres cruels des Femmes, des Enfans.

Les campagnes par tout languissantes, steriles,
La faim, les fers, la mort, le pillage des Villes,
Ce sont là les effets par la Guerre produits,
Et de vôtre fierté les déplorables fruits.
Les peuples cependant ne respirent qu'à peine,
Et vôtre amour pour eux est semblable à la haine.
Pour moi, je ne veux plus de victoire à ce prix;
Je prefere la paix à ces tristes débris.
La Paix rend un Etat florissant, riche, illustre;
La Victoire avec soi ne porte qu'un faux lustre.
Malgré l'éclat trompeur qui flate les Guerriers,
Elle les fait gemir sous leurs propres lauriers.
Ici le Frere en pleurs redemande son Frere,
Là le Pere son Fils, ici le Fils son Pere;
Et dans le Camp vainqueur il est souvent douteux
Lequel des deux partis est le plus malheureux.

ARMINIUS.

Oui, Seigneur, j'avoûrai que souvent la Victoire
Nous vend cher ses faveurs, empoisonne sa gloire;
Que la Paix a des biens plus solides, plus doux:
Je l'aurois recherchée enfin autant que vous
Avec un ennemi moins fier & moins terrible:
Mais la Paix avec Rome est un joug infaillible;
Et sous les noms flateurs d'Amis, ou d'Alliez,
Elle asservit les Rois, & les foule à ses pieds.
Du moment qu'avec elle un Traité nous engage,
Nos enfans dans ses murs envoyez en ôtage,
Et dès leurs jeunes ans arrachez de nos bras,
Contre tous ses soupçons ne la rassurent pas.
Sur le moindre projet de quelqu'autre Alliance,
Ne voit-on pas sur nous tomber sa défiance?
Avant que rien resoudre, il faut prendre sa voix,
Et jusqu'à nôtre Hymen tout dépend de son choix,

Mais

Mais c'est peu. De nos jours Arbitre souveraine,
Lors qu'elle nous proscrit, nôtre perte est certaine,
Son barbare Senat, sans foi, sans amitié,
Jamais pour nos pareils n'a montré de pitié.
Des Princes qu'elle craint la plus legere offence
Attire sans retour les traits de sa vangeance;
Et sa fausse clemence, en de grands attentats,
Fait gloire d'épargner ceux qu'elle ne craint pas.
Ah! la Paix sous ses Loix est un bonheur funeste;
Elle me fait horreur, le Peuple la deteste.
Les Germains, des tresors fuyant la vanité,
Sont trop riches, Seigneur, avec la liberté.
Pour se la conserver, & tout Sexe, & tout Age,
De tout tems parmi nous a prouvé son courage.
Les Femmes dans les Camps, auprès de leurs Epoux,
Méprisent les dangers, & s'exposent aux coups.
Sans foiblesse, sans art, sans parure éclatante,
Leur pompe est leur vertu, leur Palais une Tente;
Leurs Fils dans le travail, dans la guerre formez,
Dès le flanc de leur Mere y sont açoûtumez.
Ces Enfans nez Guerriers au milieu des allarmes,
A peine ouvrent les yeux qu'ils demandent des armes;
Ils en font tous leurs jeux. Ah! pouvez-vous, Seigneur,
Sous un joug odieux enchaîner leur valeur?

SEGESTE.

Eh! qu'a-t-il d'odieux, ce joug où je l'enchaîne?
Rome n'a plus pour nous de mépris ni de haine;
Elle nous traite en Fils, & ne distingue plus

Nos Peuples & les ſiens unis & confondus.
Elle regle nos Mœurs ; ſa prudence en ſepare
Ce qu'elles ont d'affreux, de rude, & de barbare ;
Elle enſeigne à cherir, à reſpecter les Loix,
A faire des vertus le veritable choix ;
Elle épanche pour nous ces treſors que la Guerre
A portez dans ſon ſein des deux bouts de la Terre ;
Ses bontez envers nous éclatent chaque jour,
Et nous n'en recevons que des marques d'amour.

ARMINIUS.

Eh, quoi ? vous rendez-vous à ces fauſſes tendreſſes ?
Voyez, voyez les fers cachez ſous ſes careſſes :
Pour impoſer le joug au grand cœur des Germains,
Rome change à preſent de route & de deſſeins.
Tandis qu'elle a voulu les vaincre par les armes
De ſes puiſſans efforts ils n'ont point pris d'allarmes ;
Elle a toûjours trouvé, quand on a combattu,
Valeur contre valeur, vertu contre vertu ;
Elle veut aujourd'hui, par un chemin contraire
Achever ce qu'encor la force n'a pû faire,
Et cherche le ſecours de ces feintes douceurs,
Qui ne manquent jamais d'abuſer les grands cœurs.
Mais, Seigneur, c'eſt aſſez conteſté l'un & l'autre ;
Vous blâmez mon parti, je condamne le vôtre.
Il eſt tems de finir ce fâcheux entretien,
Qui porteroit trop loin vôtre eſprit & le mien.
Permettez ſeulement qu'un heureux Hymenée
D'Iſmenie à mon ſort joigne la deſtinée ;
Vous me l'avez promiſe, & dès nos jeunes ans
Nous ſommes engagez par de communs ſermens.

SEGESTE.

Ma Fille ! Quoi, Seigneur, y pensez-vous encore ?
Se peut-il....

ARMINIUS.

Si j'y pense ! Ah, Seigneur ! je l'adore.
Jamais de tant d'amour mon cœur ne fut épris.

SEGESTE.

Elle n'est pas pour vous, Seigneur, d'assez haut prix.
Songez que cet Hymen blesseroit vôtre gloire.
Vous, épouser ma Fille ! ah ! pourroit-on le croire ?
Voulez-vous jusques-là profaner vôtre main,
Vous qui méprisez tant un Citoyen Romain ?
Je le suis, & de plus je fais gloire de l'être.
Vous êtes Souverain, je reconnois un Maitre.
Seigneur, portez ailleurs vos soûpirs & vos feux ;
Cent Reines brigueront vôtre main & vos vœux.

ARMINIUS.

Seigneur, n'insultez point au malheur qui m'accable ;
Ne desesperez point un Prince deplorable.
Qui peut vous obliger à me manquer de foi ?

SEGESTE.

Je vous sers en effet, & fais ce que je doi.
Seigneur, à d'autres Nœuds ma Fille est destinée ;
L'état où je me vois regle son Hymenée ;
Enfin, pour son Epoux j'ai fait choix d'un Romain ;
Et Varus dans ce Camp doit l'épouser demain.

ARMINIUS.

Avant que mon Rival épouse ce que j'aime,
Ce Rival perira, fût-ce Cesar lui-même.

SEGESTE.

Nous n'aprehendons point vos funestes projets.

ARMINIUS.

Que Varus pour le moins en craigne les effets.
Je ne vous dit plus rien, adieu, Seigneur; peut-être
Le tems & le succez vous le feront connoître.

SCENE V.

SEGESTE *seul.*

LE succez ne sera que malheureux pour toi;
Tu ne porteras point tes fureurs loin de moi.

SCENE VI.

VARUS, SEGESTE.

VARUS.

QU'avez-vous fait, Seigneur, & que doit-on attendre...?
Mais, quoi? quel est ce bruit que je ne puis comprendre?
Qui cause ce tumulte & ces cris confondus?

SEGESTE.

Ma Garde par mon ordre arrête Arminius.
A nôtre sûreté sa perte est necessaire.
Hâtons-nous, ou craignons sa fureur temeraire;
Perdons sans balancer ce mortel Ennemi;
On ne doit jamais nuire & haïr à demi.
Seigneur, je suis instruit de toutes ses pensées,
Par des Lettres des siens à lui-même adressées;
Sinorix a surpris celui qui les portoit;
Elles sont en mes mains. Ce Prince se flatoit
D'attaquer nôtre Camp, d'enlever Ismenie;
Assûrons-nous la Paix aux dépens de sa vie.

SCENE VII.

VARUS, SEGESTE, ARMINIUS

se défendant au milieu des Gardes,

SUNNON, SINORIX.

ARMINIUS.

Ah! Traîtres! achevez, percez, percez mon sein.
Pourquoi m'arrachez-vous les armes de la main?
Et n'est-ce point assez que vous preniez ma vie,
Sans m'exposer encore à tant d'ignominie?
Voyant Segeste.
Te voilà, Tu n'as plus ni parole, ni foi,
Segeste, par ton ordre on attente sur moi.
Les Droits les plus sacrez n'ont donc rien qui t'arrête,
Et tu veux aux Romains faire un don de ma tête?
Digne emploi d'un Heros qui, durant quarante ans,
A rempli l'Univers de ses faits éclatans!
(*à Varus.*) Mais toi qui viens jouïr de toute ma disgrace,
Toi, dont le front déja du trepas me menace,
Magnanime Varus, penses-tu m'étonner?
J'avois juré ta mort, tu peux me la donner;
J'entendrai sans fremir l'Arrêt le plus severe;
Je crains plus ta pitié que toute ta colere.

VARUS.

Non, non, je ne viens point jouïr de ta douleur,

Je respecte ton rang, ton nom, & ton malheur.
Je fais plus ; de tes jours arbitre volontaire,
Je veux que de ton sort le Senat delibere ;
Lui seul te jugera. Cependant ne crois pas
Que la pitié me touche, & retienne mon bras.
Ce que je fais pour toi, je le fais pour moi-même.
Ismenie a ta foi, tu l'adores, je l'aime ;
Comme Chef des Romains je te dois condamner,
Mais comme ton Rival je te veux épargner,
Pour assurer ma gloire, & confondre l'envie
Qui pourroit m'acuser d'en vouloir à ta vie.

ARMINIUS.

Détrompe-toi, Varus, & sois moins genereux ;
Precipite ma mort si tu veux être heureux.
D'un Rival tel que moi la vie est importune,
Et l'on peut entre nous voir changer la fortune ;
L'exemple en est commun ; mais sois sûr qu'à mon tour
Je balancerai moins à te priver du jour.

VARUS.

Si de mon sort jamais les Dieux te rendent maître
A tes yeux sans secours me forcent de paroître,
Tu pourras ou me perdre, ou me sauver ; & moi,
Sans prevoir l'avenir, je fais ce que je doi.

SEGESTE.

Je ne saurois souffrir, Seigneur, qu'il vous outrage.
Qu'on l'ôte.

ARMINIUS.

De Segeste est-ce là le langage ?
Regarde en quels malheurs tu t'es precipité ;
Voi de nous deux enfin qui doit être imité.
Tu respectes Varus, tu le crains ; je le brave :
Je ne parle qu'en Roi, tu parles en Esclave ;
Et captif, desarmé, je suis plus Souverain,
Que tu ne l'as été les Armes à la main.

VARUS.

Laissons un libre cours à sa douleur mortelle,

Seigneur ; un soin pressant en d'autres lieux m'apelle.

Qu'on le garde.

SEGESTE.

Sunnon, apliquez-y vos soins ;

Qu'il ait à tous momens vos regards pour témoins.

Sur tout souvenez-vous qu'il y va de la tête.

ARMINIUS.

Ou faut-il me conduire ? allons ; quoi qu'on m'aprête,

Je défie à la fois le sort & les Romains.

Justes Dieux ! vous savez les malheurs que je crains.

Fin du second Acte.

ACTE III.

SCENE I.

POLIXENE, BARSINE.

POLIXENE.

APrens-moi donc, Barsine, où l'on garde mon Frere,
Que j'aille lui prouver une amitié sincere,
Et m'aquiter vers lui du plus juste devoir...

BARSINE.

Vous sera-t-il permis, Madame, de le voir?
Pour vous plaire, Sunnon osera-t-il enfraindre
L'ordre exprès...

POLIXENE.

De ma part Sunnon n'a rien à craindre.
Etrangere en ce Camp, sans secours, sans soldats,
Je ne puis que pleurer, voilà mes attentats.
Loin de pouvoir deffendre un Prince qu'on oprime,
Je cours offrir à Rome une double victime,
Suivre le sort d'un Frere, adoucir son ennui,
Le plaindre, le servir, & mourir avec lui.

BARSINE.

O Ciel! auriez-vous pris un dessein si funeste?

POLIXENE.

En puis-je former d'autre; & quel espoir me reste?

Du ſein de nos Etats on m'ameine en ces lieux,
Sous l'apas, ſous la foi d'un Hymen glorieux ;
Je me flatte qu'ici dès long-tems attenduë,
La joie en tous les cœurs doit regner à ma vûë ;
Que j'y dois trouver même une pompeuſe Cour ;
Qu'ai-je trouvé ? Je vois que dès le premier jour,
Segeſte me traitant en mortelle ennemie,
Par le dernier mépris me couvrent d'infamie ;
Pour un trône promis me prepare des fers,
Et jouït de ma peine aux yeux de l'Univers.
Mais, helas ! ce n'eſt point ce qui me deſeſpere,
Je ſens moins mes malheurs que les perils d'un Frere ;
Et de quel Frere encor ! Pour louer ſes exploits,
La Renommée à peine a-t-elle aſſez de voix.
Lui ſeul a des Germains fait revivre la gloire,
Et ſous leurs Etendats ramené la victoire.
On le livre aux Romains, ſans doute il va perir.
Dieux ! n'eſt-il point de bras prompts à le ſecourir ?
Laiſſerez-vous tomber cette tête proſcrite,
Vous, Soldats, tant de fois triomphans à ſa ſuite ;
Et vous, Peuples, du joug ſauvez par ſa valeur,
Ne deffendrez-vous point vôtre heureux deffenſeur ?

BARSINE.

Oui, Madame ; eſperez qu'un ſecours favorable...

POLIXENE.

Eh ! qui voudroit ſervir ce Prince déplorable ?
Qui voudroient de ſes maux avoir quelque pitié,
Quand ceux qui lui juroient une étroite amitié,
Quand ceux que l'amour même engage à ſa deffence,
Semblent paſſer pour lui juſqu'à l'indifference ?

Sigismond, Ismenie, ont oublié tous deux
Qu'ils aimoient autrefois ce Prince malheureux.
Leur voit-on rien tenter pour assurer sa vie ?
Ah ! de leur souvenir je suis aussi bannie.
Prennent-ils quelques soins de flater ma douleur ?
L'infortune du Frere est commune à la Sœur.
Helas ! dans tous les cœurs quel changement je trouve ?
Par quel dessein fatal, Dieux ! faut-il que j'éprouve
Que nos cruels malheurs glacent dans un seul jour
L'Amitié la plus forte, & le plus tendre Amour ?

BARSINE.

Cet injuste soupçon offense l'un & l'autre,
Madame ; leur douleur est égale à la vôtre ;
Les larmes d'Ismenie en ce même moment
A son Pere irrité parlent pour son Amant ;
Sigismond a juré de sauver vôtre Frere...
Mais il vient ; aprenez si son cœur est sincere.

SCENE II.

SIGISMOND, POLIXENE, BARSINE.

SIGISMOND.

Quel est vôtre dessein ? venez-vous dans ces lieux,
Madame, pour cacher vos plaintes à mes yeux ?
Je n'ose me flater que ma seule presence
Puisse de vos ennuis calmer la violence.
Si pourtant vôtre Amour étoit égal au mien...

POLIXENE.

Ah ! Seigneur, finissez cet étrange entretien.
Quel tems choisissez-vous ? La triste Polixene

N'a le cœur penetré que de crainte & de haine ;
Ces divers mouvemens l'agitent tour à tour ;
Il n'est plus dans ce cœur de place pour l'Amour.

SIGISMOND.

Que dites-vous ? ô Ciel !

POLIXENE.

Ce que je ne puis taire ;
Je deteste Varus, je tremble pour mon Frere.
Je vois l'un Souverain, l'autre persecuté.
Jugez de ma douleur dans cette extremité ;
Si je dois m'ocuper d'une inutile flâme.
Mais quand l'Amour encor regneroit dans mon ame ;
De quoi me serviroit ce vain amusement,
Seigneur ? doit-on aimer lors qu'on n'a plus d'Amant ?

SIGISMOND.

De ce fatal discours que faut-il que je pense ?
Me soupçonneriez-vous. . ? Mon esprit en balance,
Ne sauroit..

POLIXENE.

Non, Seigneur, je ne vous connois plus ;
Je n'ai jamais aimé l'Esclave de Varus.

SIGISMOND.

Juste Ciel ! vôtre cœur me peut-il méconnoître ?

POLIXENE.

Vous m'y forcez, Seigneur, quand vous souffrez un Maître.
Oui, lors que je vous vois, en vain je veux chercher
Ce Prince qui m'aimoit & qui m'étoit si cher.
L'Amour m'assure en vain que vous êtes le même ;
Ah ! j'en vois malgré lui la difference extrême.
Je trouve encor en vous cet air grand, glorieux,
Cette grace, ces traits, qui charmerent mes yeux ;
Mais je n'y trouve plus cette ardeur heroïque
Qui soûtenoit jadis la fierté Germanique,

Ce courage élevé, cette noble grandeur,
Et tant d'autres vertus qui charmerent mon cœuz.

SIGISMOND.
Ah! vous deviez me rendre un peu plus de justice,
Sans avoir attendu que je vous éclaircisse
De tout...

POLIXENE.
Helas! Seigneur, pendant ce vain discours,
De mon Frere peut-ête on va trancher les jours.
Peut-être la fureur d'un Rival qui l'abhorre...

SIGISMOND.
Calmez vôtre douleur; ne craignez rien encore,
Madame; & permettez que je vous fasse voir
Si d'un fidele Amant j'ai rempli le devoir;
Si je balance enfin entre vous & mon Pere;
Mais j'en laisse le soin au Prince vôtre Frere;
Il parlera, Madame, & vous convaincra mieux.

SCENE III.

ARMINIUS, SIGISMOND, POLIXENE, SUNNON, BARSINE.

POLIXENE.
Ciel! que vois-je? est-ce vous? en croirai-je mes yeux,
Seigneur? & quel secours, quelle main pitoyable
Finit en vous sauvant le tourment qui m'acable?
A qui dois-je mon Frere, & qui me l'a rendu?

ARMINIUS.
Vous m'en voyez moi-même étonné, confondu,

Gardé près de ces lieux, tout plein de mes disgraces,
De mes fiers Ennemis rapellant les menaces,
Preparé par avance aux cruautez du sort,
J'attendois à toute heure une sanglante mort;
Lors que Sunnon entrant, j'ai lû sur son visage
De quelque grand dessein l'infaillible presage:
Hâtons-nous, m'a t il dit, Seigneur, & suivez-moi,
Du salut de vos jours fiez-vous à ma foi.
Je le suis. Nous trouvons une route secrete,
Qui jusques dans ces lieux guide nôtre retraite;
De la nuit qui survient l'heureuse obscurité
A si bien secondé nôtre temerité;
Que je vous vois, enfin; le reste je l'ignore...

SIGISMOND.

J'ai tout osé pour vous, Seigneur, je dois encore
Remettre entre vos mains l'instrument glorieux

Il prend l'Epée d'Arminius des mains de Sunnon, & la lui rend.

Des exploits tant de fois achevez à nos yeux.
Ce n'est pas tout. Du Camp sortez en diligence;
Prenez en lui, Seigneur, une entiere assûrance;
Il est instruit de l'ordre, & connu des Soldats.
Allez, ne craignez rien; & bien-tôt sur ses pas
Vous gagnerez les bois, & joindrez vôtre Armée.

ARMINIUS.

De quel zele pour moi vôtre ame est enflamée
Puis-je jamais payer des soins si genereux?

POLIXENE.

Le Ciel en ce moment a rempli tous mes vœux,
Prince, puis que c'est vous qui me rendez mon Frere.

SIGISMOND.

Partez, Seigneur, fuyez l'implacable colere
De Segeste aveuglé des Romains furieux..

SUNNON.

Il n'est pas tems encor de sortir de ces lieux;

Les Soldats dans le Camp, errans à l'avanture,
Rendent en cet instant vôtre fuite moins sure.
Attendons, qu'oubliant leurs penibles travaux,
Dans les bras du sommeil ils cherchent le repos,
Et que la nuit, Seigneur, un peu plus avancée...

SIGISMOND.

Oui, par vôtre conseil je change de pensée;
Et je vais avec soin observer le moment
Où vous pourrez, Seigneur, vous sauver sûrement.
Moi-même dans ces lieux je viendrai vous reprendre.
(*à Polixene.*) Vous, auprés de mon Pere, il est tems de vous rendre,
Madame, par vos pleurs vous saurez l'abuser.

POLIXENE.

J'y cours; vous, pour leur fuite, allez tout disposer.
Adieu, Seigneur; le Ciel secondant mon envie,
Puisse-t-il par nos soins assurer vôtre vie.

SCENE IV.

ARMINIUS, SUNNON.

ARMINIUS.

Vous, qui pour mon salut travaillez avec eux,
Qui plaignez le destin d'un Prince malheureux,
Ami, de qui le zele à ma perte s'opose,
J'admire vos bontez, & j'en cherche la cause.
Quel charme à me servir vous a rendu si prompt?

SUNNON.

Devois-je moins, Seigneur, au Prince Sigismond?
C'est lui qui relevant ma naissance commune,
Jusqu'au rang que je tiens a porté ma fortune;

Qui pour vous assûrer mes soins, & mon seccurs,
M'a juré que son sort s'attachoit à vos jours.
Déja mon cœur pour vous craignoit un coup funeste,
J'étois presque ébranlé, le Prince a fait le reste;
Et quels que soient les noms qu'on me peut imposer,
Vos vertus, vos exploits me sauront excuser.
Suivez, Seigneur, suivez l'ardeur qui vous anime;
Dans le sang des Romains courez laver mon crime;
Des Peuples asservis courez briser les fers;
Vangez-les des mépris, des maux qu'ils ont soufferts;
Forcez tous les Germains enfin, de reconnoître
Que si Sunnon pour vous devient perfide & traître,
Sa trahison sauvant son Païs abatu,
Merite leur estime, & le nom de vertu.

ARMINIUS.

Oui, laissez-moi le soin d'une juste vengeance.

SUNNON.

Mais, Seigneur, si le Ciel trahit nôtre esperance?
Que sert de vous flatter? Je vois de toutes parts
Mille perils divers s'offrir à mes regards;
La fuite de ce Camp paroît si difficile...

ARMINIUS.

N'importe, je mourrai satisfait & tranquile,
Si je puis expirer les armes à la main,
Et si mes derniers coups versent du sang Romain.

SCENE V.

ARMINIUS, ISMENIE, SUNNON.

ISMENIE.

Vous êtes libre enfin, Seigneur; & Polixene
M'aprenant vôtre sort vient d'adoucir ma peine.

Dieux ! de quels traits mon cœur s'est-il senti
percer ?
Non, nul autre que moi ne sauroit le penser.
A peine je respire, abattuë, interdiie...
Mais grace au Ciel, je voi tout prêt pour vôtre
fuite ;
Vous vivrez... Mais, helas ! plus d'Hymen, plus
d'espoir ;
Pour jamais aujourd'hui je cesse de vous voir ;
Et le sort à nos vœux devenu trop contraire...

ARMINIUS.

Non, non, je fléchirai le sort & vôtre Pere.
Je vais, puis qu'il le faut, m'éloigner de vos yeux ;
Mais bientôt en Vainqueur je reverrai ces lieux ;
La justice, l'amour, mon cœur, tout m'en assure.
Le sang de mon Rival lavera mon injure :
Varus & les Romains dans ce Camp égorgez,
Serviront de victime à mes feux outragez ;
Mon bras...

ISMENIE.

Où vous emporte une aveugle colere ?
Voulez-vous dans leur chûte enveloper mon
Pere ?
Quel est vôtre dessein ? Ah Ciel ! pretendez-vous
Dans un Camp qu'il défend venir porter vos
coups ?
Vous verrai je au Combat animez l'un & l'autre,
Peut-être de sa main, peut-être de la vôtre...
Je fremis. C'est assez que nous l'osions trahir ;
Voulez-vous me forcer encore à vous haïr ?
Epargnez-le, Seigneur, & respectez sa vie.

ARMINIUS.

Le soin de son salut fait ma plus chere envie.
Quels que soient les affronts qu'il m'a fait au-
jourd'hui,
S'il se trouve au combat, je veillerai sur lui :
Moins jaloux mille fois d'emporter la victoire
Que de sauver ses jours au dépens de ma gloire.

ISMENIE.

Non, Seigneur, tous vos soins ne me rassurent
pas ;

Pourrez-vous retenir la fureur des Soldats ?
Je défens...

ARMINIUS.

Revoquez une loi si barbare,
Ou redoutez les maux que Rome nous prepare ;
Souffrez....

ISMENIE.

Non, c'en est fait, je n'y puis consentir,
N'en parlons plus.

ARMINIUS.

Et moi, je ne veux plus partir.
Je rentre dans les fers de vôtre injuste Pere,
J'abandonne ma tête à toute sa colere ;
Ce Prince, les Romains alterez de mon sang,
De la derniere goute épuiseront mon flanc,
Vous le savez ; déja ma perte est resoluë.
Et du coup qui m'attend vous n'êtes point émûë ?
Ingrate, vous craignez pour un Pere inhumain
D'un combat éloigné le peril incertain,
Et vous ne craignez point pour un Amant fidele
Les horreurs d'une mort & prochaine & cruelle.
Triste effet de mes soins ! je suis prêt à perir,
Et vous me deffendez de m'oser secourir !
Mais que dis-je, grands Dieux ! quel espoir est le vôtre ?
Voulez-vous vous jetter entre les bras d'un autre ?
Vous donner à Varus ? & que de son bonheur
Pour vous plaire je sois tranquille spectateur ?
Non, non, n'esperez pas que mon obeissance
Jusques à cet effort porte ma complaisance ;
Vôtre fausse pitié m'éloigne de ces lieux,
Et moi je veux du moins ne mourir qu'à vos yeux ;
J'y cours.

ISMENIE.

Quelle fureur, quelle affreuse menace ;
Arrêtez... Tout mon sang dans mes veines se glace.
Amitié, sang, amour, je cede à vôtre effort,
Vous dechirez mon cœur, qui sera le plus fort ?

Qui... Je sens que l'amour plus fort que la nature,
Du sang qui le combat surmonte le murmure ;
Je me rens, & je laisse agir vôtre valeur.
Entre mon Pere & vous j'ai partagé mon cœur :
Mais un juste transport le fait pancher, l'entraîne
Du côté de celui dont la perte est prochaine ;
Et quand je prens parti, Seigneur, entre vous deux,
C'est pour le plus à plaindre & le plus malheureux.

SCENE VI.

ARMINIUS, SIGISMOND, ISMENIE, SUNNON.

ARMINIUS.

Ah ! Madame.....

SIGISMOND.

Seigneur, fuyez en diligence.
La nuit dans tout le Camp fait regner le silence.
Allons ; marchez Sunnon, & ne differons pas.

ARMINIUS.

Adieu, Madame.

ISMENIE.

Allez, Seigneur, hâtez vos pas.
Revenez, triomphez ; mais sauvez-moi mon Pere.

SCENE VII.

ISMENIE *seule.*

IL part, que fera-t-il ? que faut-il que j'espere?
Triomphant des Romains & d'un Rival vainqueur,
Reviendra-t-il encor plus digne de mon cœur ?
Le verrai-je couvert d'une nouvelle gloire,
Brillant de cet éclat que donne la Victoire,
Plein d'amour, à mes pieds, venir prendre mes loix ?
Mais si je l'avois vû pour la derniere fois ?
Si du Ciel irrité la colere obstinée
Par la fin de ses jours marquoit cette journée ?
Helas ! s'il perissoit en combattant pour moi ?
Que d'horreurs ! tout ici redouble mon effroi.
Peut-être sa Victoire également funeste,
En épargnant Varus, fera tomber Segeste.
Non, non, rassurons-nous. Mon Amant aujourd'hui
N'en veut qu'à son Rival, & ne cherche que lui;
Il en triomphera sans acabler mon Pere.
Pardonne ce souhait à tes desirs contraire,
Segeste ; je t'honore, & les devoirs du sang
Dans mon cœur agité tiennent le premier rang :
Mais je fremis des nœuds où ton choix me destine;
Et l'Etat menacé d'une entiere ruïne
Fait revolter mon cœur contre un joug odieux.
Segeste avec Varus ? quelle union, grands Dieux !
Vous qui les unissez, & qui voyez ma peine,
Separez ces objets & d'amour & de haine ;
Que je puisse aimer l'un avec fidelité,
Et voir immoler l'autre avec tranquilité.
Mais on vient, c'est Barsine ; helas ! que me veut-elle?

SCENE VIII.

ISMENIE, BARSINE.

BARSINE.

Madame, c'en eſt fait ; la Fortune cruelle
Retient Arminius dans ce Camp odieux.

ISMENIE.

O Ciel ! qu'entens-je ?

BARSINE.

A peine il ſortoit de ces lieux,
Qu'il a trouvé d'abord pour obſtacle à ſa fuite
Que Varus fait du Camp une exacte viſite ;
Il va de garde en garde, il court de tous côtez ;
Par ſon ordre en cent lieux des Soldats ſont poſtez,
Qui prêts à ſignaler leur zele & leur courage,
Deffendent de ce Camp le plus étroit paſſage.
Sigiſmond éperdu, Sunnon épouvanté,
Ne ſachant que reſoudre en cette extremité,
Ont conduit vôtre Amant dans la Tente prochaine ;
Mais enfin deſormais leur entrepriſe eſt vaine.
J'ai vû leur deſeſpoir ; ils ne ſe flattent plus
De pouvoir hors du Camp conduire Arminius ;
La fuite cette nuit leur paroît impoſſible.

ISMENIE.

Ainſi de ce Heros la perte eſt infaillible.
A peine un ſeul inſtant un peu d'eſpoir me luit,
Que ma crainte redouble au moment qui le ſuit.
Me faudra-t-il toûjours trembler pour ce que j'aime ?
Grands Dieux ! ah ! que plûtôt je periſſe moi-même !
Ne menageons plus rien : l'Amour au deſeſpoir
Se fait de ſes tranſports un ſouverain devoir.

Allons trouver ce Prince, allons; dans mes allarmes,
Dans les pleurs que je verse il trouvera des charmes;
Et je sentirai moins mes mortelles douleurs,
Si je puis partager son sort & ses malheurs.

Fin du troisiéme Acte.

ACTE IV.

SCENE I.

VARUS *seul.*

JE ne sai que resoudre, & comment me conduire ;
Des ordres de Cesar j'aurois voulu m'instruire.
Tullus, que dès long-tems j'ai depêché vers lui,
De Rome auprès de moi doit se rendre aujourd'hui.
Qu'un moment paroît long à mon impatience !
Mais on vient, & je crois.... Oui, c'est lui qui s'avance.

SCENE II.

VARUS, TULLUS.

VARUS.

EH bien, Tullus, eh bien ; qu'est-ce qu'on me prescrit ?
Qu'ai-je à faire ?

TULLUS *lui presentant une Lettre.*

Seigneur, l'Empereur vous écrit ;
Des ordres de Cesar instruisez-vous vous-même,
Lisez, & connoissez sa volonté suprême.

VARUS *lit.*

Je suis content des soins que vous prenez
Pour ranger les Germains sous mon obeissance ;
Continuez Varus, & vous ressouvenez
Que ce qu'on fait pour moi n'est pas sans recompense
Je n'ai qu'un ordre à vous donner ;
Qu'Arminius par vous soit poursuivi sans cesse ;
Employez pour le perdre & la force & l'adresse,
Je vous deffens de l'épargner.
O Ciel !

TULLUS.

Qu'a donc pour vous cet ordre de funeste?
Plaignez-vous l'Ennemi que l'Empereur deteste?

VARUS.

Je fonde sur sa mort le bonheur de mes jours,
Et je n'ose des siens faire trancher le cours.
Arminius est cher à l'Objet que j'adore
J'en suis haï ; faut-il que je me charge encore
De l'invincible horreur que la mort d'un Amant
Lui donneroit pour moi jusqu'au dernier moment ?
De quel front oserois-je aborder Ismenie,
Du sang d'Arminius ma main encor rougie ?
Teint d'un sang si cheri voudroit-elle épouser
Celui qu'innocent même elle ose refuser ?
Ah ! sans trahir Auguste & la cause publique,
Acordons ma tendresse avec ma politique ;
En assurant ici les loix de l'Empereur,
Assurons, s'il se peut ; le repos de mon cœur ;
Que par la main d'un autre Arminius perisse ;
Qu'Ismenie en pleurant ce sanglant sacrifice,
Ne me reproche point la source de ses pleurs,
Et porte son courroux & sa vengeance ailleurs.

TULLUS.

Eh ! qui l'immolera, si vous lui faites grace ?
Qui punira, Seigneur, sa criminelle audace ?

VARUS.

Segeste avec plaisir prendra ce triste emploi ;
Arminius lui fait plus d'ombrage qu'à moi :
Ce jeune Chef par tout suivi de la victoire,
Des exploits de Segeste a surpassé la gloire ;
Les Peuples, les Soldats charmez de sa valeur,
L'ont honoré du nom de leur Liberateur ;
Tous couroient le chercher d'une ardeur empressée ;
Et Segeste déchû de sa grandeur passée
S'est rangé parmi nous pour s'épargner l'ennui
De le voir plus illustre & plus aimé que lui.
Mais le voici.

SCENE III.

VARUS, SEGESTE, TULLUS, SINORIX.

SEGESTE.

Seigneur, sur de justes allarmes
Tout le Camp se prepare, & chacun prend les armes.
On vient de m'avertir que sur la fin du jour
Nos Ennemis sortoient des forêts d'alentour ;
Qu'ils s'avançoient vers nous : ils ont apris peut être
Les extrêmes perils, la prison de leur Maître :
Ils craignent en ces lieux de voir trancher ses jours,
Et pleins d'amour pour lui volent à son secours.
Je ne le cele point, Arminius me gêne.
Que pouvons-nous resoudre ?

VARUS *à Sinorix.*

Allez ; qu'on me l'amene.

Vous

Vous Tullus, vers nos Chefs precipitez vos pas ;
Que chacun au combat dispose ses Soldats.
Je vous suivrai de près. Si l'Ennemi s'avance,
Vous reviendrez de tout m'instruire en diligence.

SCENE IV.

VARUS, SEGESTE.

SEGESTE.

QU'avez-vous resolu, Seigneur? vous flatez-vous
De vaincre Arminius, de l'attacher à nous ?

VARUS.

Je ne sai ; mais je vais du moins lui faire entendre
Le destin qu'en ces lieux sa fierté doit attendre ;
Je vais lui presenter les suplices tout prêts ;
Peut-être qu'à ses yeux paroissant de plus prés,
Leur funeste apareil, malgré toute sa haine,
Donnera quelque crainte à son ame hautaine.

SEGESTE.

Ah ! ne l'esperez pas. Ce farouche Ennemi
A mépriser la mort n'est que trop affermi ;
Vous-même l'avez vû dans la Guerre passée...

VARUS.

Seignaur, les tems divers font changer de pensée;
Le plus grand cœur s'effraie aux aprêts du trepas :
Tel l'a bravé cent fois au milieu des Combats,
Et vû d'un froat serain la mort presque infaillible,
Qui n'a jamais connu tout ce qu'elle a d'horrible.
Un esprit enflâmé d'une noble chaleur,
Poussé par la vengeance ou flatté par l'honneur,
Ocupé des moyens d'emporter la victoire,

Ne laisse alors les yeux ouverts que pour la gloire,
Et fait que le Guerrier jaloux de l'aquerir
Vole aprés les dangers & s'expose à mourir ;
Mais ce même Guerrier dans un état tranquile,
Menacé d'une mort à sa gloire inutile,
D'une mort odieuse, & qu'il ne cherche pas,
N'est plus tel qu'il étoit au milieu des Combats ;
Il fait voir sa foiblesse, il fremit, il murmure ;
L'esprit moins prevenu laisse agir la nature,
Et le trepas alors lui devient un objet
Plus redoutable encor qu'il ne l'est en effet.

SEGESTE.

Non, non, Arminius à tout ce qu'on prepare
Oposera, Seigneur, sa constance barbare.
Mais, s'il ne se rend point, cessez de ménager
Un Ennemi toûjours prompt à vous outrager ;
Et repoussant d'un coup tous ceux qu'il nous aprête,
A ses Troupes, Seigneur, faites porter sa tête.
Alors tout flechira ; rien ne peut resister.
Qu'attendez-vous ? faut-il encore consulter ?

VARUS.

Non, ne differons plus une vangeance juste ;
Allons, executons les volontez d'Auguste ;
Hâtons-nous d'immoler un Rival odieux,
Et laissons l'avenir entre les mains des Dieux.

SEGESTE.

Prononcez donc, Seigneur, l'Arrêt de son suplice ;
De son sang à Cesar offrez le sacrifice ;
Commandez. Un seul mot... Mais sachons...

SCENE V.

VARUS, SEGESTE, SINORIX.

SINORIX.

Ah, Seigneur!

SEGESTE.

Eh bien? Arminius...?

SINORIX.

Aprenez un malheur
Dont je fremis encore, & qui va vous surprendre:
Junnon vous a trahi.

SEGESTE.

Dieux!

VARUS.

Que viens-je d'entendre?

SINORIX.

On ne le trouve plus. Dans l'ombre de la nuit
Avec Arminius il s'est coulé sans bruit.
Tous ceux qu'il commandoit, interdits & timides,
Abusez par ses soins, ignorent...

SEGESTE.

Les perfides!
Tous m'ont manqué de foi, je vai les punir tous;
A peine tout leur sang suffit à mon courroux;
Mille morts...

SCENE VI.

VARUS, SEGESTE, SIGISMOND, SINORIX.

SIGISMOND.

Non, Seigneur, connoîssez le coupable;
Ne portez point ailleurs ce courroux redoutable;
Dans le sang innocent ne trempez point vos mains;
Perdez-moi; j'ai tout fait, j'ai trompé vos desseins,
J'ai fait partir Sunnon, je l'ai pressé...

SEGESTE.

Toi, Traître?
Tu trahis les Romains, & ton Pere, & ton Maître?
Tu sers un Ennemi par nos soins abatu?
Qui te le fait servir contre nous?

SIGISMOND.

Sa vertu,
Sa valeur, ses exploits qu'en tous lieux on renomme,
L'amour de ma Patrie, & ma haine pour Rome,
Le soin de vôtre honneur, mon amitié pour lui,
Tout m'a sollicité de lui servir d'apui.
Eh, quoi? pouvois-je voir ce Prince magnanime
Des Romains, de Varus, devenir la victime;
Et vos mains se souiller de son sang précieux,
Consacré par les loix, par son rang, par les Dieux?
Pouvois-je voir, Seigneur, la triste Germanie

Perdre son Deffenseur contre la Tyrannie ;
Et Polixene en proie à ses vives douleurs,
Me demander son Frere, & m'acabler de pleurs?
J'ai rempli mon devoir ; Seigneur, faites le vôtre
Je sauve une victime, & vous en livre une autre.
Si par ce que j'ai fait vous êtes outragé,
Il ne tient plus qu'à vous d'être bien-tôt vangé.
Versez, versez du sang : mais changez de victime ;
Repandez tout le mien sans scrupule & sans crime.
Si j'avois craint la peine, & l'horreur du trepas,
Du Prince Arminius j'aurois suivi les pas :
Mais je n'ai pas voulu que vos coups redoutables
Tombassent sur des cœurs qui ne sont point coupables.
Au gré de vôtre haine ordonnez de mon sort ;
Je ne m'en plaindrai pas : trop heureux si ma mort
D'un reproche honteux sauvant vôtre memoire,
Aux dépens de ma vie assure vôtre gloire.

SEGESTE.

Oui, lâche, tu mourras, puis que tu me trahis.

VARUS.

Ingrat, quelle fureur agite vos esprits ?
Où puisez vous l'excez de cette haine injuste,
Vous, de tant de bienfaits honoré par Auguste,
Comblé par le Senat de graces & d'honneurs ?

SIGISMOND.

Ne me reprochez point vos indignes faveurs.
Lors qu'à m'en acabler vôtre Senat s'aplique,
Dans ses fausses bontez je voi sa politique ;
Et ces fiers Ennemis devenus complaisans,
Me font, plus que leurs coups, redouter leurs presens.
Eh ! qu'ai-je affaire, ô Dieux ! de la grandeur Romaine ?
Que me sert-elle, helas ! si je pers Polixene ?
Oui, Cesar, si par toi je m'en voyois priver,

Quand sa perte à ton rang me devroit élever,
Dans mon cœur indigné de cette recompense,
La haine tiendroit lieu de la reconnoissance.
Eh quoi ! tous tes presens, ta liberalité,
Me pourroient-ils jamais payer ma Liberté ?
J'aurois des fers dorez ; mais je serois Esclave.
Je ne puis rien souffrir qui me gêne, ou me brave.
Et ne connois pour Maître en Terre, & dans les Cieux,
Que la vertu, l'honneur, la justice & les Dieux.

VARUS.

Pourquoi veniez-vous donc, Ame ingrate & perfide,
Suivre depuis deux mois nôtre Aigle qui vous guide ?
Quel charme, quel dessein vous conduit parmi nous ?

SIGISMOND.

Le glorieux desir de m'instruire avec vous,
D'aprendre de plus près ce grand Art de la Guerre
Qui vous a fait dompter presque toute la Terre,
D'en joindre la pratique à ce que nous savons,
Et de vous vaincre un jour par vos propres leçons.

VARUS.

Juste Ciel ! puis-je encor retenir ma colere ?
Saurois-je assez punir ce discours temeraire ?
Rendez graces au sang dont vous êtes sorti.

SEGESTE.

Il n'est plus de mon sang s'il quitte mon parti.
Fait Citoyen Romain, j'en ai pris les maximes.
Mon Fils n'est plus mon Fils, traître, couvert de crimes.
Brutus & Manlius m'ont tracé le chemin ;
Je le suivrai, Seigneur ; & de ma propre main,
Immolant sans pitié ce Fils lâche & rebelle,
Je saurai me couvrir d'une gloire immortelle,
Vanger l'honneur de Rome à mes yeux profané

Et meriter le nom que vous m'avez donné.

VARUS.

Quoi! Seigneur...

SEGESTE.

Punissons ma coupable Famille.
Dans ce fatal moment je hais jusqu'à ma Fille;
Sans doute elle est complice, & du moins, de ses voeux
Elle a favorisé son Amant malheureux.
Je veux que l'Univers étonné du suplice...

SCENE VII.

VARUS, SEGESTE, SIGISMOND, ISMENIE, POLIXENE, SINORIX, BARSINE.

POLIXENE.

ARrête, Pere aveugle, & voi ton injustice.
Epargne tes Enfans, & de ton fier courroux,
Sur Polixene seule épuise tous les coups.
L'amour dans Sigismond a vaincu la nature;
Et si tu veux punir l'auteur de ton injure,
C'est moi: voi dans mes yeux le souverain pouvoir
Par qui ton Fils forcé s'opose à ton espoir.
Ne délibere plus; me voilà toute prête;
Je m'offre à ta fureur! Mais qu'est-ce qui t'arrête?
A me donner la mort faut-il t'encourager?
N'oses-tu te baigner dans un sang étranger,
Toi qui voulois verser celui de ta Famille?
Ou peut-être crains-tu de punir une Fille?
Mais cesse d'épargner la sœur d'Arminius,
Segeste, souviens-t-en; toi, penses-y, Varus;
J'ai mêmes sentimens, même cœur que mon Frere;

Je ferai contre vous plus qu'il n'a voulu faire :
Si je ne puis verser du sang dans les Combats,
Je puis par mes discours animer les Soldats ;
Et suivant les transports de l'ardeur qui m'entraîne,
Contre Rome en tous lieux faire éclater ma haine,
L'inspirer à cent Rois abusez ou soûmis,
Et vous faire par tout de nouveaux Ennemis.

SIGISMOND.

Helas ! que faites-vous ? Eh ! voulez-vous, Madame,
Ebranler mon courage, intimider mon ame ?
Je m'offrois à la mort sans trouble, sans douleur,
Ah ! venez-vous... ?

POLIXENE.

Je viens partager ton malheur,
Puis qu'un saint nœud n'a pû lier nos destinées,
Que par la mort au moins elles soient enchaînées,
Que tu ne vives pas un instant après moi,
Que je ne pousse pas un soûpir après toi.

VARUS.

Quel discours ! quel dessein ! enfin, que puis-je faire ?
Faut-il... ?

SCENE VIII.

VARUS, SEGESTE, SIGISMOND, POLIXENE, SINORIX, TULLUS.

TULLUS.

Votre presence est au Camp necessaire.
On entend dans les airs mille cris confondus
Qui poussent jusqu'ici le nom d'Arminius.

Il vient fondre sur nous ; & malgré la nuit sombre,
De ses Troupes, Seigneur, on découvre le nombre :
Nos Chefs & nos Soldats au Combat preparez
N'attendent que l'emploi que vous leur donnerez ;
Tous à l'envi. . .

VARUS.

Marchons ; venez punir l'audace
De ce jeune orgueilleux qui court à sa disgrace.

SEGESTE.

Je vous suis. Sinorix, gardez ce criminel,
Ce rebelle chargé du couroux paternel.
Me punissent les Dieux que ma fureur atteste,
Si je l'épargne après sa trahison funeste.

Fin du quatriéme Acte.

ACTE V.

SCENE PREMIERE.

SIGISMOND, ISMENIE, POLIXENE, GARDES.

SIGISMOND.

Ne saurons-nous jamais quel sera nôtre sort?
Cet état incertain est pire que la mort.
Helas ! chacun de nous, tremblant pour ce qu'il aime,
A peine en ce moment se souvient de lui-même.
De ce fatal Combat que je crains le succez;
J'y vois de toutes parts de sinistres effets :
Ou mon Pere expirant, ou mon Ami sans vie,
Et peut-être sa mort de la vôtre suivie.
Quel suplice, grands Dieux ! où me vois-je réduit ?

ISMENIE.

O courroux! ô rigueur du Ciel qui nous poursuit!
Que de soupirs perdus ! que d'inutiles plaintes !
Toûjours des soins nouveaux & de nouvelles craintes :
Est-ce là le bonheur que j'avois attendu ?
Mais Barsine revient.

SCENE II.

SIGISMOND, ISMENIE, POLIXENE, BARSINE.

ISMENIE.

Parle ; n'as-tu rien vû ?
Ne nous déguise rien.

BARSINE.

Je ne puis vous aprendre
Que ce qu'un bruit confus vient de me faire entendre.
J'étois près de ces lieux où j'ai de toutes parts
Promené vainement mes curieux regards ;
Je n'ai pû rien connoître ; & ma timide vûë
Dans mille objets affreux s'est d'abord confonduë.
Les clameurs des Soldats mourans, ou renversez,
Les cris des combattans, les plaintes des blessez,
Le carnage, le sang, l'horreur, le bruit des armes,
Ont étonné mon cœur, & fait couler mes larmes;
Je n'ai pû soutenir ce spectacle sanglant ;
J'ai fremi, j'ai couru vers ces lieux en tremblant,
Où des Soldats Romains la joie & le langage
M'ont apris que Varus avoit tout l'avantage,
Et que l'injuste sort secondant ses desseins
Se declaroit, Madame, en faveur des Romains.

POLIXENE.

Ne nous flattons donc plus ; nôtre perte est certaine ;
Vôtre Pere & Varus vont assouvir leur haine.

SIGISMOND.

Helàs, Madame !

POLIXENE.

Eh quoi ! Prince, vous soupirez ?
Juste Ciel ! est ce ainsi que vous me rassurez ?
Pensez-vous que frapé du peril qui nous presse,
Mon cœur en ce moment soit exempt de foiblesse ?
Je la cache à vos yeux, pour ne pas redoubler
Des tourmens assez grands pour vous faire trembler ;
Je vous cache la mienne, ah ! cachez-moi la vôtre ;
Rassurons-nous plûtôt, aidons-nous l'un & l'autre.
Je sens qu'il est cruel d'être privé du jour,
Lors qu'on fait son bonheur d'un mutuel amour ?
Toutefois dans la mort que le Ciel nous envoie,
Nos cœurs doivent trouver quelque sujet de joie :
Nous mourrons satisfaits ; vous de moi, moi de vous ;
Nous n'avons ni soupçons, ni mouvemens jaloux,
Cher Prince, nôtre sort est plus doux qu'il ne semble ;
Nous mourrons l'un pour l'autre, & nous mourrons ensemble.

ISMENIE.

Oui, dans vôtre malheur vous êtes trop heureux.
Un semblable destin attire tous mes vœux :
Mais moi, de mon Amant absente, separée,
Des maux que vous souffrez comme vous dechirée,
Je ne saurois, helas ! pour flatter mon ennui,
Le voir, ni lui parler, ni mourir avec lui.
Et quoi que chez les morts je m'aprête à le suivre,
J'aurai le déplaisir d'avoir pû lui survivre.
O Dieux ! en cet instant peut être que Varus
Perce d'un trait fatal le cœur d'Arminius.
Peut être de Soldats une troupe barbare
Foule sa tête auguste, ou du corps la separe ;

Et portant sur un Dard ce tresor precieux,
En fait à tout le Camp un trophée odieux.
Juste Ciel ! quel objet ! Mais j'aperçois mon Pere,
Et je vois dans ses yeux éclater sa colere ;
C'en est fait ; n'attendons qu'un trepas rigoureux.

SCENE III.

SEGESTE, SIGISMOND, ISMENIE, POLIXENE, BARSINE, SINORIX, GARDES.

SEGESTE.

Traîtres, les Dieux cruels ont exaucé vos vœux.
Du sang de mes Soldats & des Troupes Romaines
Le fier Arminius vient de couvrir nos plaines ;
Mais de ce grand succez vous ne joüirez pas ;
Et loin que son trtomphe ait pour lui des apas,
Lui-même il pleurera, du moins j'ose le croire,
L'avantage fatal de sa triste Victoire,
Puisqu'il perd aujourd'hui, pour nous avoir défaits,
Le plaisir & l'espoir de vous revoir jamais.
Varus encor suivi des restes de l'Armée,
Soûtient d'Arminius la valeur enflâmée ;
Il l'arrête, & je viens pour vous enlever tous
Aux vœux d'un Ennemi qui ne cherche que vous.
Venez, venez à Rome, où Varus vous envoie :
Je vais vous y mener, & je sens quelque joie
A penser que le Chef de nos heureux Vainqueurs
Honorera bientôt ma fuite de ses pleurs.

Gardes, qu'on les conduise; allons; c'est trop attendre;
Marchons.

SCENE IV.

SEGESTE, SIGISMOND, ISMENIE, POLIXENE, BARSINE, SINORIX, TULLUS, GARDES.

TULLUS.

Il n'est plus tems,& songez à vous rendre,
Seigneur, tous mes Soldats sont dispersez, ou morts,
Arminius me suit, tout cede à ses efforts,
Et Varus animé d'un genereux courage
Vient de mêler son sang au reste du carnage.

SEGESTE.

Il est mort!

TULLUS.

Oui, Seigneur, en Heros, en Romain,
Et bravant l'injustice, & les coups du destin;
Après avoir trois fois, par des faits incroyables,
Soûtenu des Germains les assauts redoutables,
De ruisseaux de leur sang inondé les sillons,
Et presque renversé leurs épais Bataillons,
Il voit de toutes parts ses Troupes fugitives,
Et ne peut rassembler ses Legions craintives;
Alors demeuré seul, encore il se deffend,
Et fait sentir la crainte aux Vainqueurs qu'il attend:
Ils n'osent l'aborder, sa fierté les étonne;
Toutefois à grands flots leur troupe l'environne,

Et honteux de se voir par lui seul arrêtez,
Lui poussent à l'envi cent coups precipitez;
Son sang coule aussitôt; il le voit, & rapelle
De sa force épuisée une force nouvelle:
C'est assez, a-t-il dit; ah! ne permettons pas
Que mes jours soient tranchez par d'indignes Soldats:
Sur tout, épargnons-nous la rage & l'infamie
De devoir au Vainqueur le reste de ma vie.
Il se frape à ces mots; mortellement blessé
Sur un monceau de corps il tombe renversé;
Et ce coup à jamais consacrant sa memoire,
Dans sa défaite même il se couvre de gloire.

SEGESTE.

Ah! Varus; que je plains, que j'admire ton sort!
Je brûle de te suivre, & d'imiter ta mort;
Je jure, ainsi que toi, de fuir l'ignominie,
De tenir du Vainqueur une importune vie.
Mais, avant qu'achever le dessein que je prens,
Faisons un sacrifice à tes Manes errans:
Que ces perfides cœurs, que le destin me livre,
Dans la nuit du tombeau soient forcez de te suivre:
Que sans égard enfin du sexe ni du rang,
De tous trois à mes yeux on repande le sang;
Que j'y mêle le mien; qu'Arminius ne trouve
Que les sanglans effets des fureurs que j'éprouve;
Qu'il ne rencontre ici, pour fruit de ses Exploits,
Que son Ami, sa Sœur, sa Maîtresse aux abois;
Et pour vanger les maux où son bonheur m'expose,
Qu'il plaigne mon trepas par les horreurs qu'il cause.
Frapez, Gardes... Mais Dieux! le voici ce Vainqueur.
Ah! que mon bras du moins seconde ma fureur.
Que je meure...

SIGISMOND.

Ah, Seigneur! quel dessein? quelle envie?

ISMENIE.

Arrêtez...

SEGESTE.

Quoi, cruels, vous menagez ma vie?
Vous m'osez desarmer; & vous voulez enfin
Qu'Arminius soit seul maître de mon destin?

SCENE V.

SEGESTE, ARMINIUS, SIGISMOND, ISMENIE, POLIXENE, BARSINE, SINORIX, GARDES.

SEGESTE.

EH bien, Arminius, par un revers funeste,
La Fortune en tes mains met le sort de Segeste!
Tu sais de quelle ardeur j'ai poursuivi tes jours;
Tu me vois maintenant sans espoir, sans secours;
Vange-toi sans scrupule, & prens une victime
Dont la perte est utile, & la mort legitime.
Frape, perce ce cœur qui n'attend que tes coups.

ARMINIUS.

Cessez de m'animer, & d'aigrir mon courroux.
Vos derniers attentats, vos cruelles injures
Ont laissé dans mon cœur d'assez vives blessures,
Pour me porter sans peine à vous donner la mort;
Et je ne doute point, si la rigueur du sort
Vous eût par ma défaite abandonné ma vie,
Que déja vos fureurs ne me l'eussent ravie.
Que n'avez-vous point fait aujourd'hui contre moi?
Ce n'étoit pas assez de me manquer de foi;
Sans égard pour les droits que ma naissance donne,

Vous avez attenté jusques sur ma personne ;
Et de vos fers honteux osant charger mes mains,
Fait de mon esclavage un triomphe aux Romains.
L'Univers étonné du bruit de mon offense,
Ne le sera pas moins d'aprendre ma vengeance.
D'un mot je puis vous perdre, & je suis offensé ;
N'y pensons plus, Seigneur, oublions le passé ;
C'est moi qui vous en prie. Enfin de ma Victoire
Je ne veux d'autre prix, je ne veux d'autre gloire
Que le charmant espoir d'être de vos Amis,
Et le parfait bonheur de me voir vôtre Fils.
Craignez moins de Cesar la puissance funeste ;
Combattons seulement ; je vous repons du reste.
En vain vous avez crû que fidele aux Romains
La Victoire par tout seconde leurs desseins ;
Que contre leurs efforts rien ne nous peut deffendre ;
Pour les vaincre il suffit de l'oser entreprendre.
Vous venez de les voir expirer sous mes coups ;
Et ces Romains enfin sont hommes comme nous.
Mais dussions-nous perir, Seigneur, pour la Patrie,
Mourons libres du moins, s'il faut perdre la vie ;
Un malheur éclatant est toûjours glorieux ;
Soûtenons nôtre gloire, & laissons faire aux Dieux.

SEGESTE.

Vaincu, desesperé, que pourrois-je repondre ?
Prince, tous vos discours ne font que me confondre.
Je ne m'attendois pas à ces soins genereux ;
Et si vous vous vangiez serois-je plus heureux ?
Joüissez à loisir des fruits de la Victoire,
Mais ne me forcez point d'en voir toute la gloire.
Quand vous me découvrez vos nobles sentimens,
Ma honte & ma douleur croissent à tous momens.
Epargnez ma foiblesse ; & loin de vôtre vûë
Laissez-moi devorer le chagrin qui me tuë.

ARMINIUS.

Suivez-le, Sinorix, & veillez sur ses jours.

Madame....

ISMENIE.

Non, Seigneur, je vole à son secours;
Permettez....

SCENE DERNIERE.

ARMINIUS, POLIXENE, ISMENIE, SIGISMOND, BARSINE.

ARMINIUS.

Je vous suis; venez, allons, Madame,
Remettre par nos soins le calme dans son ame.
Malgré son desespoir, malgré tout son couroux,
Le tems & nos respects le fléchiront pour nous.
Je m'étois engagé de vanger mon outrage,
De m'ouvrir jusqu'à vous un glorieux passage;
Varus est mort, enfin les Romains sont defaits;
Graces aux Dieux, l'effet repond à mes souhaits:
De mes liberateurs reconnoissons le zele
Et consacrons à Rome une haine immortelle.

FIN.

ANDRONIC,

TRAGEDIE.

ACTEURS.

COLOJEANPALEOLOGUE, Empereur de Grece.
IRENE, Fille de l'Empereur de Trebisonde, Femme de l'Empereur.
ANDRONIC, Fils de l'Empereur.
LEON,
MARCENE, Miniſtres d'Etat.
LEONCE, Envoyé des Bulgares auprès de l'Empereur.
EUDOXE, Gouvernante d'Irene.
NARCE'E, Confidente d'Irene.
MARTIAN, Confident d'Andronic.
ASPAR, } Officiers des Gardes de
GELAS, } l'Empereur.
CRISPE, Officier de l'Empereur.
GARDES.

La Scene eſt à Conſtantinople, autrefois Biſance, dans le Palais de l'Empereur.

ANDRONIC,

TRAGEDIE.

ACTE PREMIER.

SCENE PREMIERE.

MARCENE, CRISPE.

MARCENE.

Quoi ! malgré nos chagrins & nôtre longue haine,
Leon, dis-tu, demande à parler à Marcene ?
A moi ? Me dis-tu vrai ? Puis-je le croire ainsi ?

CRISPE.

Oui, Seigneur, & bientôt il doit se rendre ici.

MARCENE.

Est-il quelque interêt assez fort sur son ame,
Pour contraindre un moment le courroux qui l'enflâme ?

Après que si long-tems soigneux à m'offenser,
Et dans tous mes desseins prompt à me traverser,
Il a tenté cent fois d'usurper ma puissance,
Et l'Emploi glorieux que j'exerce à Bisance ?
Pour moi, je l'avoûrai, dans ma haine affermi,
Je ne regarde en lui qu'un mortel Ennemi ;
Et ma faveur sans cesse à la sienne contraire,
Me vange assez des maux qu'il a voulu me faire.
Je l'attendrai pourtant ; & pour être éclairci
Des sentimens secrets d'un homme....

CRISPE.

Le voici.

SCENE II.

MARCENE, LEON, CRISPE.

LEON.

Que l'on nous laisse seuls. Seigneur, puis-je pretendre

Crispe se retire & l'on continuë.

Qu'avec tranquillité vous daignerez m'entendre ;
Et que de vos soupçons interrompant le cours,
Vous pourrez sans contrainte écouter mes discours ?

MARCENE.

Je ne puis vous celer ma surprise secrette ;
Mais dans quelque embarras où ce discours me jette,
Parlez, ne craignez rien, en vous ouvrant à moi ;
Je le jure, Seigneur, fiez-vous à ma foi.

LEON.

Il suffit ; ce serment a dissipé ma crainte,
Et je vais m'expliquer sans détour & sans feinte.
Depuis plus de vingt ans, vous le savez, Seigneur,

Nous conduisons tous deux l'esprit de l'Empereur :
Il partage entre nous son cœur & sa puissance,
Et nous dictons toûjours les ordres qu'il dispense.
Du rang que vous tenez, confus, desesperé,
Pour vous en dépouiller j'ai cent fois conspiré ;
Et vous que contre moi poussoit la même envie,
Vous avez attaqué ma faveur & ma vie :
Je ne craignois que vous, vous ne craigniez que moi ;
Et puis qu'il faut ici parler de bonne foi,
C'étoit avec raison que jaloux l'un de l'autre,
Vous craigniez mon pouvoir, que je craignois le vôtre ;
Puis que chacun de nous estimant son Rival,
Trembloit qu'à sa fortune il ne devint fatal :
Persuadez tous deux, en voulant nous détruire,
Qu'un de nous suffisoit pour gouverner l'Empire.
Souvent nos démêlez étant prêts de finir,
L'Empereur a pris soin de les entretenir :
Nos chagrins l'ont servi bien mieux que nôtre zele,
Chacun de nous étoit un Ministre fidelle,
Dont les yeux attachez sur un seul Ennemi,
Toûjours dans son devoir le tenoit affermi ;
Ainsi ; tant qu'ont duré nos haines mutuelles,
L'Empereur a joui du fruit de nos querelles ;
Il faut les terminer, le jour en est venu.
L'Etat de cette Cour, Seigneur, vous est connu :
Depuis près de deux mois qu'en épousant Irene,
L'Empereur s'est lié d'une nouvelle chaîne,
Qu'enlevant la Princesse à son Fils malheureux,
D'une foi tant jurée il a rompu les nœuds ;
Andronic tout entier se livre à la colere ;
Et si dans ses transports il épargne son Pere,
S'il le respecte encore, ah ! croyez que sur nous
Il en fera tomber les plus funestes coups :
Il impute à nos soins sa triste destinée ;

Il croit que pour resoudre un second Hymenée
Enfin pour en former les injustes liens,
L'Empereur a suivi vos conseils & les miens.
Nos perils sont égaux ; nos craintes sont communes,
Seigneur, associons nos cœurs & nos fortunes ;
Et pour nous maintenir, hâtons-nous de dresser
Un rempart qu'Andronic ne puisse renverser.

MARCENE.

Je ne sai si je puis avec quelque assurance,
Seigneur, de vos discours bannir la défiance :
Mais personne en ces lieux ne peut nous écouter,
Nous sommes seuls ; enfin, qu'aurois-je à redouter ?
Quand vous m'acuseriez, vôtre seul temoignage
Ne peut contre ma foi donner le moindre ombrage ;
Je connois là-dessus l'esprit de l'Empereur ;
Je vais donc vous repondre, & vous ouvrir mon cœur.
Seigneur, de vos avis je voi trop l'importance ;
Le Prince est plus à craindre encore qu'on ne pense ;
Il regnera, comment nous pourrons-nous sauver ?
Pour moi, qui fus chargé du soin de l'élever,
Je me suis fait long-tems une penible étude
De percer les raisons de son inquietude.
Vous savez que toûjours solitaire, inquiet,
Farouche, il a paru ne vivre qu'à regret :
Grace à mes soins, j'ai lû jusqu'au fond de son ame,
J'ai vû son desespoir ; l'ambition l'enflâme ;
Au désir de regner sans cesse abandonné,
Tout lui déplait ici, n'étant point couronné :
Quelque soin qu'on ait pris d'abaisser son courage,
De dompter son orgueil dans un long esclavage.
On l'a vû chaque jour, loin de s'humilier,

Se roidir contre nous, & devenir plus fier :
Trop instruit de ses droits, trop plein de sa naissance,
Il ne sauroit souffrir la moindre dépendance ;
Mais sur tout, j'ai connu que son cœur est épris
D'un invincible horreur contre les Favoris :
Il voit nôtre pouvoir dans la Cour de son Pere,
Seigneur, comme un larcin que nous osons lui faire ;
Et si de l'Empereur il souhaite la mort,
C'est plus pour nous punir, que pour changer de sort.
Voilà quel est le Prince ; & je puis dire encore,
Qu'il est cher à la Cour, que le Peuple l'adore :
Dès l'enfance affectant une fausse pitié,
Il s'est de tout l'Empire attiré l'amitié :
Vous voyez qu'il soutient les rebelles Bulgares :
Chaque jour l'Envoyé de ces Peuples Barbares
L'entretient, le consulte ; & près de l'Empereur,
Andronic l'a flatté de toute sa faveur :
Ah ! rendons pour la Paix leur projet inutile ;
Que serions-nous tous deux dans un état tranquille ?
L'Empereur libre alors de craintes & de soins,
Etant plus absolu, nous écouteroit moins ;
En vain de sa tendresse il nous donne des marques,
Il est, n'en doutez point, comme tous les Monarques,
Qui d'une égale ardeur cherissent nos pareils,
Et des plus grands bienfaits achetent leur conseils,
Tandis que le desordre, ou le destin contraire
Rendent à leur grandeur ce secours necessaire :
Mais après le danger, à l'abri du malheur
Leur ardente amitié perd toute sa chaleur :
Nous devenons suspects en cessant d'être utiles ;
Nos services passez sont de foibles aziles ;
On ne veut plus nous voir avec les mêmes yeux ;
Ce qu'on louoit jadis est un crime odieux ;
Et l'exil, la prison, que dis-je ? une mort promte

Chez la posterité fait passer nôtre honte ;
D'autant plus malheureux, qu'acablez de douleurs,
Tout le monde irrité nous refuse des pleurs ;
Qu'au milieu des fureurs que sur nous on deploie,
Nos maux sont le sujet de la publique joie ;
Que le Peuple triomphe, & loin de s'attendrir,
Se plaint qu'on nous fait grace en nous faisant mourir.

LEON.

Oui, Seigneur, prévenons le retour ordinaire,
Qui du sort indigné nous montre la colere ;
Ocupons l'Empereur, ne le laissons jamais
Gouter le plein bonheur d'une profonde Paix ;
Ainsi Maîtres de tout, nous n'aurons plus de Maître,
Et le fier Andronic.... mais je le voi paroître ;
L'Envoyé l'acompagne, & Martian aussi.

SCENE III.

ANDRONIC, MARCENE, LEON, LEONCE, MARTIAN.

ANDRONIC *à Leonce.*

JE vais leur en parler ; ils sont tous deux ici.
Leonce, vous verrez avec combien de zele
Des Peuples oprimez je défens la querelle.
Vous, dont les seuls avis & la pleine faveur
Au gré de vos desirs font agir l'Empereur,
Portez-le à la clemence, & faites qu'il se rende,
Qu'il acorde la Paix que Leonce demande,

Et cesse d'acabler du sort le plus cruel
Un Peuple malheureux, & non pas criminel.
Pressez, n'épargnez rien; secondez mon envie;
Qu'on me laisse partir, que j'aille en Bulgarie;
Des Peuples ébranlez j'assurerai la foi;
J'en repons, si l'on veut s'en reposer en moi.
Songez que vos conseils ont causé ma misere;
Que si j'obtiens par vous cet aveu de mon Pere,
En faveur de vos soins je puis tout oublier;
Que je m'abaisse enfin jusqu'à vous en prier.

MARCENE.

Ah! Seigneur....

ANDRONIC.

C'est assez. Il me reste à vous dire
Que je dois être un jour le Maitre de l'Empire.
Laissez-moi.

SCENE IV.

ANDRONIC, LEONCE, MARTIAN.

LEON.

Sur l'espoir d'obtenir vôtre apui.
Seigneur, nous nous flattons....

ANDRONIC.

Eh! que puis-je aujourd'hui?
Helas! plus malheureux encor que vous ne l'êtes,
Rien ne peut reparer les pertes que j'ai faites;
Et vous pouvez un jour dans une douce Paix,
Perdre le souvenir des maux qu'on vous a faits.
L'Empereur doit ici vous voir & vous entendre;
Il l'a promis, il vient, je vais tout entreprendre:
Trop heureux, si mes soins donnent à vos Etats
Ce repos souhaité dont je ne jouis pas!

SCENE V.

L'EMPEREUR, ANDRONIC LEONCE, MARTIAN, Gardes.

ANDRONIC.

SEigneur, Leonce encor vous demande Audiance,
Et vous avez daigné m'aſſurer. . . .

L'EMPEREUR.

Qu'il s'avance.

LEONCE.

Permettez-vous, Seigneur, qu'embraſſant vos genoux,
J'oſe vous ſuplier d'écouter. . . .

L'EMPEREUR.

Levez-vous.

LEONCE.

Fais ſi bien, juſte Ciel, que ma plainte le touche.
Tout un Peuple, Seigneur, vous parle par ma bouche;
Un Peuple qui toûjours à vos Ordres ſoumis,
Fut le plus fort rempart contre vos Ennemis,
Et de qui la valeur juſtement renommée
Se fit craindre cent fois à l'Europe allarmée,
Quand vôtre illuſtre Pere achevant ſes Exploits
Se vit & la Terreur & l'Arbitre des Rois.
Vous le ſavez, Seigneur; ce Peuple magnanime
Fut toûjours honoré de ſa plus tendre eſtime;
Et ce digne Heros, pour ſes fameux Combats
Choiſiſſoit parmi nous ſes Chefs & ſes Soldats.
Cet heureux tems n'eſt plus; ces Guerriers intrepides

Sont en proie aux fureurs des Gouverneurs avides;
Sous des fers odieux leur cœur est abattu,
La rigueur de leur sort acable leur vertu ;
Tout se plaint, tout gemit dans nos tristes Provinces,
Les Chefs & les Soldats, & le Peuple, & les Princes.
Chaque jour sans scrupule on viole nos droits,
Et l'on compte pour rien la Justice & les Loix.
En vain nos Ennemis à nos Peuples soutiennent
Que c'est de vôtre part que leurs ordres nous viennent,
Non, vous n'aprouvez point leurs sanglants attentats ;
Je dirai plus, Seigneur, vous ne les savez pas.
Ah ! si pour un moment vous pouviez voir vous-même
Pour quels coups on se sert de vôtre Nom suprême;
Que ce saint Nom ne sert qu'à nous tyranniser,
Qu'à mieux lier le joug qu'on nous veut imposer ;
Alors de vos Sujets moins Empereur que Pere,
Vous ne songeriez plus qu'à finir leur misere,
Et qu'à punir bientôt avec severité
Ces indignes abus de vôtre Autorité.
Enfin, si l'on a vû nos Peuples en furie
S'armer pour maintenir les droits de la Patrie,
Seigneur, nos Gouverneurs sont les plus criminels,
Ils nous ont trop apris à devenir cruels.
Pour vous nous conservons la Foi la plus constante ;
Faut-il vous en donner quelque preuve éclatante?
Faut-il, pour soûtenir l'onneur de vôtre Rang,
Prodiguer tous nos biens, verser tout nôtre sang?
Faut-il, nous exposant aux horreurs de la Guerre,
Suivre vos Etendarts jusqu'au bout de la Terre,
Vous nous verrez, contens au milieu des deserts,
Braver, pour vous servir, tous les perils offerts,
Et meriter de vous, en cherchant à vous plaire,

Les bontez dont jadis nous combla vôtre Pere :
Mais s'il faut chaque jour par de nouveaux Tyrans
Voir piller nos maisons, massacrer nos Parens,
Et les tresors tirez du sein de nos Provinces,
Rendre ces inhumains plus puissans que nos
Princes ;
Je l'avoûrai, Seigneur, nos Peuples irritez
S'emporteront toûjours contre leurs cruautez.
C'est à vous de juger en Prince legitime,
S'il faut ou nous absoudre ou punir nôtre crime.
Si vous nous condamnez ; pleins de respect pour
vous,
Seigneur, sans murmurer, nous souffrirons vos
coups ;
Mais du moins rejettez les avis sanguinaires
Des perfides Auteurs de toutes nos miseres ;
Prononcez par vous-même, & ne consultez pas
Des cœurs interessez à troubler vos Etats.

L'EMPEREUR.

Ainsi vous esperez, avec cet artifice,
Dérober vôtre tête au plus juste suplice.
Que dis-je ? vous voulez me prescrire des loix ?
Que pour regner enfin j'emprunte vôtre voix ?
C'est à vous d'obeïr, sans vouloir vous défendre,
Aux Ordres qu'en mon Nom on vous a fait
entendre ;
Et si je n'écoutois que mes ressentimens,
Je ne vous repondrois que par des châtimens :
Mais je veux bien encor suspendre ma colere ;
Je verrai s'il faut être indulgent ou severe :
Allez, je suis instruit de vos pretentions,
Et vous saurez bientôt mes resolutions.

SCENE VI.

L'EMPEREUR, ANDRONIC, MARTIAN, Gardes.

L'EMPEREUR.

EH bien, parlerez-vous encor pour ces Rebelles,
Prince?

ANDRONIC.

Vous n'avez point de Sujets plus fidelles;
Et malgré vos bontez pour leurs persecuteurs,
Seigneur, vous fremirez d'aprendre leurs malheurs.
L'Empereur, mon Ayeul, dont les vives lumieres
Egaloient le grand cœur & les vertus guerrieres,
Admira leur valeur, s'aplaudit de leur foi.

L'EMPEREUR.

Son exemple aujourd'hui ne conclut rien pour moi.

ANDRONIC.

Eh bien, puis que vôtre ame encor trop irritée
Refuse à leurs soupirs la grace meritée,
Confiez-moi leur sort. Il faut que mes travaux
Des Bulgares trahis assurent le repos;
Il faut que j'aille....

L'EMPEREUR.

Vous?

ANDRONIC.

Permettez que je parte;
De ces lieux pour un tems souffrez que je m'écarte;
Tout m'en presse, Seigneur: un Peuple que je plains,

Et qui brûle de voir son destin en mes mains ;
Le desir de calmer les troubles de l'Empire,
Et bien d'autres raisons que je ne puis vous dire.

L'EMPEREUR.

Vous, sortir de Bisance, & quitter cette Cour ?

ANDRONIC.

Oui, j'exige de vous cette marque d'amour.
Me refuserez-vous une premiere grace ?
Seigneur, si le succez repond à mon audace,
Vous connoîtrez bientôt, par cet illustre emploi,
Ce que l'Empire un jour doit attendre de moi.

L'EMPEREUR

Je ne sai que juger d'un discours qui m'étonne.
A quel bisarre soin vôtre esprit s'abandonne ?
Pourquoi quitter des lieux où tout vous est soumis,
Pour courir vous jetter parmi nos Ennemis ?
Vous êtes dans Bisance où ma Cour vous adore,
Quel étrange projet ! je le repete encore ;
Pour des Peuples ingrats faut-il vous empresser ?
Prince, consultez-vous, je vous laisse y penser.

SCENE VII.

ANDRONIC, MARTIAN.

ANDRONIC.

LE dessein en est pris, rien ne m'en peut distraire;
Hâtons, cher Martian, un départ necessaire;
Abandonnons des lieux où je ne puis rien voir
Qui ne me soit l'objet d'un mortel desespoir.

MARTIAN.

Eh quoi! vous flatez-vous que loin de cette Ville,
Que sous un autre Ciel vous serez plus tranquille?
Non, Seigneur, vos chagrins ne vous quitteront pas?
Changerez-vous de cœur en changeant de climats?
Et croiez-vous sentir, en sortant de Bisance,
Des transports moins pressans, & moins d'indifference?

ANDRONIC.

Non, non, d'aucun repos je n'ose me flater;
C'en est fait, mes tourmens ne me sauroient quiter.
Loin de guerir des traits dont mon ame est blessée,
Je n'en puis seulement concevoir la pensée:
Irene est trop charmante, & je sens mon Amour,
Sans espoir, sans desirs, s'acroître chaque jour.
Je la vis, je l'aimai dès sa plus tendre enfance;
Cet Amour s'est nourri de cinq ans d'esperance;
Ses yeux sont plus puissans qu'ils ne l'étoient alors,
Et je ferois contre eux d'inutiles efforts.
Mais ce feu malheureux que je ne puis éteindre,
Peut-être plus long-tems ne pourroit se contraindre:
Je ne puis voir mon Pere avec tranquillité
Possesseur d'un tresor que j'avois merité:

Il m'a trop fait de maux, en m'enlevant Irene;
Il s'éleve en mon cœur des sentimens de haine,
Que toute ma vertu ne sauroit étouffer;
Ce n'est qu'en m'éloignant que j'en puis triompher.
Je sais tous les égards que je dois à mon Pere,
Et le Ciel m'est témoin combien je le révere;
Je voudrois faire plus: mais il m'a tout ôté;
Son choix ... n'en parlons plus, je suis trop agité;
Je ne me connois plus, & je me crains moi-même;
Je suis jeune, jaloux; j'ai perdu ce que j'aime;
Fuïons, n'exposons point ma tremblante vertu
Au remors éternel d'avoir mal combatu.

MARTIAN.

Que je vous plains, Seigneur! que vôtre destinée
Par ce funeste Amour devient infortunée!
Sans lui, toujours content, reveré, glorieux,
En naissant assuré du Rang de vos Aïeux,
Vôtre cœur eût goûté dans une paix profonde
L'heureux sort que le Ciel donne aux Maîtres du Monde.

ANDRONIC.

Que dis-tu? je suis né pour être malheureux.
L'Amour ne fait point seul mon destin rigoureux.
Eh quoi, pour pénetrer l'excès de ma misere,
Ne te suffit-il pas de connoitre mon Pere?
L'Empereur soupçonneux, esclave de son Rang,
Ne m'a jamais fait voir les tendresses du sang;
Les plus saints mouvemens que la nature imprime,
Dans son austere cœur passeroient pour un crime;
Et pour être né Prince, il ne m'est pas permis
D'éprouver tout l'amour d'un Pere pour son Fils.

MARTIAN.

Quoi, Seigneur....

ANDRONIC.

Dans ces lieux mon courage murmure,
Et mon cœur n'est point fait pour une vie obscure.

Dès l'enfance charmé des Heros de mon Sang,
Je trouve leurs vertus au dessus de leur Rang :
Sur tout, de mon Ayeul, & l'exemple & la gloire,
M'enflâme à tous momens, & remplit ma memoire.
Sur ce fameux Guerrier mon esprit attaché,
Par aucun autre objet n'en peut être arraché ;
Je regarde son sort avec un œil d'envie,
A ses jours fortunez je compare ma vie :
Rien ne s'offre à mes yeux, dans le cours de ses ans,
Que de nobles travaux, des succez éclatans,
Que des murs embrasez, que des Villes surprises,
Des Peuples asservis, des Provinces conquises,
Des Rebelles punis, des Rois humiliez,
Le repos maintenu chez tous ses Alliez ;
Ou si jamais le sort démentant son courage,
A ses prosperitez a mêlé quelque outrage,
Il me paroît plus grand dans son adversité ;
Je le voi triompher du destin irrité,
Et tirant de sa chûte une nouvelle gloire,
A force de vertu rapeller la Victoire.
Moi, toûjours renfermé dans ces murs malheureux,
Ocupé jusqu'ici par de frivoles jeux,
Je ne sai ni l'emploi ni l'ordre d'une Armée,
Que par des traits confus ou par la renommée.
Ah ! ce seul souvenir, plus que tous mes malheurs,
M'irrite, me devore, & m'arrache des pleurs.
Allons, obeissons au transport qui me guide ;
Et prenons vers la Gloire un essor si rapide,
Que dans leur nombre un jour mes Exploits confondus,
Suffisent à remplir les jours que j'ai perdus.
Cependant cherche Eudoxe, elle connoît ma peine,
Et m'a cent fois pressé de fuir les yeux d'Irene.

Du dessein que j'ai pris, il la faut avertir;
Va la trouver; di-lui qu'avant que de partir,
Je demande sur tout à voir l'Imperatrice,
Et qu'elle doit encor me rendre cet office;
Que j'ose m'en flater; adieu, cours, hâte-toi;
J'attendrai ton retour pour disposer de moi.

Fin du premier Acte.

ACTE II.

SCENE PREMIERE.

IRENE, EUDOXE.

IRENE.

JE ne le verrai point, non, j'y ſuis reſoluë.
M'oſez-vous conſeiller cette fatale vûë,
Euxdoxe ? ignorez-vous ſon deſtin & le mien ?

EUDOXE.

Pourquoi lui refuſer un moment d'entretien ?
Voulez-vous qu'irrité de vôtre reſiſtance,
Il ne ſe preſſe plus de ſortir de Biſance ?
Croyez-moi, gardez-vous d'aigrir ſon deſeſpoir,
Et puis que pour jamais il renonce à vous voir,
Madame, acordez-lui la faveur qu'il demande.

IRENE.

Quels ſoupirs, quels regrets voulez-vous que j'entende ?
Vous qui me dérobant à nos heureux climats,
Dans ces funeſtes lieux conduiſîtes mes pas ;
Vous de qui les conſeils, le zele & la prudence
Devroient à tous momens raſſurer ma conſtance,
Qui peut-être ſucombe à mes mortels ennuis,
Voulez-vous m'expoſer au peril que je fuis ?

EUDOXE.

Madame, le peril eſt-il moins redoutable
A ne pas écouter ce Prince déplorable?
Reſolu de vous faire entendre ſes adieux,
Il vous ſuivra peut-être à toute heure, en tous lieux,
Et voudra pour le moins devoir à la fortune,
Le plaiſir de vous faire une plainte importune:
Que dis je? croyez vous que plein de ſon Amour
Il puiſſe ſe reſoudre à partir de la Cour?
On ſe propoſe en vain de quitter ce qu'on aime.
Enfin dans ce deſſein confirmez-le vous même;
Montrez-lui le danger que vous courez tous deux;
Qu'on verroit tôt ou tard quelque éclat de ſes feux;
Que l'Empereur, ſuivant ſon penchant ordinaire,
Oublîroit les ſaints noms & d'Epoux & de Pere,
Et vous perdroit tous deux ſur un ſimple regard,
Où peut être l'Amour auroit eu peu de part.
Redoublez d'Andronic la fierté naturelle;
Montrez-lui les chemins où la Gloire l'apelle;
Sur tout commandez-lui de ne vous voir jamais,
Qu'il ne s'aproche plus des murs de ce Palais;
Qu'il penſe à tous momens que ſon ſort & le vôtre
Vous doit juſqu'au tombeau ſeparer l'un de l'autre.
O Ciel! que feriez vous, ſi trompant vôtre eſpoir,
Andronic en ces lieux revenu pour vous voir,
Renouvelloit un jour par ſa triſte preſence
Le ſouvenir qu'auroit affoibli ſon abſence?
Que de nouveaux combats! que de ſecrets ſoupirs!
Helas! épargnez-vous ces mortels déplaiſirs.
Si le Prince une fois vous a promis, Madame,
De ne plus traverſer le repos de vôtre ame,
D'aller loin de vos yeux, ſans eſpoir de retour,
Etouffer ou nourrir un malheureux Amour;
Quelque brûlant deſir, quelque ardeur qui le preſſe,

Madame, j'en repons, il tiendra sa promesse.
Voyez-le, & sans fremir de son destin cruel,
Prononcez-lui l'arrêt d'un exil éternel.

IRENE

Lui pourrai-je imposer une loi si funeste ?
Ah! laissez-le moi fuir sans me charger du reste;
J'ai causé ses malheurs, en causant son Amour,
Le presserai je encor de sortir de la Cour,
Et d'aller essuyer chez un Peuple barbare,
Du destin ennemi le caprice bizarre ?
Que dis-je ? Pensez-vous que dans mon triste cœur,
Ma vertu devant lui resiste à ma douleur ?
Au bruit de ses soupirs.... à l'aspect de ses larmes....
Non, ce seul souvenir me donne trop d'allarmes;
Je ne puis m'exposer à ce triste entretien.
C'est trop de mon tourment, sans y joindre le sien;
C'est trop, pour triompher de toute ma constance,
Helas! d'avoir quitté les Lieux de ma naissance;
Ces Lieux, où tout sembloit prevenir mes desirs,
Où mon cœur n'a jamais connu que les plaisirs.
O bienheureux sejour! aimable Trebisonde!
O murs, où je vivois dans une paix profonde!
Que n'ai-je, en vous perdant, de mes funestes jours,
Par une prompte mort, vû terminer le cours!
Je m'éloignai de vous, en ces lieux entraînée
Par le trompeur espoir d'un heureux Hymenée,
Je croyois qu'Andronic à mon destin lié,
Pour jamais avec moi seroit associé;
Nos Peres l'ordonnoient; Trebisonde & Bisance
Sur cet illustre Hymen fondoient leur esperance,
Je venois avec joie en celebrer les nœuds;
Le Prince étoit aimable, il étoit amoureux.
Vains projets! vains transports! esperance inutile!

J'arrive enfin; à peine entrai je en cette Ville
Que je me vois livrée à des maux infinis;
Il me faut épouser le Pere au lieu du Fils:
Nos destins sont changez; un ordre de mon Pere
Détruit dans un instant le bonheur que j'espere:
En victime d'Etat, contrainte d'obeir,
Pour conserver ma gloire il falut me trahir.

EUDOXE.

Eh! pourquoi rapellant vos disgraces passées,
Ocuper vôtre esprit de ces tristes pensées?
Madame, faites-vous un généreux éfort;
Avec moins de douleur remplissez vôtre sort,
Et cachez avec soin aux yeux de tout l'Empire
Les deplaisirs secrets....

IRENE.

Ah! que m'osez-vous dire?
Qui jamais a caché ses chagrins mieux que moi,
Et mieux subi du sort l'injurieuse loi?
Cependant qui jamais eu le sort plus contraire;
Observée avec soin par une Cour austere;
Où les yeux les plus chers me semblent ennemis;
Où je n'ai rien des biens que je m'étois promis;
Où sans cesse livrée à ma douleur extrême,
Mon cœur tyrannisé combat contre lui-même;
Que vous dirai je enfin? où ce cœur malheureux
Est souvent malgré moi moins fort que je ne veux.

EUDOXE.

Redoublez vos efforts; le tems, vôtre constance,
De vos profonds ennuis vaincront la violence;
Et le Prince bientôt éloigné de vos yeux,
Vous pourrez....

SCENE II.

IRENE, EUDOXE, NARCE'E.

NARCE'E.

ANdronic s'avance vers ces lieux?
Il vous cherche, Madame.

IRENE.

Ah! je n'ose l'attendre;
Eudoxe, vous pouvez lui parler & l'entendre;
Voyez-le, dites-lui qu'en l'état où je suis,
Le fuir & le bannir est tout ce que je puis.

SCENE III.

IRENE, ANDRONIC, EUDOXE, NARCE'E.

ANDRONIC.

VOus me fuyez, Madame? ah Ciel! quelle injustice!
Quoi, de tous mes malheurs vous rendez-vous complice?
Helas! pour acabler un cœur infortuné,
Secondez-vous le sort à me nuire obstiné!

IRENE.

Que demandez-vous, Prince? & que pourrez-vous dire?
Méprisez-vous des loix que je vous fais prescrire?

Quel est vôtre dessein, de venir en ces lieux
Me faire malgré moi recevoir vos adieux?
Puis que vous êtes prêt à sortir de Bisance,
N'en pouviez-vous sortir avec vôtre innocence?
Avez-vous oublié qu'un serment solemnel
Nous impose à tous deux un silence éternel?
Qu'il n'est plus entre nous d'entretien legitime?
Qu'un seul mot, qu'un regard, qu'un soupir est un crime?
Que sans cesse attentive à remplir mon devoir,
Je mets tout mon bonheur à ne vous plus revoir?
Et quels que soient les maux que vous avez à craindre,
Qu'il ne m'est pas permis seulement de vous plaindre!

ANDRONIC.

Qu'entens-je, juste Ciel! de quoi m'acusez-vous?
Madame, qu'ai-je fait digne de ce courroux?
Viens-je vous demander, que d'un œil pitoyable
Vous donniez quelques pleurs au malheur qui m'acable?
Viens je vous demander que vous me permettiez,
Puisqu'il me faut mourir, d'expirer à vos pieds?
Ah! de vôtre repos plus jaloux que vous-même,
J'ai soin de m'exiler, parce que je vous aime;
Pardonnez-moi ce mot pour la derniere fois,
Et songez que je pars sans attendre vos loix;
Qu'en vain à me bannir vous étiez resoluë,
Puis que déja mon cœur vous avoit prevenuë.
Depuis le jour fatal qu'arrachée à ma foi,
Madame, vous viviez pour un autre que moi,
Quoique toûjours brûlé jusques au fond de l'ame,
Vous savez si mes yeux ont parlé de ma flame;
Si le moindre transport, un indiscret soupir
Vous ont fait soupçonner quelque injuste desir.
Tout a gardé, Madame, un rigoureux silence;
Mais un cœur n'est point fait pour tant de violence.
Je sai tous les combats qu'il me faudroit livrer,

Si sous un même Ciel nous osions respirer ;
Je sais enfin, je sais tout ce que pourroient dire
Vos ennemis, les miens, peut-être tout l'Empire.
Ils ont su mon Amour, & doivent presumer
Que qui vous aime un jour, doit toûjours vous aimer.
Peut être oseroient-ils soupçonner l'un & l'autre ;
Sauvons de leurs soupçons & ma gloire & la vôtre.
Je cherche à m'éloigner ; vous, pressez l'Empereur
D'acorder à mes vœux cette unique faveur :
Heureux, si par vos soins mon attente est remplie !
J'irai des revoltez apaiser la furie :
Ils me veulent pour Chef, & je ne doute pas
Que je ne sois bientôt Maître dans leurs Etats ;
Qu'au gré de mes desirs leur valeur toûjours prête,
Ils n'entreprennent tout, si je marche à leur tête.
Je viens donc vous offrir leurs armes, mon pouvoir.
Le Ciel qui me condamne à ne jamais vous voir,
Qui me fait étouffer une flâme si belle,
Ne sauroit pour le moins s'offenser de mon zele.
S'il défend à mon cœur des sentimens trop doux,
Il permet à mon bras de combattre pour vous ;
Et si jamais ce bras vous étoit necessaire,
Ou pour aller servir l'Empereur vôtre Pere,
Ou pour faire perir, ou chasser de ces lieux
Ceux de qui la presence y peut blesser vos yeux ;
Apellez-moi, Madame, & je pourrai tout faire ;
Je ne veux que la gloire ou la mort pour salaire ;
A vous donner mon sang je borne mon bonheur,
Puis qu'il m'est défendu de vous donner mon cœur.

IRENE.

En vain vous me flattez de ces fameux services ;
Mes vœux n'aspirent point à ces grands sacrifices,

Quand vous aurez quitté ce funeste sejour,
Qu'aurois-je à craindre encor, Prince dans cette Cour ?
Helas ! j'y verrai tout avec indifference.
M'exercer aux vertus dignes de ma naissance,
Acoûtumer mon cœur trop souvent mutiné,
A cherir un Epoux que le Ciel m'a donné,
Obeir à ses loix, ne songer qu'à lui plaire,
Me sacrifier toute à mon devoir severe,
Soulager les Sujets qui vivent sous ma loi ;
Voilà jusqu'à la mort quel sera mon emploi.
J'avoûrai cependant, & je le puis sans crime,
Que vous aurez toûjours ma plus parfaite estime ;
Que pour vous aplaudir, pour louer vos exploits,
Je joindrai mon suffrage à la commune voix ;
Que pour tous mes plaisirs le seul que j'imagine,
C'est de voir les hauts faits où le Ciel vous destine ?
Et de vôtre grand nom cent Monarques jaloux,
Justifier le choix que j'avois fait de vous.
Après cela partez. A vôtre exil fidele,
Ne revenez jamais que je ne vous rapelle;
Faites vous un bonheur sous de nouveaux climats,
Qu'aux lieux où je serois vous ne trouveriez pas.

ANDRONIC.

Est-il tems ? ce bonheur dont vous flattez mon ame,
Helas ! en vous perdant, je l'ai perdu, Madame,
Et je n'en connois plus où je puisse aspirer ;
Cette perte est un coup qu'on ne peut reparer.
Si quelque soin encore ocupe mon courage,
C'est de faire rougir le destin qui m'outrage,
D'aprendre à l'Univers, par quelque illustre effort,
Qu'un cœur comme le mien merite un autre sort;
Et payant de mon sang ma premiere Victoire,
D'élever de mes maux un Trophée à ma gloire.

Vous cependant, Madame, oubliez mes malheurs;
Et tandis que nourri de soupirs & de pleurs,
Mes déplorables jours vont courir à leur terme,
Regnez, &....

IRENE.

Croyez-vous ma constance si ferme?
Ce reproche cruel, plus que tous vos regrets
Etonne mon courage, & confond mes projets.
Ah! Prince, pensez-vous qu'insensible, inhumaine,
Mes yeux sans s'émouvoir regardent vôtre peine;
Que pendant les horreurs d'un exil rigoureux,
Vous soyez seul à plaindre & le seul malheureux?
Mais que dis je? où m'entraîne une force inconnuë?
Ah! pourquoi venez-vous cherher encor ma vûë?
Partez, Prince; c'est trop prolonger vos adieux.

EUDOXE.

Ah! Madame, je voi l'Empereur en ces lieux.

SCENE IV.

L'EMPEREUR, ANDRONIC, IRENE, EUDOXE, LEON, MARCENE.

L'EMPEREUR.

MAdame, quel étoit son discours & le vôtre?
Mon abord imprevû vous trouble l'un & l'autre
Je le voi; tous vos soins ne le peuvent cacher.

IRENE.

Andronic jusqu'ici m'étoit venu chercher:
Seigneur, il a jugé mon secours necessaire
Pour obtenir de vous un aveu qu'il espere:
Il vient de me presser de vous parler pour lui;
Chaque moment qu'il perd augmente son ennui.
Laissez un libre cours à son ardeur guerriere,
Et souffrez qu'à ses vœux j'ajoute ma priere.
Je fais ce que je puis, Prince, vous l'entendez
Puissiez-vous obtenir ce que vous demandez!

SCENE V.

L'EMPEREUR, ANDRONIC, LEON, MARCENE.

L'EMPEREUR.

QUoi, Prince, vous cedez à vôtre impatience?

Vous êtes resolu d'abandonner Bisance?
Vous me faites encor presser d'y consentir?

ANDRONIC.

Oui, Seigneur, & déja je brûle de partir;
Je ne puis resister à l'ardeur qui m'entraîne.

L'EMPEREUR.

Je n'entens qu'à regret un discours qui me gêne,
Et j'aurois souhaité que ce fatal dessein,
Prince, ne fût jamais entré dans vôtre sein.
Je vous ai dit tantôt, moins en Maître qu'en Pere,
Que je n'aprouvois point ce départ temeraire;
C'en étoit trop; je croi, pour vous persuader,
Que vous m'offenseriez à le redemander:
Mais puis que malgré moi, puis que sans complaisance,
Vous me parlez encor d'un projet qui m'offense,
Ne vous étonnez pas de mon juste refus.

ANDRONIC.

Ah, Seigneur! voulez vous....

L'EMPEREUR.

Ne me repliquez plus.
Songez à m'obeir d'une ame plus soumise;
Dans un profond oubli laissons cette entreprise,
Et ne fomentez point des soupçons dangereux
Dont nous pourrions un jour nous repentir tous deux.

ANDRONIC.

Eh bien, Seigneur, je sors; mais c'est trop me contraindre;
Dans l'état où je suis, je ne saurois plus feindre;
Et d'un si dur refus les perfides Auteurs
Me pourroient bien un jour payer tous mes malheurs.

SCENE VI.

L'EMPEREUR, LEON, MARCENE.

L'EMPEREUR.

Quelle temerité, quel discours, quelle audace!
A mes yeux!

LEON.

Vous voyez, Seigneur, qu'il nous menace,
Ses chagrins qu'il ne peut élever jusqu'à vous,
Avec plus de fureur retomberont sur nous.
Que dis-je? croyez-vous que ce Prince s'arrête
A faire sur nous seuls éclater la tempête?
Que je prevoi de maux pour nos Fils malheureux!
Qu'Andronic leur prepare un destin rigoureux!

MARCENE.

Je ne m'allarme point de tout ce qu'il peut faire;
Je prens peu garde au Fils, s'il faut servir le Pere;
Andronic me dût-il acabler le premier,
Seigneur, de ses desseins il faut vous défier.
Son ame, d'un refus eût été moins surprise,
S'il n'eût point medité quelque grande entreprise.
Iroit-il donc chercher des Peuples revoltez,
S'il ne vouloit servir leurs infidelitez?
Qui pourroit l'arracher du sein de sa Patrie,
S'il ne vouloit contre elle exercer sa furie?
Et peut-être va-t-il, par Leonce engagé,
Desobeir encore, & partir sans congé.

L'EMPEREUR.

Lui, partir sans congé?

MAR-

MARCENE.

Seigneur, je l'aprehende,
C'est le seul Andronic que Leonce demande;
Et pour mieux attirer ce Prince ambitieux,
Il le flatte d'un rang qu'il n'a point en ces lieux.
Les Bulgares armez contre vôtre puissance,
Seront bien-tôt remis sous vôtre obeïssance:
Mais qu'ils vous causeront & de peine & d'ennui,
S'ils marchent contre vous sous un Chef tel que lui!
S'ils peuvent desormais braver vôtre colere,
En oposant le Fils aux menaces du Pere,
Et publier par tout que leurs soins, leur valeur,
Conspirent au salut de vôtre Successeur!

LEON.

Hélas! en quel excez pourra-t-il se repandre,
S'il se trouve en état d'oser tout entreprendre!
Mécontent, & suivi de ces mêmes Guerriers
Que tant d'heureux succez rendent déja si fiers,
Après avoir chez eux assuré sa puissance,
Peut-être viendra-t-il l'établir dans Bisance.
Un jeune cœur heureux dans ses premiers forfaits,
S'abandonne sans crainte à de plus noirs projets,
Et ne consultant plus qu'un flateur qui le louë,
[illegible] jusqu'à presumer que le Ciel les avoue;
[illegible] croit executer tout ce qu'il entreprend;
[illegible] n'est plus de dessein qui lui semble trop grand;
Rempli de confiance, il court, triomphe, immole;
[illegible] lui le sort se fixe, & la victoire vole;
[illegible] gagne des Soldats & l'estime & le cœur;
[illegible] Peuples à son nom sont glacez de terreur;
[illegible] gardant sur tout un Empire suprême,
[illegible] l'honore ou le fuit, tout le redoute ou l'aime,
Et qu'enfin sa valeur l'élevant jusqu'aux Cieux
[illegible] ses attentats devenir glorieux.

L'EMPEREUR.

Ah ! que vous m'étonnez ! Mais prevenons sa fuite ;
Sans cesse de plus près éclairons sa conduite ;
Veillez sur tous ses pas, & redoublez vos soins ;
Placez autour de lui de fideles témoins ;
Enfin, dans ce départ tâchons de le surprendre,
Si contre ma défense il l'osoit entreprendre.
Allez.

SCENE VII.

L'EMPEREUR *seul.*

CE n'est pas tout. Dans ce fatal moment
Je sens mon cœur troublé d'un autre mouvement.
Ah ! qu'Andronic encore & m'allarme & me gêne !
Pourquoi dans ses desseins fait-il entrer Irene ?
Quel interêt prend-elle au dessein de mon Fils ?
Que dis-je ? ils se parloient quand je les ai surpris.
J'ai remarqué leur trouble en me voyant paroître.
O Ciel ! quelle terreur ! Je me trompe peut-être.
Chassons cette pensée, épargnons à nos yeux
Tout ce qu'a de cruel cet objet odieux.
Mais plûtôt penétrons cette étrange avanture.
L'Amour dans tous les cœurs étouffe la nature.
Ne nous assurons point sur les devoirs d'un Fils.
Quand l'Amour est extrême, il se croit tout permis.
Andronic, je le sais, aima l'Imperatrice ;
Et bien qu'à ses desirs mon Hymen la ravisse,
Ce feu dont il brûloit peut n'être pas éteint,
Et peut-être qu'Irene & l'écoute & le plaint.

Ah ! si je le croyois.... un châtiment severe...
Allons, dévelopons ce funeste mystere :
Ils se cachent en vain ; & pour tout deviner,
C'est assez que mon cœur commence à soupçonner.
Ne differons donc plus ; & si je voi le crime,
Punissons sans songer si j'aime la victime.

Fin du second Acte.

ACTE III.

SCENE PREMIERE.

ANDRONIC, MARTIAN.

MARTIAN.

SEigneur que faites-vous?

ANDRONIC.

Ah! ne m'en parle plus,
Martian, tes discours sont ici superflus;
Je suis trop irrité pour cesser de me plaindre.

MARTIAN.

Mais quoi, ne sauriez-vous un moment vous contraindre?
Moderez vos transports; est-ce dans ce Palais
Qu'il faut faire si haut éclater vos regrets!
Peut-être on vous observe.

ANDRONIC.

As-tu trouvé Leonce?
Est-il prêt? qu'a-t-il dit? & quelle est sa reponse?

MARTIAN.

Il se fait de vos loix un souverain devoir.
Mais il vient.

SCENE II.

ANDRONIC, LEONCE, MARTIAN.

ANDRONIC.

C'Est en vous que je mets mon espoir.
A des maux éternels la fortune me livre ;
Ami, je suis perdu, si je ne puis vous suivre.
L'Empereur avec vous me défend de partir,
Mais l'ardeur que je sens ne se peut rallentir.
Si je puis par vos soins assurer ma retraite,
Mes souhaits sont remplis, mon ame est satisfaite :
Parlez, sortirons-nous de ces lieux ennemis ?
Ce favorable espoir peut-il m'être permis ?

LEONCE.

Oui, Seigneur, tout est prêt ; vous n'avez qu'à me suivre ;
Allons, que pour jamais la fuite vous délivre
Des chagrins, des perils, qui menacent vos jours ;
De nos Peuples armez acceptez le secours ;
Ils ne veulent que vous : à l'envi l'un de l'autre,
Ils donneront leur sang pour défendre le vôtre :
Brisez un joug fatal ; & que vos premiers coups
Attirent tous les yeux & tous les cœurs à vous.

ANDRONIC.

Non, ne balançons plus : par trop de violence
On a poussé mon cœur, & lassé ma constance :
Ouvrons des yeux enfin trop long-tems abusez ;
Rendons à nôtre tour les maux qu'on m'a causez.

LEONCE.

Vangez-vous, vangez-nous; nos Peuples vous attendent;
Ne leur refusez plus le bras qu'ils vous demandent;
Vous avez en vos mains le projet arrêté,
Comme un gage certain de leur fidelité;
Vous trouverez, Seigneur, des Troupes toutes prêtes,
Des Soldats orgueilleux du bruit de leurs Conquêtes,
Fideles à leur Chef, patiens à souffrir,
Et toûjours resolus de vaincre ou de mourir;
Courez les commander, & tentez la fortune;
Mais sur tout bannissez une crainte importune.
En livrant vôtre bras à ces nobles efforts,
Prenez soin de fermer vôtre cœur aux remords;
Ne vous souvenez plus, pendant vôtre entreprise,
Si l'exacte équité la blâme ou l'autorise;
Entrez dans la carriere; & sans vous arrêter,
Au degré le plus haut hâtez-vous de monter;
Ces scrupuleux devoirs, & ces égards sevéres,
Seigneur, sont des vertus pour des hommes vulgaires:
Qui se sent un esprit prompt à s'effaroucher,
Sur les pas des Heros ne doit jamais marcher;
Les hommes destinez à gouverner la Terre;
A traîner avec eux la terreur & la guerre,
Loin de porter un cœur de remords combattu,
Par la seule grandeur mesurent la vertu.

ANDRONIC.

Mais pour ma fuite, Ami, quel parti dois-je prendre?

LEONCE.

Martian est instruit, & je cours vous attendre;
D'abord que l'Empereur congediant sa Cour,
Se sera retiré pour attendre le jour,
Martian sur mes pas soigneux de vous conduire,
Assurera la fuite où vôtre cœur aspire;

J'ai dans tous les chemins par où vous passerez,
De fideles Amis, & des cœurs assurez,
Qui tous brûlans pour vous d'une amitié parfaite,
Fourniront les moyens d'une prompte retraite;
Hâtez-vous donc, Seigneur; moi sans plus differer,
A remplir vos desirs je vais tout preparer.

SCENE III.

ANDRONIC, MARTIAN.

MARTIAN.

C'En est donc fait, Seigneur, & malgré ma priere,
Vous suivez les transports d'une aveugle colere?
Il n'est rien desormais qui vous puisse arrêter?
Dans quels affreux perils vous courez-vous jetter!
Ignorez-vous l'abîme où ce départ vous mene?
J'en fremis, vous cherchez vôtre perte certaine;
Non, l'Empereur en vous ne verra plus son Fils,
Et vous êtes perdu si vous êtes surpris;
Ne calmerez-vous point cette ardeur indiscrete?

ANDRONIC.

Ah! cruel, oses-tu condamner ma retraite?
Laisse, laisse-moi fuir; est-il quelque sejour
Plus à craindre pour moi que cette affreuse Cour?
Je sai dans mon projet quels malheurs je m'aprête,
Qu'à m'éloigner sans ordre il y va de ma tête,
Qu'aujourd'hui découvert, je perirai demain,
Que mon sang, que l'Etat me défendront en vain:
Mais mon destin le veut, il faut que j'obeïsse;

Eh ! que voudrois-tu donc, Martian, que je fisse ?
Peux-tu bien concevoir dans ces tristes momens
La rigueur de mon sort, mes craintes, mes tourmens ?
On me prive à jamais de tout ce que j'adore ;
Je vois dans la splendeur deux hommes que j'abhorre,
Dont l'injuste pouvoir à me nuire obstiné,
Me rend presque odieux le sang dont je suis né.
Malgré tant de raisons, malgré tant de contrainte,
Laissai-je un seul moment échaper quelque plainte ?
J'étouffe mes soupirs, j'étouffe mes regrets,
Je ne punis que moi des maux que l'on m'a faits :
Et nourrissant mon cœur de ma melancolie,
D'un malheur éternel j'empoisonne ma vie :
Enfin lassé de voir des objets si cruels,
Pour m'épargner des coups, ou des vœux criminels,
Moins soigneux de mes jours que de mon innocence,
Je demande par grace à partir de Bisance,
Et d'aller exercer mon courage & mon bras
A soumettre, à calmer de rebelles Etats ;
On me refuse encor l'emploi que je demande ;
On soupçonne ma foi, je voi qu'on m'aprehende ;
On m'impute à forfait le soin de m'éloigner ;
On me croit devoré de l'ardeur de regner ;
Et tout prêt de tenter, par un orgueil extrême,
Ce que je n'ai pas fait en perdant ce que j'aime :
Sur ces fausses raisons on me retient ici ;
Je voi contre mes pleurs qu'un Pere est endurci ;
Je voi mes Ennemis triompher de ma peine ;
On me lie à mes maux d'une plus forte chaîne ;
On veut me voir souffrir, & mes Persecuteurs
Ne seroient pas contens si je souffrois ailleurs.

MARTIAN.

Mais, Seigneur....

ANDRONIC.

Je ne puis t'écouter davantage,
Je me livre aux transports de ma secrette rage;
Plus de conseils; il faut m'éloigner, ou perir;
Dans le champ qui m'attend je brûle de courir.
C'est nourrir trop long-tems une douleur timide;
Je veux que desormais la colere me guide,
Pour faire hautement repentir l'Empereur
D'avoir traité son Fils avec tant de rigueur.
Mais déja dans ces lieux regne un profond silence;
Cours, hâte-toi, repons à mon impatience;
Observe le moment où nous pourrons partir,
Et quand il sera tems reviens m'en avertir.

SCENE IV.

ANDRONIC *seul.*

ENfin, dans un instant, ma fortune cruelle
Va prendre par ma fuite une face nouvelle,
Si le Ciel favorable aux vœux que je lui fais,
Aprouve ma retraite, & soutient mes projets.
O vous, dont si long-tems j'aî cheri la presence,
Lieux à mes vœux si doux, sacrez murs de Bisance,
Palais de mes Ayeux où je reçus le jour,
Je me prive à jamais de vôtre heureux sejour,
Je fuis; mais en partant mon Amour vous confie
Un tresor à mes yeux bien plus cher que ma vie;

Heureux dans vôtre sein de pouvoir l'enfermer !
Je l'aime, je l'adore, & ne l'ose nommer.
Pour lui plaire, à l'envi redoublez tous vos charmes,
Voyez couler ses jours sans trouble, sans allarmes;
Et le Ciel sur moi seul épuisant ses rigueurs,
Puissiez-vous n'être plus les temoins de ses pleurs.
Enfin. . . .

SCENE V.

ANDRONIC, MARTIAN.

MARTIAN.

VEnez, Seigneur, l'heure nous favorise;
Partez. . . .

ANDRONIC.

Allons. O Ciel, conduis nôtre entreprise!
Puissions-nous sans temoins abandonner ces lieux!
Mais on vient; l'Empereur se presente à mes yeux.
Serois-je découvert!

SCENE VI.

L'EMPEREUR, LEON, MARCENE, ANDRONIC, MARTIAN, ASPAR, CRISPE, GELAS, Gardes.

L'EMPEREUR.

Gardes, qu'on les saisisse.

ANDRONIC.

Ah ! du moins par ma mort prevenons sa justice.

Il se veut tuer, on le desarme.

L'EMPEREUR.

Mais Prince, songez-vous qu'un dessein si cruel
Vous peut faire à mes yeux passer pour criminel ?
On ne s'immole point quand on n'a rien à craindre.

ANDRONIC.

Puis que vous savez tout, qu'est-il besoin de feindre ?
Si l'on n'eût pris le soin de vous en avertir,
M'auroit-on arrêté quand je croyois partir ?
Oui, je suis criminel ; vous connoissez mon crime.
Je voulois à vos coups dérober la victime,
Satisfaire à la fois mon cœur & vos soupçons.
Vous épargner le soin de chercher des raisons
Pour condamner un Fils que vous croyez perfide,
Et sauver à vos mains l'horreur d'un parricide.

L'EMPEREUR.

L'orgueil d'un criminel peut-il aller plus loin ?

Qu'on l'ôte de mes yeux, qu'on le garde avec soin,
Et qu'on fasse expirer au milieu des suplices,
Leonce & Martian ses malheureux complices.
Vous Leon, hâtez-vous, & sans perdre un moment,
Suivez-le Prince, allez chercher exactement
Tout ce qui peut servir à nous prouver son crime,
Et rendre contre lui ma fureur legitime.

SCENE VII.

L'EMPEREUR, MARCENE, Gardes.

MARCENE.

Vous l'avez vû, Seigneur; sans nous, sans nos avis,
Le perfide Leonce emmenoit vôtre Fils.
Ils s'éloignoient tous deux, & ce Palais tranquille
Sembloit leur assurer une fuite facile;
Mais, Seigneur, un des miens les suivant de plus près,
A connu leur dessein, & vû tous leurs aprêts;
Il m'a tout dit; nos soins ont prévenu leur fuite,
Et de leurs attentats la déplorable suite;
Par-là, n'en doutez point, des Peuples revoltez,
Les projets sont trahis, les transports arrêtez;
Enfin ne craignez plus les éforts de leurs armes,

SCENE VIII.

L'EMPEREUR, IRENE, EUDOXE, NARCE'E, MARCENE, Gardes.

IRENE.

QU'ai-je entendu, Seigneur ? quel bruit, quelles allarmes,
Quel danger imprevû ? quel dessein odieux,
Trouble vôtre repos, vous attire en ces lieux ?
Tremblante pour vos jours, inquiete, éperduë,
Je vous cherche, je cours, rien ne s'offre à ma vûë,
Que des pleurs, des soupirs, que des yeux consternez,
Des Soldats interdits, des Gardes étonnez.
Qui cause dans la Cour ce changement terrible?

L'EMPEREUR.

Madame, à mes perils vous êtes trop sensible ;
Je les ai détournez ; ne craignez rien pour moi ?
Je puis punir un Fils qui me manque de foi.

IRENE.

Quoi, Seigneur....

L'EMPEREUR.

Andronic méprisant ma colere,
Couroit insolemment s'armer contre son Pere ;
Et malgré ma défense abandonnant ces lieux,
Suivre des revoltez les transports furieux.
Mais le Ciel qui toûjours me conduit & me guide,
A trompé les desseins de ce Prince perfide,
Et par ce juste soin qu'il repand sur les Rois,
Soumis un Fils rebelle à la rigueur de Loix.

Il est en mon pouvoir ; & ce Prince coupable
Doit servir aux Mutins d'exemple memorable.

IRENE.

Ah ! pouvez-vous former ce funeste dessein,
Seigueur, & seriez-vous à ce point inhumain?

L'EMPEREUR.

Madame...

IRENE.

A cet excez pousser vôtre colere?
Quelle horreur !... pardonnez à mon discours sincere :
Je crains pour vous, Seigneur, l'infaillible retour
Des mouvemens du sang, des transports de l'amour,
Qui blessant vôtre cœur de mortelles atteintes,
Pour ce Fils immolé vous couteroit des plaintes :
Je crains pour vous la honte & les noms malheureux
Dont pourroit vous charger ce sacrifice affreux.
Ces exemples fameux d'une austere justice
Entraînent après eux un éternel suplice ;
La haine se repand sur celui qui punit,
L'Amour & la pitié sur celui qui perit ;
Et qui peut sur son Fils porter sa main cruelle
Semble peu meriter qu'il demeure fidelle.
Peut-être j'en dis trop : mais mon zele, Seigneur,
Ne tend qu'à prevenir un repentir vengeur,
Qu'à vous sauver enfin d'une indigne memoire.

L'EMPEREUR.

Madame, c'est assez ; j'aurai soin de ma gloire.
Je voi ce que pretend le zele officieux
Qui vient en ce moment d'éclater à mes yeux ;
Je connois vôtre cœur, je sai tout ce qu'il pense :
Allons, ne doutez point de ma reconnoissance.

SCENE IX.

MARCENE *seul.*

ENfin le Prince est près de perir aujourd'hui,
Aigrirons-nous encor l'Empereur contre lui?
Ou faut-il que nos soins s'oposent à sa perte ?
Ah ! prenons sans effroi l'ocasion offerte ;
Il nous a menacez , il nous perdroit un jour.
N'attendons point du sort ce funeste retour.

Fin du troisiéme Acte.

ACTE IV.

SCENE PREMIERE.

LEON, ASPAR.

LEON.

OUi, c'eſt vous que je cherche, & je viens vous inſtruire,
D'un ordre neceſſaire au ſalut de l'Empire;
L'Empereur à vous ſeul daigne le confier.

ASPAR.

Je ſuis prêt pour lui plaire à tout ſacrifier.
Commandez.

LEON.

L'Empereur a déja vû la Lettre
Qu'entre les mains du Prince on a voulu remettre;
Vous ſavez que celui qui l'avoit entrepris,
S'aprochoit de ces lieux quand nous l'avons ſurpris:
Cependant l'Empereur veut que ſon Fils la voie;
Il vous donne ce ſoin, Aſpar, il vous l'envoie;
Faites-le rendre au Prince, & trompez-le ſi bien,
Que de cet artifice il ne ſoupçonne rien.

ASPAR.

Seigneur, repoſez-vous ſur la foi de mon zele.

LEON.

Mais sur tout emploiez un Ministre fidéle.
Instruisez-le avec soin quand vous le choisirez.
Souvenez-vous enfin que vous en repondrez.
Adieu.

SCENE II.

ASPAR *seul.*

NE craignez rien, je vous ferai connoitre,
Qu'Aspar, quand il choisit, ne choisit point un traître.
Mais je vois Andronic, il porte ici ses pas.

SCENE III.

ANDRONIC, ASPAR, Gardes.

ANDRONIC.

QU'on me laisse un moment, qu'on ne me trouble pas.
Desseins mal concertez, malheureuse vangeance,
Dont mon cœur abusé goûta trop l'esperance,
Douces illusions de mes esprits charmez,
Projets évanouis aussi-tôt que formez,
Ne m'entretenez plus de vos vaines chimeres,
Et laissez-moi sans vous contempler mes miseres.
O Ciel! dans quel état me trouvai-je reduit?

Chacun dans mon malheur me trahit ou me fuit,
Sans Amis, sans secours, dans ce moment funeste,
A quoi dois je m'attendre; & quel espoir me reste?
Leonce & Martian que déja l'Empereur
Vient de sacrifier à sa prompte fureur;
De moment en moment ma garde redoublée;
Le noir pressentiment dont mon ame est troublée;
Mille tristes Objets me font imaginer
Où ces commencemens doivent se terminer.
Oui, je n'en doute plus, on a juré ma perte,
Puis que de mes desseins la trame est découverte.
Je suis trahi, je meurs, & la rigueur du sort
Dans les ombres du crime envelope ma mort.
Qu'au gré de ses transports l'Empereur m'en punisse,
Mais aussi, qu'il se juge, & se fasse justice;
Qu'il songe à nos destins, & lequel de nous deux
Est le plus criminel ou le plus malheureux.
Emporté par le feu d'un imprudent courage
Je forme un vain projet, je me livre à ma rage,
Je me rends à l'espoir dont on vient me flatter;
Voilà tous les forfaits qu'on me peut imputer.
Mon Pere.... mais que dis-je? il refuse de l'être.
A quelle marque enfin puis-je le reconnoître?
Il m'ôte ma Maîtresse, & l'Empire, & le jour;
Voilà tous les presens que m'a fait son amour.
Ne nous efforçons point d'émouvoir sa tendresse,
Rien ne desarmeroit sa fureur vengeresse;
Et quand par mes efforts je pourrois l'attendrir,
Mes jours ne valent pas qu'il m'en coute un soûpir.
Mais que veut-on de moi?

SCENE IV.

ANDRONIC, GELAS.

GELAS.

Seigneur, c'est une Lettre,
Qu'en secret dans vos mains j'ai promis de remettre.

ANDRONIC.

N'avez vous rien à dire ? & ne puis je savoir....

GELAS.

Non, Seigneur, je vous quitte, & j'ai fait mon devoir.

SCENE V.

ANDRONIC *seul.*

Est-il quelque remede au malheur qui m'acable?
Le Ciel me jette-t-il un regard favorable ?
Qui peut-être touché de mon sort inhumain ?
Lisons. Je ne saurois reconnoître la main.
Mais sur ces traits à peine ai je porté la vûë,
Que d'un trouble soudain mon ame s'est émûë.
Je ne sais quel présage & quels secrets combats,
Me causent des transports que je ne sentois pas.

(*Il lit.*)

Par un dernier éfort apaisez vôtre Pere ;
Ne menagez plus rien, Prince, pour vous sauver ;

Assurez une vie à l'Etat necessaire,
Et songez qu'en mourant... Je ne puis achever.
(Après avoir lû)

O bonté sans exemple ! Adorable Princesse !
Quoi, pour mes jours encor vôtre cœur s'interesse ?
Oui, je n'en doute plus, mon cœur est éclairci,
Et vous seule avez droit de me parler ainsi.
Je connois vôtre voix, il me semble l'entendre.
A ce dernier éfort aurois-je osé m'attendre ?
Abandonné de tous... Ah ! Prince trop heureux,
Par où merites-tu des soins si généreux ?
Non, ne nous plaignons plus de la rigueur d'un Pere :
Quels bienfaits me vaudroient autant que sa colere ?
Irene, de vos vœux je me fais une loi ;
Vous voulez que je vive & c'est assez pour moi.
A vos moindres desirs je suis prêt à me rendre ;
Mais, helas ! l'Empereur voudra-t-il bien m'entendre ?
N'importe ; pour vous plaire il faut tout hazarder :
Ma fierté, ma fureur à l'Amour doit ceder.
Resous-toi donc, mon cœur, à cette violence ;
Surmonte ton orgueil, quoique sans esperance.
Princesse, recevez ce gage de ma foi,
Comme le plus pressant d'un homme tel que moi.
Mais après cet éfort ; craignez d'en faire d'autres :
Pour conserver mes jours n'exposez point les vôtres ;
Ne tentez plus pour moi de dangereux secours,
Et laissez à mon sort son déplorable cours.
Hola, Gardes, quelqu'un.

SCENE VI.

ANDRONIC, ASPAR.

ASPAR.

SEigneur, que faut-il faire ?

ANDRONIC.

Sachez si je pourrois entretenir mon Pere ;
Si suspendant le cours de son ressentiment,
Il daigneroit encor m'écouter un moment ?

SCENE VII.

ANDRONIC *seul.*

QUe vai-je faire, ô Ciel ! quelle triste entre-
vûë !
Que dire à l'Empereur ? quelle honte à sa vûë ?
Je vais donc lâchement implorer la bonté
D'un Pere qui me traite avec indignité ?
Qui ne me fit jamais ni caresse, ni grace,
Qui me hait dans le cœur, dont la froideur me
glace,
Qui fermant toute entrée à l'Amour paternel,
Ne voit plus dans son Fils qu'un Sujet criminel ?
Pourrai-je seulement soutenir sa presence ?
Il ne me répondra qu'avec un froid silence ;
Son front ne m'offrira qu'un sévere dédain ;
J'aurai le déplaisir de m'abaisser en vain :
Est-il quelque malheur, est-il quelque suplice,

Plus douloureux pour moi qu'un si dur sacrifice?
O rigoureuse loi d'un ascendant vainqueur ?
Quels terribles assauts tu livres à mon cœur !

SCENE VIII.

ANDRONIC, ASPAR.

ASPRR.

PReparez-vous, Seigneur, vôtre Pere s'aproche.

ANDRONIC.

Dites plûtôt mon Roi. Quel combat ! quel reproche ?
Je sens plus que jamais mon cœur se revolter.

SCENE IX.

L'EMPEREUR, ANDRONIC, ASPAR.

L'EMPEREUR.

QU'on nous laisse. A mes pieds viendra-t-il se jetter ?

ANDRONIC.

Par où commencerai-je, & qu'est-ce que j'espere ?

L'EMPEREUR.

Je sens à son aspect redoubler ma colere.

ANDRONIC.

Allons, obéissons & ne balançons plus.
Vous me voiez, Seigneur, interdit & confus.

L'EMPEREUR.

Qu'attendez-vous de moi, Prince ? quelle esperance,
Vous a fait en ces lieux souhaiter ma presence ?

ANDRONIC.

Ah ! loin de m'acabler, Seigneur, rassurez-moi.
Mes esprits sont saisis & de trouble & d'éfroi.
Mon courage abatu succombe à ma tristesse.

L'EMPEREUR.

Un cœur comme le vôtre a-t-il tant de foiblesse?

ANDRONIC.

Souvenez-vous, Seigneur, que je suis vôtre Fils.

L'EMPEREUR.

Et le plus dangereux de tous mes Ennemis.

ANDRONIC.

Le croiez-vous, Seigneur? Ah Ciel ! qu'osez-vous dire ?

L'EMPEREUR.

Ce qu'un juste courroux & la raison m'inspire.

ANDRONIC.

Que je suis malheureux !

L'EMPEREUR.

Bien moins que criminel.

ANDRONIC.

Ne quitterez-vous point ce sentiment cruel ?
Serez-vous pour un Fils infléxible & severe ?

L'EMPEREUR.

Avez-vous donc été plus tendre pour un Pere?

ANDRONIC.

Eh quoi, c'en est donc fait ? Il ne m'est plus permis,
Seigneur, de me donner le nom de vôtre Fils ?
Et cependant, helas ! dans ce moment funeste,
Ce nom de tous mes biens est le seul qui me reste.
Oui, Seigneur, je n'opose à ce juste courroux,
Que ce sang, que ces traits que j'ai reçus de vous.
J'ose dans mon cœur avec cette défense,
Me promettre toûjours un reste d'innocence.

L'EMPEREUR.

C'est là ce qui vous rend plus coupable à mes
yeux ;
Vous joignez à ce nom des noms trop odieux,
Ingrat, & sans fremir je ne puis reconnoître
Mon Sang dans un Rebelle, & mon Fils dans
un Traître.

ANDRONIC.

Seigneur....

L'EMPEREUR.

Ce ne sont plus maintenant des soupçons;
Nous avons découvert toutes vos trahisons.
Allez, Prince, marchez où l'honneur vous convie.
Soulevez contre moi toute la Bulgarie,
Dans ces nobles emplois signalez vôtre bras;
D'autres crimes encore....

ANDRONIC.

Ah! ne le croyez pas.
Ne me reprochez point un crime imaginaire.

L'EMPEREUR.

Quoi, se rendre le Chef d'un Peuple temeraire,
Traiter secretement avec des Revoltez,
Sont-ce là, dites-moi, des crimes inventez?
Que ne puis-je douter de ton ingratitude!
S'il m'en restoit encor la moindre incertitude,
Bien-tôt en ta faveur je saurois m'abuser,
Et je te deffendrois au lieu de t'acuser.
Mais de ta propre main j'ai vû le seing parjure,
Et mes yeux dans mon cœur font taire la nature.
A quoi tendoient enfin ces perfides Traitez,
Ces aziles offerts, ces secours acceptez,
Ces sermens mutuels, cette coupable Ligue,
Qu'au Trône où dès long-tems un Pere te fatigue;
Repons-moi, si tu peux? As-tu quelques raisons?
Ou plûtôt, sont-ce là toutes tes trahisons?
Parle. Ton embarras suffit pour te confondre.

AN-

ANDRONIC.

...n, Seigneur, je ne puis ou n'ose vous repondre.
...e suis moins criminel que je ne le parais,
...t vous ne savez pas encor tous mes secrets.

L'EMPEREUR.

...uoi?

ANDRONIC.

De vos Favoris la farouche conduite
...ourroit justifier le dessein de ma fuite:
...ous le joug importun de leurs severes loix,
Les cœurs les plus soumis murmurent quelquefois;
...t l'on doit imputer dans un jeune courage
...e tels égaremens aux foiblesses de l'âge:
...ais je ne veux devoir ma défense qu'à vous:
...uffrez que je me jette encore à vos genoux:
...ôtre ame en ma faveur n'est-elle point émûë?
...uoi, loin de m'écouter, vous détournez la vûë?
...ôtre cœur se refuse aux tendres mouvemens
...ui devroient le saisir dans ces tristes momens?
...egardez-moi, Seigneur, avec des yeux de Pere:
...ais, helas! je ne fais qu'aigrir vôtre colere.

L'EMPEREUR.

...ince, n'avez-vous rien à me dire de plus?

ANDRONIC.

...n. D'en avoir tant dit je suis même confus.
... ce n'est point l'horreur du coup qui me menace,
...i m'a fait mandier une honteuse grace;
...on cœur en effet n'attendoit pas de vous,
...rès tant de rigueurs, un traitement plus doux;
...ir trop que pour moi vous êtes insensible,
... mort à mes yeux n'offre rien de terrible.
...n ne m'eût contraint à cet indigne effort....

L'EMPEREUR.

... assez, je t'entens.

ANDRONIC.

Ordonnez de mon sort;
Hâtez le coup fatal d'une lente justice ;
La vie est desormais mon plus cruel suplice,
Et je mourrois bientôt de honte & de regret
De m'être à vos genoux abaissé sans effet.

SCENE V.

L'EMPEREUR *seul.*

O Ciel ! jusqu'où l'emporte une aveugle insolence ?
C'est trop en sa faveur me faire violence.
Si l'on ne m'eût contraint à cet indigne effort,
Dit-il. . . . Ah ! ce mot seul decide de sa mort.
Je suis trop éclairci, l'Imperatrice l'aime :
Non, non, ce ne peut être une autre qu'elle même :
Irene a fait tracer cet odieux écrit,
Qui d'un trouble fatal a rempli mon esprit.
Tremblante pour ses jours, à tous mes vœux contraire,
Elle a tout hazardé pour ce Fils temeraire :
Je n'en puis plus douter, le Traître s'est trahi :
A d'autres loix enfin auroit-il obeï ?
Et n'eût été l'espoir de plaire à ce qu'il aime,
Se fût-il jamais fait cet effort sur lui-même ?
De quel air l'insolent s'est-il humilié ?
Il excitoit ma haine au lieu de ma pitié ;
J'ai vû jusqu'à mes piez ce superbe courage,
De ses respects forcez desavouer l'hommage :
Il n'a pû soutenir un repentir trompeur,
Et sa bouche a trahi la fierté de son cœur.
Dans quel tems ? au moment que, malgré ma colere,

Le Traître me faisoit sentir que j'étois Pere ;
Que toute ma fureur m'alloit abandonner ;
Que sai je ? quand mon cœur eût pû lui pardonner.
Que cette Lettre entre eux marque d'intelligence !
Vous n'abuserez plus de mon trop d'indulgence,
Traîtres. Mais par quel charme ont-ils pû m'éblouïr ?
Comment ont ils osé songer à me trahir ?
Moi, qui, par tant de soins & de perseverance,
De penetrer les cœurs possede la science ?
Qui, par l'art que j'emploie à cacher mes projets,
Connois tous les chemins, tous les détours secrets ;
Qui, par ma politique & mon adresse à feindre,
Force tous mes Voisins, tous les Rois à me craindre ?
Dans mon propre Palais, au milieu de ma Cour,
Je me vois le jouet d'un temeraire Amour :
Deux perfides, sans art & sans experience,
Aveuglant ma raison, & trompant ma prudence,
Démentent, par des feux mortels à mon honneur,
Tout ce que l'Univers publie en ma faveur.
Helas ! ils m'abusoient sans peine & sans étude ;
Je n'avois de leur part aucune inquietude ;
Mon cœur de noirs soupçons n'étoit point combattu,
Il dormoit sur la foi de leur fausse vertu.
O malheureux Epoux ! ô deplorable Pere !
Où dois-tu t'arrêter ? où porter ta colere ?
Leur juste châtiment ne peut être trop prompt ;
Dans leur perfide sang étouffons cet affront :
Mais sur tout ménageons leur mort avec prudence ;

Par des chemins divers achevons ma vangeance;
Prevenons pour ma gloire un dangereux éclat;
Condamnons Andronic en criminel d'Etat;
Par un effort secret perdons l'Imperatrice,
Et cachons à la fois son crime & son suplice.

Fin du quatriéme Acte.

ACTE V.

SCENE PREMIERE.

ANDRONIC *seul.*

SErai-je encor long-tems dans cet état cruel ?
Pourquoi laisse-t-on vivre un Prine criminel ?
Cette lenteur funeste, & cette incertitude
M'ont déja fait souffrir un suplice trop rude ;
Chaque instant qu'on ajoûte à mes jours malheureux,
Ne sert qu'à redoubler l'horreur que j'ai pour eux.
Viendra-t-on ? L'Empereur, aprés nôtre entrevûe,
Peut-il laisser encor ma perte suspendue ?
Si par mes attentats il se croit outragé,
Ma honte & mon dépit ne l'ont que trop vangé.
Que je souffre ! Je cede à mon impatience.
Ciel, qui vois mes combats, redouble ma constance :
Je ne puis resister à tout ce que je sens :
Mais enfin voici l'ordre & la mort que j'attens.

SCENE II.

ANDRONIC, ASPAR, GELAS, CRISPE.

ASPAR.

SEigneur....

ANDRONIC.

Je vous entens, on veut que je perisse,
Allons donc.

ASPAR.

Vous pouvez choisir vôtre suplice ;
L'Empereur le permet.

ANDRONIC.

Sa bonté me surprend ;
Je le croyois moins tendre, & mon crime trop grand.
Je n'abuserai point enfin de cette grace,
Et le coup de bien près va suivre la menace :
Qu'on me prepare un Bain ; quand il faudra partir,
Vous me trouverez prêt ; revenez m'avertir.

SCENE III.

ANDRONIC, GELAS, CRISPE.

ANDRONIC.

MAis, helas! quel transport, quel mouvement me presse?
Que l'on me donne un siége. * Il suffit, qu'on me laisse.

* *Crispe lui donne un siege.*

Sortez donc, à mes yeux n'offrez point vos douleurs:
Que servent à mes maux les soûpirs & les pleurs?

SCENE IV.

ANDRONIC *seul.*

Il est tems de s'armer d'une noble constance.
Où se termine, helas! toute mon esperance!
Sorti du plus beau Sang qu'adore l'Univers,
Maître dès le berceau de cent Peuples divers,
Quand je croi m'affranchir de l'affreux esclavage,
Dont le joug si long tems fit gemir mon courage;
Quand les biens, les honneurs, la gloire, les plaisirs
Devoient s'offrir en foule à mes premiers desirs,
Je meurs; & dans le cours de mes jeunes années,
Je voi d'un coup fatal trancher mes destinées.
Mais quoi; toûjours en proie à la rigueur du sort,
Je ne puis de mes maux sortir que par la mort;
Il est à mon repos un si puissant obstacle,
Qu'en ma faveur le Ciel ne peut faire un miracle;
Et tant que je vivrois, brûlé des mêmes feux,
Je serois criminel, ou serois malheureux:
Furieux sans effet, Amant sans esperance,
Contraint dans mon amour, contraint dans ma vangeance,
Penetré de tendresse, agité de courroux,
Sans oser signaler ni mes vœux, ni mes coups;
Ah! le Ciel me devoit être un peu moins contraire,
Laisser libre du moins ma flame, ou ma colere.

M'offrir un cœur pour qui tout le mien pût brû-
ler,
Ou le sang d'un Rival que je pusse immoler.
Enfin dans ces combats je ne saurois plus vivre,
Et je doi rendre grace au coup qui m'en délivre.
Oui, je suis resolu. Mais que deviendrez-vous,
Irene ? De mon Pere évitez le courroux.
Ma mort vous coûtera de dangereuses larmes,
L'Empereur en prendra de terribles allarmes;
Et que sai-je ? Peut-être en ce moment fatal,
Il me condamne moins en Pere qu'en Rival.
Ah! penser acablant, où mon cœur s'abandonne!
Quel peril pour Irene, ô Ciel, s'il la soupçonne!
Princesse, que je crains que ses terribles coups,
Après m'avoir frapé, ne s'étendent sur vous!
Voilà ce qui m'étonne, & non pas le suplice;
Mais je touche au moment du fatal sacrifice.
Ciel! je t'offre ma mort, apaise ta rigueur,
Puisses-tu loin de moi porter ton bras vangeur!
Contre un barbare Epoux protége l'innocence;
Ne te lasse jamais d'embrasser sa défence.

SCENE V.

ANDRONIC, ASPAR, GELAS.

ANDRONIC.

Pourquoi me montrez-vous un visage interdit?
Avez-vous fait, Aspar, ce que je vous ai dit?

ASPRR.

Oui, Seigneur, tout est prêt, je fremis de l
dire.

ANDRONIC.

Tout est prêt? allons donc.

ASPAR.

O vertu que j'admire !
Gelas, menez le Prince.

SCENE VI.

ASPAR *seul.*

AH ! dans son triste sort,
Je lui cache des maux plus cruels que sa mort.
Sinistre évenement ! exemple redoutable !
O perte pour l'Empire à jamais déplorable !
De quels coups après toi sommes-nous menacez ?

SCENE VII.

IRENE, NARCE'E, ASPAR.

IRENE.

NOn, je ne puis me rendre à tes soins empressez ;
veux voir Andronic en ce moment funeste,
arcée, & lui donner tout le tems qui me reste.
ue fait le Prince, Aspar ? l'aprendrai-je à mon tour ?

ASPAR.

adame....

IRENE.

Expliquez-vous ; parlez-moi sans détour.

ASPAR.

près de l'Empereur un ordre exprès m'attire ;

Vous saurez tout.

IRENE.

Allez, prenez soin de lui dire
Que je suis en ces lieux, enfin que je l'attens;
Prête à lui reveler des secrets importans.

SCENE VIII.

IRENE, NARCE'E.

NARCE'E.

Mais que pretendez-vous, & qu'est-ce que vous faites?
Madame, songez-vous à l'état où vous êtes?
Helas! que je vous plains! Mon cœur saisi d'effroi
Regarde vôtre sort....

SCENE IX.

IRENE, EUDOXE, NARCE'E.

EUDOXE.

Ciel! qu'est-ce que je voi?
Quel est vôtre dessein? vous m'avez donc trompée?
Quoi, Madame, à mes bras n'êtes-vous échapée,
Que pour courir ici par d'indignes douleurs,
Montrer que vous avez merité vos malheurs?
Quel succez de mes soins! Ah! l'aurois-je pû croire

Que vous eussiez si mal menagé vôtre gloire ?
Que dira l'avenir, tout l'Empire, un Epoux ?

IRENE.

O Ciel ! pour ces conseils quel tems choisissez-vous ?
Helas ! en ma faveur soyez plus indulgente.
Je vai mourir, Eudoxe, & mourir innocente :
Vous m'avez vû toûjours si soumise à vos loix,
Qu'il doit m'être permis d'y manquer une fois ;
Calmez vôtre courroux, étouffez vos reproches ;
Je commence à sentir les fatales aproches ;
Voilà le prompt effet du Breuvage mortel
Qui consomme l'horreur de mon destin cruel.
Vos yeux en sont temoins, avec quelle industrie
Les traîtres ont voulu me cacher leur furie :
Mais tous leurs soins n'ont pû m'abuser un moment,
Et ma main & ma bouche ont pris avidement
Le Vase criminel & la Liqueur funeste
Qui de mes tristes jours va consommer le reste.

EUDOXE.

Ah ! quittez ce dessein, & cherchez du secours.

IRENE.

Voulez vous de mes maux éterniser le cours ?
Non, non, qu'à l'Empereur je serve de victime,
Il croit son Fils & moi noircis du même crime :
Ah ! courons le chercher, il est près de ces lieux ;
Venez mêler vos pleurs à nos tristes adieux :
Que les derniers regards de ce Prince fidelle,
Lui fassent voir l'excez de ma douleur mortelle ;
Qu'avant que d'expirer il aprenne aujourd'hui
Qu'Irene un seul moment ne vit pas après lui ;
Que d'un joug importun mon ame dégagée,
Se montre toute entiere à la sienne affligée ;
Qu'au même instant la mort brisant les mêmes nœuds,
Nos esprits en sortant se rencontrent tous deux ;

Que renduë à celui pour qui seul j'étois née,
J'acomplisse à la fin toute ma destinée.

SCENE X.

IRENE, EUDOXE, NARCE'E, GELAS.

GELA.

MAdame, où courez vous, & qu'allez-
vous chercher?
Ah! plûtôt de ces lieux il faut vous arracher;
Evitez un objet qui déchire mon ame.

IRENE.

Andronic est donc mort?

GELAS.

Il ne vit plus, Madame,
Je viens en ce moment de le voir expirer
Dans le Bain que lui-même avoit fait preparer.

IRENE.

Soûtenez-moi: Je cede après ce coup funeste:
Et vous, du sort du Prince aprenez-moi le reste.

GELAS.

Sans se plaindre un moment de son sort inhu-
main,
Il nous suit. Sans fremir il entre dans le Bain,
Offre ses bras lui-même, en fait couper les
veines,
Montre un cœur insensible au milieu de ses pei-
nes,
Et des flots de son sang qui coule à gros ruisseaux
Bientôt du Bain fatal il voit rougir les eaux.
Cependant il pâlit, & ses yeux s'obscurcissent,
De moment en moment ses esprits s'affoiblissent,
Son ame avec son sang trop prompt à s'écouler
Court au terme fatal. ....

IRENE.

Je me sens accabler.
Donnez un peu de tems à mon ame abatuë.
C'est assez : achevez un discours qui me tuë.

GELAS.

Il leve au Ciel les yeux pour la derniere fois,
Et prononce ces mots d'une mourante voix :
O mort ! des malheureux unique & sûr azile,
Je verrois ton aproche avec un œil tranquille,
Si du courroux vangeur dont je subis la loi,
La rigueur aujourd'hui ne tomboit que sur moi ;
Je crains.... En cet instant son ame s'est émûë,
Il promene par tout une inquiete vûë :
Pere cruel, dit-il, *d'un Fils infortuné,*
Je te rends tout le sang que tu m'avois donné ;
N'en cherche point ailleurs pour assouvir ta rage.
Alors de la parole il perd presque l'usage,
Il ne garde plus d'ordre en ses discours confus,
Ce ne sont que des mots toûjours interrompus ;
Son esprit se confond, le trouble s'en empare,
En de vagues projets il s'emporte, il s'égare ;
Il adresse sa voix à vous, à l'Empereur,
Paroît tantôt tranquille, & tantôt en fureur ;
Enfin son sang s'épuise, & sa force succombe ;
Sa tête sur son sein panche, chancele tombe ;
Il meurt, & tout son corps sanglant, pâle, glacé,
Ne nous en offre plus qu'un portrait éfacé :
Pour moi, le cœur percé de cette affreuse image,
De ses persecuteurs je déteste la rage,
Et craignant qu'on me fasse un crime de mes pleurs,
Je vais en d'autres lieux renfermer mes douleurs.

SCENE XI.

IRENE, EUDOXE, NARCÉE.

IRENE.

C'En eſt fait, à ſes yeux la lumiere eſt ravie;
Eclatez mes ſoupirs, ſa mort vous juſtifie.

EUDOXE.

Quoi donc?...

IRENE.

Regrets, tranſports juſqu'ici retenus,
Paroiſſez, il eſt tems; je ne vous contrains plus.
Il eſt mort! Ciel! quel ſang a-t-on oſé repandre?
Reçois du moins les pleurs que je donne à ta cendre,
Cher Prince, vois Irene au bruit de ton malheur,
Ne ménager plus rien, expirer de douleur.
Mais, helas! du poiſon l'atteinte ſe redouble,
Je ſens croitre à la fois ma foibleſſe & mon trouble,
Et le mortel venin, par un injuſte éfort,
Ravit à ma douleur la gloire de ma mort.
Non, non, je me trompois, ils agiſſent enſemble,
Tous deux en même tems... L'Empereur vient, je tremble;
Ma peine à ſon aſpect vient de ſe redoubler.

SCENE DERNIERE.

L'EMPEREUR, IRENE, EUDOXE, NARCE'E.

IRENE.

SEigneur, avant ma mort j'ai voulu vous parler.
Andronic est puni, je meurs empoisonnée ;
Vous l'avez soupçonné, vous m'avez soupçonnée.
Une Lettre aujourd'hui tombée en vôtre main,
A sans doute achevé nôtre sort inhumain.
Elle venoit de moi : je pourrois vous le taire,
Puisque les traits étoient d'une main étrangere :
Sans honte je l'avouë : Eh ! pourquoi le cacher ?
C'est le seul attentat qu'on me peut reprocher ;
Au poids de nos vertus punir ou recompense :
Ni vôtre Fils, ni moi, jusqu'au dernier soupir,
N'avons jamais formé de criminel desir :
Il partoit pour me fuir. A mon devoir fidelle,
Mon cœur lui prescrivoit une absence éternelle :
C'est dans ce même tems qu'un sacrifice affreux,
A vos tristes soupçons nous immole tous deux.
Ce jour à nos Neveux va fournir une histoire,
Un exemple d'horreur qu'ils auront peine à croire ;
Je ne vous dis plus rien, j'ai consommé mon sort,
Je passe sans regret dans les bras de la mort,
Puisqu'elle rompt les nœuds de l'Hymen qui nous lie.
Eudoxe, ménageons cet instant de ma vie,
Otez-moi de ces lieux, & que je puisse au moins,
N'avoir en expirant que vos yeux pour témoins.

L'EMPEREUR.

Qu'entens-je ? quel éfroi, quelle pitié soudaine,
S'empare de mon cœur, m'épouvante & me gêne.
Etoient-ils innocens ou coupables tous deux ?
Je ne sais : mais, helas ! que je suis malheureux !

FIN.

ALCIBIADE,

TRAGEDIE.

ACTEURS.

ARTAXERCE, Roi de Perse.

PALMIS, Fille d'Artaxerce.

ARTEMISE, Princesse du Sang des Rois de Perse.

PHARNABAZE, Satrape, Favori d'Artaxerce.

ALCIBIADE, Athenien, banni de sa Patrie.

AMESTRIS, Gouvernante de Palmis.

BARSINE, Confidente d'Artemise.

AMINTAS, Athenien, Confident d'Alcibiade.

MEMNON, Officier de l'Armée d'Artaxerce.

GARDES.

La Scene est à Sardis, Capitale de la Lydie.

ALCIBIADE,

TRAGEDIE.

ACTE PREMIER.

SCENE PREMIERE.

PHARNABAZE, MEMNON.

PHARNABAZE.

VENEZ Memnon, venez; dans mon impatience,
J'osois vous soupçonner d'un peu de negligence.

MEMNON.

Eh! pouvois-je prévoir que vôtre promt réveil,
Seigneur, devanceroit le retour du Soleil?
Que sans être lassé d'une course rapide,
Pharnabaze fidelle à l'ardeur qui le guide,
Arrivant à Sardis après mille travaux,

PHARNBAZE.

Helas ! depuis le jour où le grand Artaxerce,
Daigna me confier le destin de la Perse,
Attaché sans relâche à ce pénible Emploi,
J'ai vû que le repos n'étoit plus fait pour moi.

MEMNON.

Quoi, Seigneur . . . ?

PHARNABAZE.

Dans l'éclat où je passe ma vie,
Je redoute à la fois l'imposture & l'envie ;
Leurs traits également m'attaquent chaque jour,
Et ma fortune en craint un funeste retour.
Ainsi pour les forcer l'un & l'autre à se taire,
J'observe tous mes pas avec un œil sévere :
Je crains à tous momens qu'un trop vaste pouvoir,
Me porte quelque jour à trahir mon devoir,
Ou que, persuadé qu'on ne peut me détruire,
Je neglige les soins que je dois à l'Empire,
Quelle que soit pour nous la tendresse des Rois,
Un moment leur suffit pour faire un autre choix:
En vain nous prétendons, par d'assidus services,
D'un Monarque inquiet arrêter les caprices ;
Un seul mot contre nous à propos avancé,
Un seul de nos projets par le sort renversé,
Détruit dans un instant toute la confiance,
Que nous donnoient trente ans de peine & de prudence ;
Et souvent pour remplir les Emplois les plus grands,
On y place après nous d'indignes Concurrens,
Qui pour toute vertu ne possedent peut-être,
Que l'art de savoir feindre & de flater leur Maître.
Mille exemples connus de ces fameux revers,
Sur ce péril pressant tiennent mes yeux ouverts,
Et me font redoubler le zele qui m'anime :

...is du bonheur public je deviens la victime ;
...mon cœur accablé des éforts que je fais,
...nne à tous un repos qu'il ne goute jamais.

MEMNON.

...! pourquoi vous gêner d'une crainte importune ?
...igneur, tant de vertu soutient vôtre Fortune,
...ue personne n'osant y prétendre après vous,
...e Rang que vous tenez ne fait point de jaloux.
...ibiade seul pouvoit mieux qu'aucun autre,
...aler dans l'Etat sa puissance à la vôtre,
...partager du Roi l'estime & la faveur ;
...ais l'éclat de ce Rang n'a point flaté son cœur,
... ce Heros cherchant un séjour plus tranquille,
...ans les murs de Sardis a choisi son azile,
...ù depuis plus d'un an son sort enseveli,
...emeureroit peut-être en un profond oubli,
... l'Univers entier occupé de sa gloire,
...ouvoit un seul moment en perdre la memoire.

PHARNABAZE.

...! que n'est-il encor engagé près du Roi !
...ue ne partage-t-il son cœur & mon Emploi !
...e fut par mes avis que proscrit dans la Grece,
...iant d'un Peuple ingrat la fureur vangeresse,
...vint vers Artaxerce, & sçût trouver en lui,
...n Maître genereux, un salutaire apui.
...en que ce Grec lui seul, Auteur de nos allarmes,
... long-tems arrêté les progrès de nos Armes,
...foibli nôtre Empire, & dans mille Combats,
...mbrasé nos Vaisseaux, immolé nos Soldats ;
...ependant peu de jours après son arrivée,
...vis au plus haut rang sa fortune élevée ;
... même le Roi se confier à lui.
...emise à la Cour devenir son apui,
... Palmis lui marquant une bonté sincère,

Aplaudir aux bienfaits dont le combloit so[n]
Pere.
D'abord voiant tomber cet honneur infini,
Sur un Chef étranger qu'Athenes a banni,
J'en sentis, je l'avouë, une secrette peine;
Mais bien-tôt la vertu triompha de ma haine;
Il m'aima, je l'aimai; chacun avec ardeur
De l'Etat par ses soins soutenoit la grandeur;
Quand on vit de la Cour partir Alcibiade,
On veut le retenir, rien ne le persuade;
D'une étroite Amitié j'atteste en vain les nœuds;
En vain le Roi s'empresse à prévenir ses vœux;
Ni ses nouveaux bienfaits, ni les soins des Princesses,
Ni d'une Cour en pleurs les pressantes caresses,
Ne pûrent avec nous l'arrêter un moment,
Il s'imposa lui-même un dur bannissement.
Vous qui depuis un mois le voiez à toute heure,
Dites-moi, que fait-il dans sa triste demeure?
Quels sont ses sentimens? que pense-t-il?

MEMNON.

Seigneur,
Puis-je vous informer de l'état de son cœur?
Tous mes éforts n'ont pû le découvrir encore.
Je ne vous dirai point quel chagrin le dévore,
Mais les dehors trompeurs de sa tranquillité,
Nous cachent mille soins dont il est agité.
Ce mépris de la Cour, cet éxil volontaire,
Fut trop précipité pour être sans mystere.
Il n'en faut point douter, Alcibiade feint,
Dans tous nos entretiens il m'a paru contraint,
Et dans les sentimens qu'il étale sans cesse,
Son cœur a moins de part, Seigneur, que so[n]
adresse.

PHARNABAZE.

Mais ses yeux & son cœur ne sont-ils poin[t]
troublez,
De l'aspect des Soldats en ces lieux assemblez?

MEMNON.

ous l'aprendrez, Seigneur, & dans vôtre entrevûë,
vous découvrira son ame toute nuë;
n secret avec vous ne peut long-tems durer.

PHARNABAZE.

uisse-je le contraindre à me le déclarer!
ais allons voir l'Armée, il est tems d'y paroître,
de la disposer à recevoir son Maître;
ur la derniere fois annonçons aux Soldats,
u'il arrive aujourd'hui pour conduire leurs
pas,
our verser dans leur sein l'ardeur qui le dévore,
chercher désormais au-delà du Bosphore,
onfondant avec eux & son rang & son sort,
honneur de la Victoire, ou celui de la mort.

MEMNON.

u bruit de vôtre nom l'Armée est prévenuë,
igneur, & chaque jour attend vôtre venuë.

PHARNABAZE.

ourons donc vers le Camp. Mais il faut m'arrêter;
lcibiade vient; je le dois écouter.

SCENE II.

LCIBIADE, PHARNABAZE,
AMINTAS, MEMNON.

ALCIBIADE.

Race aux bontez du Ciel, je puis enfin vous
rendre,
igneur, tous les devoirs que vous pouvez
attendre,

D'un cœur reconnoissant, d'un Ami genereux,
Persecuté du sort, & toutefois heureux,
Si le tems, & les Grecs, dont je suis la victime,
N'ont point détruit pour moi vôtre premiere estime.

PHARNABAZE.

Le croiriez-vous, Seigneur, que les Grecs, ou le tems,
Eussent changé pour vous mes justes sentimens?
C'est moi qui vous dois tout: sans cesse ma memoire,
Me rapelle ce jour pour vous si plein de gloire,
Où m'arrachant au fer des Grecs victorieux,
Vous prévintes la mort présentée à mes yeux.
Vôtre Amitié toûjours m'est également chere:
Mais pour moi vôtre cœur est-il encor sincere?
Quand je vous vois ici soigneux de vous cacher,
Vous montrant à regret à qui vient vous chercher,
Et me cedant encore avec un soin extrême,
Vos maux que je voudrois sentir comme vous-même:
Car ne prétendez plus par de foibles raisons,
Satisfaire mon cœur & calmer mes soupçons:
Un Heros tel que vous, nourri dans les allarmes,
Dans les soins de la Paix, dans la gloire des Armes;
Qui reglant des Etats confiez en ses mains,
Pouvoit encor suffire à de nouveaux desseins;
Dont l'ame à la grandeur dès l'enfance enchainée
Par de moindres objets ne peut être bornée;
Un cœur que l'Univers eût eu peine à remplir,
Dans un desert affreux peut-il s'ensevelir?
Abandonner un Roi qui l'estime, qui l'aime,
Si quelque coup du sort ne l'arrache à lui-même
Ou si quelque autre soin plus fort que ses desirs

De grands interêts n'immole ses plaisirs ?
Au nom d'une Amitié si rare & si parfaite,
Quel chagrin dans ces lieux cause vôtre retraite ?
Qui vous rend insensible aux faveurs d'un grand Roi ?
Parlez, Seigneur, parlez, fiez vous à ma foi.

ALCIBIADE.

Pouvez-vous l'ignorer ? la fureur de la Grece,
La colere d'Agis qui me poursuit sans cesse,
Du Peuple Athenien l'injuste cruauté,
Enfin tous mes malheurs n'ont que trop éclaté.
Mais pourquoi rapeller la douloureuse histoire
Des maux dont Artaxerce efface la memoire ?
Ce genereux Monarque à mes soupirs rendu,
M'a beaucoup plus donné que je n'avois perdu :
Par son heureux secours j'ai pû braver l'envie,
Rétablir ma fortune, & conserver ma vie ;
C'en est assez pour moi. Si j'ai quitté la Cour,
Dans le cœur des humains chaque chose a son tour :
Tantôt l'Ambition y regne en souveraine,
Et dans un autre tems trop de grandeur le gêne ;
Selon que le destin reglant nos passions,
Par un secret pouvoir conduit nos actions.
Je l'éprouve, Seigneur ; & mon ame changée,
De ses premiers desirs se trouve dégagée ;
Loin de l'éclat pompeux que j'ai tant recherché,
Je ne demande plus qu'un azile caché ;
Je jouis d'un repos qu'aucun soin ne traverse,
Les Dieux me l'ont donné par la main d'Artaxerce :
Veuillent ces mêmes Dieux prevenant ses souhaits,
D'un succez attendu conduire ses projets,
Au comble du bonheur porter ses destinées,
Prolonger ses jours au prix de mes années !

PHARNRBAZE.

Je le voi bien, Seigneur, je deviens indiscret :

Je ne vous presse plus ; gardez vôtre secret :
Mais ne m'abusez point par une indigne feinte.

ALCIBIADE.

Eh bien, Seigneur, s'il faut m'expliquer sans contrainte,
J'ai crû que je devois être éloigné du Roi,
Tandis que dans la Grece il va porter l'Effroi :
Peut-être le succez trompant son esperance,
Artaxerce eût sur moi fixé sa défiance,
Et crû que j'aurois pû, par des avis secrets,
Pour sauver mon Païs trahir ses interêts :
Voilà quelle pensée à m'éloigner m'engage.

PHARNABAZE.

Eh ! sur quoi fondez-vous un si triste presage ?
Vous offensez le Roi ; vous connoissez son cœur,
Magnanime, constant.

ALCIBIADE.

Je le connois, Seigneur :
Il a mille vertus dignes du Diadême ;
Mais avec ces vertus, je le sais de vous-même,
Superbe, soupçonneux, & prompt à s'irriter,
Dans ses premiers transports rien ne peut l'arrêter.
Enfin pour confirmer ma conduite passée,
Themistocle est toûjours present à ma pensée :
Ce Grec persecuté vint chercher un apui
Dans les mêmes Climats où je suis aujourd'hui ;
Xerxès en sa faveur prodigua sa puissance,
L'honora de ses soins & de sa confiance :
Mais Dieux ! qu'il paya cher ces honneurs éclatans,
Pour les avoir voulu conserver trop long-tems ;
Les Courtisans de Perse ardens à sa ruine,
Rapellerent si haut l'affront de Salamine,
Que Xerxès, animé par leurs cris éternels,
Prit insensiblement leurs sentimens cruels ;
Et l'on vit les effets de leur jalouse envie
Contraindre Themistocle à terminer sa vie.

...n sort, Seigneur, sembloit m'annoncer mon destin;
...e ne crains point la mort; mais s'il faut qu'à la fin
...ux yeux de l'Univers je m'immole moi-même,
...e veux pouvoir gouter cette douceur extrême;
Que mon trepas alors soit au moins imputé
... ma vertu plûtôt qu'à la necessité.

PHARNABAZE.

...rtaxerce, Seigneur, domptera ce caprice,
... vous deviez lui rendre un peu plus de justice.
...l vient, vous le verrez : mon zele & mon devoir
...e pressent à l'envi de l'aller recevoir.

ALCIBIADE.

...e vous suivrai, Seigneur; j'allois pour vous le dire,
Vous chercher....

PHARNABAZE.

C'est assez, Seigneur, je me retire.
...n m'attend dans le Camp; soyez prêt à partir;
...lemiton dans un moment viendra vous avertir.

SCENE III.

...LCIBIADE, AMINTAS.

AMINTAS.

A Près un tel aveu, nous vous verrons reprendre
...rang dont vos soupçons vous avoient fait descendre;
...taxerce, Seigneur, entendra vos discours,
...d'un scrupule vain arrêtera le cours;
...z, & qu'une fois encor la Grece admire

Le pouvoir d'un Proscrit dans cet auguste Empire ;
Qu'à son tour vôtre Nom la force de trembler.

ALCIBIADE.

Enfin voici le jour qui me doit acabler,
Où malgré mes efforts, ma fuite & mon adresse,
L'Univers aprendra ma derniere foiblesse.

AMINTAS.

Que dites-vous, Seigneur ?

ALCIBIADE.

Le Roi vient, Amintas,
Artemise, Palmis, acompagnent ses pas.
J'avois fui de la Cour ; leur aproche m'étonne ;
A de nouveaux transports mon ame s'abandonne ;
Tu connois mon penchant, tu vois couler mes pleurs,
Et l'état où je suis t'aprend tous mes malheurs.

AMINTAS.

Je vous entens, Seigneur, j'en pénetre la cause ;
Faut-il que de vos jours encor l'Amour dispose.
Après tant de perils avec peine évitez,
Osez-vous vous lier au joug dont vous sortez ?
Ne vous souvient-il plus, quelle suite cruelle
D'embarras, de remors, de contrainte mortelle,
Quel funeste poison a versé sur vos jours
De vos attachemens le déplorable cours ?
Pardonnez-moi, Seigneur, je ne saurois me taire,
Et je vous trahirois, si j'étois moins sincere :
De vos travaux l'Amour vous a ravi le fruit,
Et de vôtre Nom même a profané le bruit.
Quel Guerrier couronné des mains de la Victoire
Porta jamais si loin sa valeur & sa gloire ?
Quel Heros avec vous auroit on comparé,
Si vôtre cœur jamais ne se fût égaré,
Et n'eût fait voir souvent, par un mélange injuste
Des foiblesses d'Amour dans une vie auguste ?
Ah, Seigneur ! rapellez ce fatal souvenir.

ALCIBIADE.

las ! qu'est-il besoin de m'en entretenir ?
on penchant à l'Amour, je l'avoûrai sans peine,
ut de tous mes malheurs la cause trop certaine :
ais bien qu'il m'ait causé des chagrins, des soupirs,
e n'ai pû refuser mon ame à ses plaisirs :
ar, enfin, Amintas, quoi qu'on en puisse dire,
n'est rien de semblable à ce qu'il nous inspire.
n trouve t-on ailleurs cette vive douceur
apable d'enlever & de calmer un cœur ?
! lors que pénétré d'un Amour veritable,
gemissant aux pieds d'un objet adorable,
ai connu dans ses yeux timides ou distraits,
ue mes soins de son cœur avoient troublé la paix ;
ue par l'aveu secret d'une ardeur mutuelle
a mienne a pris encore une force nouvelle,
ans ces tendres instants j'ai toûjours éprouvé
u'un mortel peut sentir un bonheur achevé.

AMINTAS.

! quel indigne aveu, Seigneur, osez-vous faire ?

ALCIBIADE.

le fais, Amintas, sans honte & sans mystere
! si j'ai sucombé dans mes prémiers transports,
ute la Grece a vû les fruits de mes remords.
urois lieu de rougir, si sans aucun scrupule
bandonnois mon cœur aux ardeurs dont il brûle ;
oûjours aveuglé par l'amour des plaisirs,
us apas eussent seuls attiré mes desirs :
sur moi ma raison a pris assez d'empire
m'arracher cent fois au penchant qui m'attire.
même tu m'as vû confus de mes erreurs,

Changeant de lâches feux en de nobles fureurs,
Pour effacer des traits honteux à ma memoire,
D'un pas plus assuré courir après la gloire.
Enfin si de ma vie on observe le cours,
On y pourra compter quelques-uns de mes jours
Passez dans le repos, perdus dans la mollesse :
Mais pour un de ces jours marquez par ma foiblesse,
On y verra des ans l'un à l'autre enchaînez,
Par mille exploits fameux justement couronnez.
Tu vois que sans chercher d'excuse à mes caprices,
J'avoue également mes vertus & mes vices ;
Je te découvre ici mes sentimens secrets,
Mais sache qu'un grand cœur ne se cache jamais,
Et veut, sans se parer d'un indigne artifice,
Qu'à son nom l'Univers puisse rendre justice.

AMINTAS.

Par tant d'illustres faits vôtre nom consacré,
Seigneur, dans l'avenir doit être reveré ;
Nos Neveux....

ALCIBIADE.

Est-il tems de tenir ce langage
Quand mon dernier malheur acable mon courage ?
Par tes sages conseils aide à le ranimer,
Et modere l'ardeur qui me va consumer.
Je reverrai Palmis : quelle aproche terrible !
Et brûlant à ses yeux, paroîtrai-je insesible ?
Pourrai-je encor garder ce silence obstiné,
Où par un juste effort je m'étois condamné ?
En te nommant Palmis, sans te dire autre chose,
Je t'aprens tous les maux où le destin m'expose.
Persecuté, proscrit, fugitif en ces lieux,
Vers elle j'ai porté mes vœux audacieux.
En vain mille Beautez dans la Perse adorées
Contre ma liberté paroissoient conjurées ;
En vain leurs doux regards & leur accueil flatteur

rès d'elles m'annonçoient un facile bonheur ;
n vain par mille soins la Princesse Artemise
embloit sur mon repos former quelque entreprise,
t m'acorder l'honneur de vivre sous ses loix ;
Honneur que son orgueil refuse à tant de Rois,
Elle qui par le Sang unie aux Rois de Perse,
S'est aquis l'amitié, l'estime d'Artaxerce,
Que l'on voit chaque jour, par de nouveaux
bienfaits,
Assurer sa fortune, & combler ses souhaits :
e fus avengle à tout, mon ame trop blessée,
De la seule Palmis ocupa ma pensée,
ui consacra mes vœux, & ferma pour jamais
t mes yeux & mon cœur pour les autres objets.
t que peut-on aimer, justes Dieux ! auprès
d'elle ?
Ses beautez, ses vertus n'ont rien d'une mor-
telle ;
Le Ciel en la formant épuisa ses faveurs,
Sa présence embrase ou trouble tous les cœurs.
Un mélange confus de louanges secrettes,
De cris, d'étonnemens, de plaintes inquietes,
De soupirs étouffez, d'inutiles souhaits,
ui marquent chaque jour l'effet de ses attraits.
i-tôt qu'elle paroît, tout s'empresse autour d'elle;
ux suprêmes grandeurs sa fortune l'apelle :
Que de justes raisons d'enfler sa vanité !
Cependant de son cœur la modeste fierté
emble de ses apas ignorer la puissance,
t jouit sans orgueil des droits de sa naissance.

AMINTAS.

n vain vous m'étalez les charmes de Palmis,
eigneur, tout l'Univers en celebre le prix :
ais de les adorer il faloit vous défendre ;
'un Amour si fatal que pouvez-vous attendre ?

ALCIBIADE.

e sort le plus cruel, mille tourmens affreux,

Et que sai-je? peut-être un trepas rigoureux:
Car enfin, malgré moi, quelque éclat de ma flâme
Découvrira ma feinte, & l'état de mon ame:
Artaxerce indigné de l'orgueil de mon choix,
Lui le moins indulgent & le plus fier des Rois,
Trop jaloux du respect qu'on doit à sa Famille,
D'un temeraire Amour voudra vanger sa Fille;
S'immolera ma vie, ou pour mieux me punir,
De la Perse avec honte il me fera bannir;
Je le voi, je perdrai par cette ardeur funeste
L'azile le plus sûr, & le seul qui me reste:
Telle est ma destinée; un autre Amour jadis
Me fit chasser de Sparte & de la Cour d'Agis.
De mes feux pour Palmis j'avois prevû la suite;
Mes terreurs, de la Cour avoient hâté ma fuite;
Je courus vers ces lieux, mais j'ai beau m'y cacher;
Jusques dans ces deserts Palmis vient me chercher;
Contre elle desormais quel parti dois-je prendre?
Je ne puis fuir plus loin, & je n'ose l'attendre.
Ciel! de cet embarras ne pourrai-je sortir?

SCENE IV.

ALCIBIADE, MEMNON, AMINTAS.

MEMNON.

PHarnabaze, Seigneur, vous attend pour partir.

ALCIBIADE.

Allons donc; suspendons une crainte importune
Et remettons aux Dieux le soin de ma fortune.

Fin du premier Acte.

ACTE II.

SCENE PREMIERE.

ALCIBIADE, AMINTAS.

AMINTAS.

OU courez-vous, Seigneur ? quoi, fuyez-vous le Roi ?

ALCIBIADE.

Je ne sais où j'en suis, Amintas, laisse-moi ;
Je fuis tous les objets dans ma douleur extrême,
Et je voudrois pouvoir me cacher à moi-même.
Dieux ! j'ai revû Palmis ; mon Amour redoublé,
Par ma foible raison ne peut être reglé.
Je ne voi plus le rang ou le Ciel la fit naître ;
Je ne me souviens plus qu'Artaxerce est mon Maître,
Que mon honneur, mes jours, sont soûmis à ses loix ;
Je ne me souviens plus de ce que je lui dois ;
Je songe seulement à mon sort déplorable ;
Je songe à m'affranchir d'un fardeau qui m'accable,
A rompre ce silence indigne d'un grand cœur.

AMINTAS.

Juste Ciel ! quel dessein ! contraignez-vous, Seigneur.

De ce fatal secret vous savez l'importance ;
Souffrez plutôt encore en gardant le silence,
Que de vous exposer à des malheurs plus grand.

ALCIBIADE.

Qu'est-il de plus affreux que les maux que je sens ?
J'éprouve en ce moment tout ce qu'a de funeste,
Pour acabler un cœur, la colere celeste ;
Moi qu'un sort favorable avoit acoûtumé
Aux transports les plus doux, au plaisir d'être aimé ;
Quel changement, grands Dieux ! quels efforts pour mon ame !
J'aime plus que jamais ; & tout plein de ma flâme,
Je contrains mes desirs, je devore mes pleurs ;
Ah ! peut-il m'arriver de plus cruels malheurs !
C'en est trop ; finissons & mon trouble & mes craintes ;
Courons chercher Palmis, qu'elle entende mes plaintes ;
Je ne balance plus ; l'Amour au desespoir,
N'écoute ni conseil, ni raison, ni devoir.
Eh ! quelle est la Beauté qu'un tendre Amour offense ?
Quel cœur n'en conçoit point quelque reconnoissance ?
Allons, redoutons moins un téméraire aveu ;
Il peut m'être permis de me flatter un peu.
Que dis-je, malheureux ! que pensai-je ? où m'entraîne
L'essor impetueux de mon audace vaine ?
Ah ! mon cœur, que tu vas payer cher ta fierté !
Toûjours bien loin de toi tes vœux t'ont emporté ;
Enflé de tes succez, & du bruit de ta gloire,
Tu ne t'es plus connu, tes lauriers t'ont fait croire
Qu'après avoir souvent humilié des Rois,
L'Univers n'avoit rien au dessus de ton choix.

La Grece t'a nourri dans cette erreur fatale :
Mais dans la Perse, à moins d'une naissance égale,
Pour la Fille du Roi tu ne peux soûpirer ;
Aprens que ce defaut ne se peut reparer :
C'est une loi reçuë : ô Ciel, qu'elle est injuste !
Quoi, dépend-il de nous d'être d'un sang auguste ?
Enfin est-il des prix qu'on puisse souhaiter
Que la seule vertu ne doive meriter ?

AMINTAS.

Dans la Grece, Seigneur, la vertu toute nuë
Par son merite seul est assez soutenuë ;
Et sans parer son nom de Titres fastueux,
On est grand parmi nous quand on est vertueux :
Mais ici nos decrets, nos mœurs & nos maximes
Perdent toute leur force, & passent pour des crimes ;
Une crainte servile est le premier devoir
Qu'imprime dans les cœurs un absolu pouvoir :
Tout tremble, tout fléchit sous la grandeur suprême :
Heureux dans ces Climats qui porte un Diadême,
Ou qui peut se vanter d'être sorti d'un Sang
Qui le peut quelque jour élever à ce Rang.
Cessez donc de poursuivre un projet inutile,
Ne perdez point en vain vôtre dernier azile :
Ces Rois qui d'Artaxerce acompagnent les pas,
Qui lui font un tribut d'armes & de soldats ;
Les Princes ses voisins, & ceux de sa Famille
Ont des yeux comme vous, & brûlent pour sa Fille ;
Sans doute quelqu'un d'eux s'est déja declaré,
Et du cœur de Palmis s'est peut-être emparé ;
Vôtre Amour fait lui seul les maux qui vous arrivent ;
Cessez.... mais le Roi vient ; les Princesses le suivent.

SCENE II.

RTARXERCE, PALMIS, ARTEMISE, ALCIBIADE, PHARNABAZE, MEMNON, AMINTAS, AMESTRIS, BARSINE, Gardes.

ARTAXERCE.

Nfin, graces aux Dieux, nous sommes dans Sardis,
a Fille, mille soins occupent mes esprits;
uffrez que de ces soins la suite nécessaire
ur quelque tems ici vous cache vôtre Pere;
llez vous reposer dans vôtre Apartement,
veux entretenir Artemise un moment,
nstruire d'un secret où son cœur s'interesse.

ARTEMISE.

oi, Seigneur?

ARTAXERCE.

Madame; & vous, que l'on nous laisse.

SCENE III.

RTAXERCE, ARTEMISE,

ARTAXERCE.

Oici le jour fatal que j'ai tant souhaité,
dame, où ce dessein si long-tems concerté,
pporter sur la Grece une entiere victoire,
marquer à jamais ou ma honte ou ma gloire.
Soldats sont tout prêts, & les vents & les eaux

Semblent pour me conduire attendre mes vaisseaux.
Un mouvement secret vers la Grece m'apelle ;
Mais parmi tous les soins que ce jour renouvelle,
Alcibiade seul fait mon plus grand ennui ;
Près de moi dans ma Cour vous fûtes son apui ;
C'est par cette raison que j'ai voulu, Madame,
Vous confier son sort, & vous ouvrir mon ame.

ARTEMISE.

Eh quoi ! n'avez-vous pas assuré son destin ?
Par vous de ses malheurs n'a-t-il pas vû la fin ?
C'est vous qui dans ces lieux réparant sa misere...

ARTAXERCE.

Je n'ai rien fait alors que ce que j'ai dû faire ;
La Perse jouissoit d'une profonde Paix,
Mais la Guerre aujourd'hui change tous mes projets.
Sera-t-il dans ces murs l'espion de la Grece ?
Lors qu'elle sentira ma fureur vangeresse,
Que j'irai l'attaquer, laisserai-je à Sardis
Un Grec pour lui donner mille secrets avis ?
Ne nous assurons point sur le sanglant outrage,
Dont les Atheniens ont paié son courage.
Nous voions tous les cœurs que la Grece nourris,
Du soin de sa grandeur si vivement épris,
Que bannis de son sein, accablez d'injustices,
Ils lui font chaque jour de nouveaux sacrifices :
Trop heureux de pouvoir partout leur sang versé
Servir un seul moment leur Païs menacé.

ARTEMISE.

Ah ! Seigneur, à ce Grec vous faites trop d'injure
Contre ces sentimens sa vertu vous rassûre ;
Sa fuite de la Cour, & l'éclat de son nom
Le mettent à couvert de ce honteux soupçon.
Les Grecs ne l'ont-ils pas chassé de sa Patrie ?
Il conserve contre eux une juste furie :
Mais qu'il aille avec vous, vous ne craindrez plus rien,
Seigneur, & sa valeur le justifiera bien.

ARTAXERXE.

..! s'il faut avec moi le mener dans la Grece,
..e sentira-t-il point encor quelque tendresse,
..'aspect de ces lieux de sa gloire témoins,
..ui furent si long-tems l'objet de tous ses soins?
..nsensible, & fidelle à nos mortelles haines,
Verra-t-il d'un œil sec tomber les murs d'Athe-
..nes?
..efusera-t-il son bras victorieux,
..a Grece mourante, & mourante à ses yeux?
..ans trop l'acuser d'une humeur inconstante,
..a haine cederoit à la pitié presente.
..insi soit qu'il demeure, ou qu'il vienne avec moi,
.. me gêne par tout, par tout je crains sa foi.
Ce n'est pas tout. Des Grecs la pompeuse Ambassade
N'est que pour demander la mort d'Alcibiade.

ARTEMISE.

.. mort d'Alcibiade! Ah! pouvez-vous, Seigneur,
..ouffrir qu'on vous propose un projet plein d'horreur!
..e Heros, sur la foi de ce fameux azile,
..crû pouvoir compter sur un destin tranquille,
.. que par vos bontez, plus heureux desormais,
..l jouiroit ici d'une éternelle paix.
..moi la mort par vos mains lui seroit donc
..ffrete?

ARTAXERCE.

..je n'ai point, Madame, encor conclu sa
perte;
.. puis que de son sort je confere avec vous,
..roiez que je lui garde un traitement plus doux.
.. la valeur, sa gloire me fut chere,
.. mille vertus que mon ame révere;
.. conserve sa vie, & veux même aujourd'hui,
.. y consent, faire encor plus pour lui:
..ais, il faut que l'Etat, que la raison conspire,
..ec l'heureux penchant, qui vers ce Grec m'attire,

Et que la politique aprouvant sa grandeur,
Me mette en liberté d'augmenter sa faveur.
Si ces Ambassadeurs, que la Grece m'envoie,
Obtiennent qu'en leurs mains je remette leur proie,
La Grece cede Ephese, & demande la Paix :
Mais si par un refus je confonds leurs projets,
Ils n'épargneront rien dans l'ardeur qui les presse,
Pour calmer ses chagrins & l'attirer en Grece.
Un homme tel que lui n'est pas à dédaigner ;
Il faut absolument le perdre ou le gagner.
Vous même concevez, par la pressante envie,
Que marquent tous les Grecs de s'immoler sa vie,
Par les soins dont leur haine achete son trépas,
Combien ils craignent tous les efforts de son bras.

ARTEMISE.

Aux horreurs de son sort dérobez donc sa tête ;
Avec lui de la Grece achevez la conquête.
Contre tant d'Ennemis, sûr de vôtre secours,
Ne l'engagez-vous pas à vous servir toûjours ?
Ira-t-il, vous devant & l'honneur & la vie,
De ses persecuteurs tenter encor l'envie ;
Et se deshonorant par un retour ingrat,
De tant d'exploits fameux diminuer l'éclat ?
Oui, si vous l'engagez à la reconnoissance,
Seigneur, je vous repons de son obéissance,

ARTAXERCE.

Faites donc plus, Madame, & puis que dans ma Cour.
Vous m'assûrez pour lui d'un éternel séjour,
Rendez-lui pour jamais ce séjour necessaire,
En redoublant des Grecs la haine & la colere,
Et joignez de si près Alcibiade à moi,
Qu'ils ne puissent jamais se fier à sa foi.
Pour lui vous avez pris une si forte estime ;
A conserver ses jours tant d'ardeur vous anime :
Ah ! s'il faut sans détour m'expliquer avec vous,
Je serois sûr de lui, s'il étoit vôtre Epoux.

Je ne vous prescris point encor cet Hymenée;
pourroit seul pourtant fixer sa destinée,
faire taire les Grecs, venger tous ses malheurs,
assûrer sa fortune, & finir mes frayeurs.
Sur-tout ne croyez point qu'ici ma politique,
Immole vôtre sort à la grandeur publique;
Et vous faisant pour nous cet effort glorieux,
Vous ne descendez point du rang de vos Ayeux:
Vous verrez vôtre Epoux si cheri d'Artaxerce,
Qu'il sera le premier aprés moi dans la Perse;
Et que toute ma Cour tombant à vos genoux,
Partagera ses soins & son zele entre nous.
Adieu, je ne veux point presser vôtre réponse,
Consultez à loisir ce que je vous annonce.
Je vous verrai dans peu; songez qu'en vôtre main,
De ce fameux Proscrit vous tenez le destin.

SCENE IV.

ARTEMISE *seule.*

Quel trouble me saisit, & me rend si timide!
Aux tendresses d'un Roi je demeure stupide!
On m'assûre un Hymen où je n'osois penser,
Et ma bouche n'a pas un mot à prononcer!
Inévitable effet d'une joie imprevûë!
Transport impetueux dont mon ame est émûë,
Espoir flatteur, je cede à vos efforts puissans.

SCENE V.

ARTEMISE, BARSINE.

ARTEMISE.

Ah ! Barsine, prens part au plaisir que je sens,
Artaxerce s'aprête à couronner ma flâme,
A remplir ses desirs il exhorte mon ame,
Et me demande enfin comme un effort heureux,
De souffrir qu'il m'unisse à l'Objét de mes vœux.

BARSINE.

Quoi, Madame, le Roi vous propose lui-même...

ARTEMISE.

Oui, Barsine, le Roi me donne à ce que j'aime.
Cet Amour si long-tems dans mon cœur retenu,
Nourri de tant de pleurs, à toi seule connu,
Que l'orgueil de mon sang regardoit comme un crime,
Peut paroître sans honte, & devient legitime :
Ou plûtôt, il arrive au comble de ses vœux,
Au moment qu'il n'attend qu'un succez malheureux :
Et pour croître la joie où mon cœur s'abandonne,
Barsine, mon bonheur n'est connu de personne.

SCENE VI.

PALMIS, ARTEMISE, BARSINE.

PALMIS.

JE vous cherche, Madame ; un desir curieux
Précipite mes pas, & m'amene en ces lieux.
Sans offenser le Roi, me pourrez-vous aprendre
Ces desseins, les secrets qu'il vous a fait entendre?
Madame, userez vous les fier à ma foi ?

ARTEMISE.

Madame, ces secrets ne regardent que moi.
Sans blesser mon devoir je puis vous en instruire :
Cependant je rougis . . .

PALMIS.

Qu'a-t-il donc pû vous dire ?

ARTEMISE.

Le Roi d'Alcibiade a reglé le destin ;
Il veut que dès ce jour je lui donne la main :
Je ne vous cele point que mon cœur le préfere,
Un plus illustre choix qu'Artaxerce eût pû faire ;
Et j'ose me flater qu'une tendre amitié
Vous fait de mon bonheur ressentir la moitié.
Madame, pardonnez, je vous laisse avec peine :
Mais je veux que du Camp Pharnabaze revienne ;
Je vous quitte un moment pour le faire avertir.

SCENE VII.

PALMIS, AMESTRIS.

PALMIS.

NOn, non, à ſon bonheur je ne puis conſentir.

AMESTRIS.

Ciel !

PALMIS.

Je ne prétens point vous cacher ma ſurpriſe,
Ni mes chagrins ſecrets ſur l'Hymen d'Artemiſe :
Dès mes plus jeunes ans ſoumiſe à vos avis,
Je ne me repens point de les avoir ſuivis ;
Mais je ſens qu'aujourd'hui toute vôtre ſageſſe,
Aura peine à calmer la douleur qui me preſſe.

AMESTRIS.

Madame, au nom des Dieux, finiſſez ce diſcours,
Gardez-vous à jamais d'en reprendre le cours,
Et ne m'affligez point par une confidence,
Indigne de mes ſoins & de vôtre Naiſſance.

PALMIS.

Cependant, c'eſt vous ſeule, ô ma chere Ameſtris,
Qui pouvez redonner le calme à mes eſprits,
Et par ces mêmes ſoins à qui ma douleur cede,
Suſpendre ou ſoulager l'ennui qui me poſſede.

AMESTRIS.

C'en eſt donc fait, grands Dieux ! vôtre eſprit confondu,
D'un poiſon dangereux ne s'eſt point défendu :
Inſenſible au bonheur que goûte un cœur tranquille,

Aveugle aux longs tourmens d'une flâme inutile,
Pour un vil Etranger la Fille d'un grand Roi,
Brûle d'un feu secret sans honte & sans effroi.

PALMIS.

Je ne sai si l'on doit donner le nom de flâme,
Aux mouvemens confus qui déchirent mon ame:
Mais je ne puis souffrir les traits injurieux
Dont vous osez noircir un Heros glorieux.
Pouvez vous ignorer la gloire de sa vie ?
Ah ! ce vil Etranger, digne objet de l'envie,
Ce Banni, ce Proscrit que vous me reprochez,
Du monde entier sur lui tient les yeux attachez,
C'est lui dont la valeur tant de fois couronnée,
Ranima la vertu de la Grece étonnée ;
Qui forçant la fortune à seconder son bras,
Vainquit autant de fois qu'il donna de combats ;
C'est lui dont les regards, & dont le front auguste,
Font naître une tendresse aussi prompte que juste;
Et s'il faut encor plus pour le combler d'honneur,
Lui seul a pû troubler le repos de mon cœur.

AMESTRIS.

Et depuis quand ce cœur s'est-il rendu sensible,
Lui qui dans les devoirs paroissoit inflexible,
Qui les remplissoit tous sans trouble & sans regret ?

PALMIS.

Pouvez-vous ignorer ce funeste secret ?
Je ne vous celai point ma premiere surprise,
Je la sens reveiller par l'espoir d'Artemise,
Il me trouble, il me gêne, il déchire mon cœur,
Et ses heureux transports irritent ma douleur.

AMESTRIS.

Ah ! que me dites-vous? Quoi, vôtre ame agitée,
Par tant d'égards pressans ne peut être arrêtée ?
D'Artemise en secret vous condamnez l'espoir ?
Et quel projet contre elle osez-vous concevoir ?
Quoi, vous flateriez-vous qu'un honteux Hymenée...

PALMIS.

Je n'ai point oublié le rang où je suis née;
Je sai combien du Sang l'imperieuse loi
A mis de difference entre Artemise & moi;
Qu'Alcibiade enfin peut s'unir avec elle;
Qu'à l'Hymen d'un grand Roi ma Naissance m'apelle;
Je le sai : mais ces loix & ces pompeux discours,
Contre un charme puissant sont d'un foible secours,
Lorsqu'on trouve un Heros d'un merite suprême,
Qu'il fait en sa faveur parler la vertu même,
Qu'il paroît seul aimable, & seul digne de vous.
Dans ces ocasions que le penchant est doux !
Qu'un cœur en cet état qui se fait violence,
Pleure souvent l'honneur d'une illustre Naissance!

AMESTRIS.

Madame, c'en est trop ; redoublez vos efforts ;
Etouffez ou calmez ces indignes transports;
Je crains pour vôtre gloire, & que sur vôtre vie...

PALMIS.

Non, j'ose défier tous les traits de l'envie.
Plus par ces mouvemens mon cœur est combattu,
Et plus vous connoîtrez ce que peut ma vertu.
Quand même ce Guerrier n'eût cherché qu'à me plaire,
Il eût reçû de moi des mépris pour salaire.

Cependant, & telle est l'injustice d'un cœur
Dont l'Amour en secret s'est rendu le vainqueur,
Je ne saurois souffrir qu'une autre ait l'avantage
D'arrêter dans ses fers ce superbe courage.
Mais, c'est trop prolonger d'inutiles discours;
Observons avec soin leur sort & leurs Amours,
Puis que je perds ce cœur à qui ma fierté cede,
Dieux puissans, empêchez qu'une autre le possede.

Fin du second Acte.

ACTE III.

SCENE PREMIERE.

ARTEMISE, PHARNABAZE, BARSINE.

ARTEMISE.

Oui, du plus grand peril vôtre Ami menacé,
Ignore, comme vous tout ce qui s'est passé,
La Grece s'humilie, & par son Ambassade,
Nous demande aujourd'hui la mort d'Alcibiade.
Artaxerce rempli des soins de sa grandeur,
De ce Grec malheureux honore la valeur,
Estime sa vertu; mais craignant pour la Grece,
Quelque jour dans son cœur un retour de tendresse,
Sans pouvoir démêler si ses vrais interêts,
Demandoient qu'à ce prix il conclût cette Paix,
Sur tout ne croiant point sa perte legitime,
Mais des plus noirs soupçons malgré lui la victime,
Il m'a fait voir les soins qui troubloient son repos,
Et m'a fait mille fois troubler pour ce Heros.

PHARNABAZE.

Ah! que m'aprenez-vous? Ciel!

AR-

ARTEMISE.

Ecoutez le reste,
Il est enfin sorti de ce trouble funeste,
L'amour d'Alcibiade a repris le dessus,
Et la Grece bien-tôt entendra ses refus.
Aux horreurs de son sort, aux rigueurs de l'envie,
Il dérobe à jamais une si belle vie;
Mais il veut s'attacher au destin des Persans
Par des droits si sacrez, par des nœuds si puissans,
Qu'assûrez désormais, & contens l'un de l'autre,
Le bonheur de ses jours soit fondé sur le nôtre:
Enfin pour s'assûrer de lui, le croirez-vous?...

PHARNABAZE.

Quoi? Madame.

ARTEMISE.

En ce jour il en fait mon Epoux.
Il ne m'a point pourtant prescrit cet Hymenée,
Et même ma réponse encor n'est pas donnée:
C'est vous que j'ai choisi pour la porter au Roi;
Vous serez plus tranquille & plus libre que moi:
Dites-lui que mon ame à ses loix est soumise,
Et qu'il peut à son gré disposer d'Artemise.

PHARNABAZE.

Qu'Alcibiade ici trouve un sort glorieux!
Il l'ignore, Madame; ah! souffrez qu'en ces lieux
Pharnabaze l'amene, & qu'il puisse l'instruire...

ARTEMISE.

On vient, parlez au Roi; Seigneur, je me retire.

SCENE II.

ARTAXERCE, PHARNABAZE, MEMNON.

ARTAXERCE.

ARtemise m'évite, & s'éloigne d'ici.

PHARNABAZE.

De ses desseins par moi vous serez éclairci ;
A vos ordres, Seigneur, elle est prête à se rendre.

ARTAXERCE.

Qu'on cherche Alcibiade, il faut lui faire entendre
Quels bienfaits, quels honneurs, l'attendent en ces lieux.
J'ai caché mes soupçons & son sort à vos yeux ;
Pharnabaze, j'ai craint vôtre Amitié fidelle,
Et je n'ai pas voulu commettre vôtre zele
Avec les interêts d'un Ami tel que lui ;
Mais enfin ses malheurs finiront aujourd'hui ;
J'espere que charmé du prix dont je l'honore,
Il sera le premier à passer le Bosphore.
Et qu'au bruit de son nom, tous les Grecs étonnez
Livreront aux Persans leurs Ports abandonnez.
Mais cependant parlez, vous avez vû l'Armée ;
A remplir mes desirs paroît-elle animée ?

PHARNABAZE.

Instruite de l'aproche & des vœux de son Roi,
Elle n'épargne rien pour lui prouver sa foi.
Déja chaque Soldat s'aplaudit & s'empresse
De redoubler encor sa force & son adresse ;
On voit au gré des vents voler les étendarts,
Le fer étincelant brille de toutes parts ;

Sans attendre des Chefs l'ordre ni la menace,
Chacun cherche son rang, le démêle, & s'y place;
Parmi tant de Guerriers nez sous tant de Climats,
Il n'est soupçons jaloux, trahisons, ni debats:
Oposez dans leurs mœurs, ils semblent ne plus l'être,
Pour repondre encor mieux à l'espoir de leur Maître:
Enflammez & remplis de pareils mouvemens,
Ils ont mêmes desirs & mêmes sentimens;
Et d'instant en instant chacun d'eux renouvelle
Le serment de voler où son Prince l'apelle.

ARTAXERCE.

Vous versez dans mon cœur les plaisirs les plus doux.
J'irai dans un moment; mais on vient, laissez-nous.

SCENE III.

ARTAXERCE, ALCIBIADE.

ARTAXERCE.

APprochez, il est tems de finir l'un & l'autre
Les importuns soupçons de mon cœur & du vôtre;
Oublions les raisons qui vous firent quitter
Ces lieux où tout sembloit vous devoir arrêter;
Je ne m'attendois pas de vous voir disparoître
Dans un tems.... mais enfin vous en étiez le maître;
Par vôtre éloignement vous n'aurez rien perdu;
Reprenez près de moi le rang qui vous est dû.

ALCIBIADE.

Ah ! puis-je.... ?

ARTAXERCE.

Pour répondre à ma faveur nouvelle,
Il ne faut que vos soins, vos conseils, vôtre zele ;
Enfin j'en ai besoin encor plus que jamais,
Et pour les obtenir j'y joints vos interêts :
Vous savez qu'en ces lieux une nombreuse Armée,
Sous moi depuis long-tems à vaincre accoûtumée,
Attend l'ordre fatal qui doit la faire agir,
Et ne sait de quel sang ses traits doivent rougir ;
C'est du sang de la Grece. Oui, c'est vôtre Patrie,
Qui doit de cette Armée éprouver la furie ;
Les Grecs vous ont banni, nous sommes outragez,
Mais j'ose me flater que nous serons vangez.

ALCIBIADE.

Rien ne peut resister à l'effort de vos Armes,
Toute l'Europe en trouble ; & la Grece en allarmes
Croit déja....

ARTAXERCE.

Finissez un discours trop flateur,
Et ne présumez pas que plein de ma grandeur,
Ebloui de l'éclat de cet Empire immense
Dont cent Peuples divers composent la puissance,
Je pense sans peril dompter des Ennemis
Que tant d'illustres Rois n'ont jamais vû soûmis :
Ainsi, sans me flater avec toute la terre,
Parlez ; comment faut-il conduire cette Guerre ?
Quel succez croyez vous que l'on doive esperer ?
En quels lieux, en quel tems, par où faut-il entrer ?

ALCIBIADE.

Puis que vous l'ordonnez, & que sans vous déplaire,
Puissant Roi, désormais je ne puis plus me taire,
Je parlerai du moins avec la liberté
D'un Grec qui ne doit point cacher la verité.
Vous allez attaquer des peuples indomptables,
Sur leurs propres foyers, plus qu'ailleurs redoutables,
Qui ne comptent pour rien les caprices du sort,
Toûjours certains de vaincre, ou de braver la mort;
Des Peuples élevez dès leur plus tendre enfance
Dans l'amour du travail & de l'obéissance;
Qui, pour braver la honte & le joug étranger,
Chercheront à l'envi la gloire & le danger:
Tout vôtre or ne sauroit y faire un infidele;
Nez tous pour la Patrie, & pleins du même zele,
Vous les verrez unis & jaloux de leurs droits,
Défendre constamment leurs Païs & leurs Loix:
Sur tout ne croyez pas, pour vous faire un passage,
Choisir quelqu'endroit foible, en prendre l'avantage;
Les Grecs sur leur valeur fondant tout leur espoir,
De l'assiette des lieux n'osent se prévaloir;
Tout est égal pour eux. Quand le peril commence,
Ils volent vers l'endroit où l'Ennemi s'avance,
De leur seule vertu jusqu'au bout soûtenus,
Toûjours fiers, toûjours prêts, & jamais prévenus.
Ce n'est pas tout encore. Ah! si dans ces Contrées,
Par de si vastes mers des vôtres separées,
Affoibli de Soldats, & privé de secours,
Quelque revers troubloit le bonheur de vos jours,

Soutiendriez-vous des Grecs la valeur triomphante ?
Vous en avez, Seigneur, une preuve éclatante ;
Ils ont terni l'éclat de cet Empire heureux ;
Darius & Xerxés ont-ils rien pû contre eux ?
L'un vit à Marathon éclater sa foiblesse,
Les seuls Atheniens y vangerent la Grece ;
Xerxés qui le suivit, dépeupla ses Etats,
Il fit gemir les mers du poids de ses Soldats,
Des monts les plus affreux il perça les barrieres,
Et son immense Camp épuisa les rivieres.
Que produisit enfin l'amas prodigieux
D'Hommes & de Vaisseaux qu'il tira de ces lieux ?
Trois cens Grecs assemblez au Pas de Thermopyles
Rendirent en un jour ses efforts inutiles,
Et les Atheniens aimerent mieux cent fois
Abandonner leurs murs, que d'attendre ses loix.
J'ignore le succez que le Ciel vous destine ;
Mais, Seigneur, regardez Platée & Salamine.

ARTAXERCE.

Je ne m'attendois pas à ce libre discours,
Cependant sans chagrin j'en ai perdu le cours.
Vous honorez les Grecs d'une trop haute estime,
De ma juste colere ils seront la victime ;
Non que je les méprise, & veuille me cacher,
Que la pure vertu chez eux se doit chercher ;
Mais s'il est chez ces Grecs des brigues & des haines,
Et des Peuples jaloux & de Sparte & d'Athenes ;
Ces Peuples m'ouvriront leurs chemins & leurs ports,
Ils viendront avec joie appuier mes efforts,
Pour détruire l'orgueil de ces Villes trop fieres,
Et les faire sous moi sucomber les premieres.
D'ailleurs quels Chefs ont-ils qui puissent m'arrêter ?
Si jamais à Xerxès on les vit resister,

Ils avoient Themistocle, ils avoient Miltiade:
Plus que tous ces Guerriers j'ai craint Alcibiade,
Mais il est parmi nous ; & ces Peuples ingrats
Ont engagé son cœur à me prêter son bras.
Oui, j'attens de vous seul cette illustre Conquête.
Ah ! lors que mes Soldats vous verront à leur tête,
Que n'oseront-ils point sous un Chef tel que vous ?
Vangez donc vôtre exil en servant mon courroux.

ALCIBIADE.

Moi, Seigneur ?

ARTAXERCE.

Oui vous-même. Il est tems que la Grece
Ressente par vos mains ma fureur vangeresse.
N'allez point m'oposer, par un subtil détour,
Que ce Pays ingrat vous a donné le jour,
Qu'il est toûjours honteux d'acabler sa Patrie ;
Enfin souvenez-vous qu'Artaxerce vous prie,
Ou plûtôt qu'il commande, & c'est assez pour vous ;
Mais pour vous engager par des moyens plus doux,
Avant que de tenter cette grande entreprise,
Je vous offre le cœur & la main d'Artemise.
Le flambeau de l'Hymen pour vous doit s'allumer ;
J'ai fait ce choix, son cœur l'a daigné confirmer ;
Epousez-la. Voyez quel honneur vous prépare,
Malgré les Grecs jaloux, une faveur si rare ;
Hâtez-vous d'y répondre ; allez sur nos Autels,
Pour témoins de vos feux prenant les Immortels,
Jurer en même tems la perte de la Grece,
Confondre les sermens de haine & de tendresse ;
Et sans vous arrêter à de communs succez,
Portez vôtre valeur plus loin que mes souhaits.

ALCIBIADE.

Mais quoi ! la Politique & la saine Prudence
Peuvent-elles souffrir qu'un Grec...

ARTAXERCE.

Oui, ma vangeance
Ne peut être remise en de meilleures mains
Qu'en celles d'un Guerrier, que mille affreux dedains,
Mille sanglans affronts ont chassé de la Grece ;
Mais je voi dans vos yeux des marques de tristesse ;
Vous recevez mes dons avec tant de froideur...

ALCIBIADE.

Ah ! que ne pouvez-vous lire au fond de mon cœur ?

ARTAXERCE.

Vous ne repondez rien ? quel trouble !

ALCIBIADE.

Mon silence,
Seigneur, vous dit assez tout ce que mon cœur pense.
De vos dons les plus chers vous voulez m'acabler ;
Mais mon ambition ne sauroit m'aveugler.
Accepter vos presens, c'est me charger d'un crime ;
La Princesse Artemise en seroit la victime,
Si je pouvois souffrir qu'un Hymen odieux
Liât mon sort funeste à ses jours glorieux.
Nommez quelqu'un des Rois dont les vœux la demandent ;
Ne lui derobez point les honneurs qui l'attendent ;
Et ne la forcez pas, par une austere loi,
D'immoler sa grandeur aux desirs de son Roi.
Ce seroit trop, Seigneur ; je dois encor vous dire,
Que pour la dignité de cet auguste Empire,
Ce sont des Chefs Persans, qui traversant les mers,
Doivent perdre les Grecs, ou les charger de fers :
Choisissant pour les vaincre une main étrangere,
Vous honorez la Grece, & la rendez plus fiere.

Voulez-vous qu'on oublie un jour dans l'avenir,
Qu'il vous falut un Grec Seigneur pour la punir;
Et qu'elle auroit joui d'une gloire immortelle
Si l'un de ses Enfans n'eût conspiré contre elle ?

ARTAXERCE.

Foibles déguisemens, impuissantes raisons!
Je sens plus que jamais renaître mes soupçons;
Je sai ce qu'il faut croire, & toute vôtre adresse
Ne sauroit me cacher vôtre amour pour la Grece.

ALCIBIADE.

Eh bien, Seigneur, eh bien, je ne le cele pas,
J'aurois peine contre elle à vous offrir mon bras.
Pouvez-vous condamner un amour legitime,
Qu'un instinct noble & saint dans tous nos cœurs imprime ?

ARTAXERCE.

Mais vous souvenez-vous qu'abandonné, proscrit,
Enfin c'est par moi seul qu'Alcibiade vit ?

ALCIBIADE.

Oui, je ne dois qu'à vous le jour que l'on me laisse;
Ce souvenir m'ocupe & m'anime sans cesse;
Et j'atteste les Dieux, que mes vœux les plus doux
Seroient que tout mon sang fût repandu pour vous;
Mais, Seigneur, voulez-vous ?

ARTAXERCE.

Je ne veux rien, perfide;
Je connois ta pensée, & le soin qui te guide;
C'en est fait. Indigné de tes lâches refus,
A proteger tes jours rien ne m'engage plus:
Aprens donc que les Grecs me demandent ta tête;

Qu'elle leur tiendra lieu d'une illustre conquête;
Que leurs Ambassadeurs arrivent sur mes pas,
Prêts à tout m'acorder pour hâter ton trepas :
Aux yeux de l'Univers tu seras leur victime.
Je pourrois dans leurs mains te remettre sans crime :
Cependant fuis leurs coups, sauve-toi, malheureux;
Cour loin de mes Etats te cacher si tu peux;
Mais, graces au Destin, tu vois toute la terre
Attachée à te faire une mortelle guerre;
Entouré d'ennemis & de persecuteurs,
Si tu sors de mes mains, tu tombes dans les leurs;
Le Ciel ne peut t'affranchir de l'orage;
Ingrat, dans ce moment rapelle ton courage;
Ton cœur en a besoin; ne t'en prens point à moi,
Et n'impute ta honte & ta perte qu'à toi.

SCENE IV.

ALCIBIADE *seul.*

QU'a-t-il dit? qu'ai-je fait? & quelle est ma disgrace?
Justes Dieux! quels perils, quel destin me menace?
Helas! qui l'auroit crû qu'après tous mes malheurs
La Grece encor sur moi déployât des fureurs?
Où fuir? De tous côtez la fuite est inutile,
Et pour moi desormais je vois au lieu d'azile
Par tout des ennemis, par tout des envieux!
Ah! puis qu'il faut perir, perissons en ces lieux.

Je ne cherchai point une retraite vaine,
Mes tristes jours m'ont coûté trop de peine,
Mes indignes fureurs m'ont fait que trop de bruit,
Offrons-nous d'un œil ferme à la mort qui me suit.
Je n'avois point prevû qu'un châtiment severe
Dût suivre le refus que mon cœur vient de faire.
Je me flattois toûjours qu'il me seroit permis
De vivre ici caché, d'y penser à Palmis :
Cette foible douceur par le sort m'est ravie ;
Avec quel soin funeste il termine ma vie !
En me donnant la mort, sa barbare fureur
La presente à mes yeux dans toute son horreur.
Je perds le jour, banni des lieux de ma naissance,
Suspect à tous les Grecs, ingrat en aparence,
Je meurs pour mon Païs qui poursuit mon trépas,
Et je meurs pour Palmis qui ne le saura pas.

SCENE V.

ALCIBIADE, PHARNABAZE.

PHARNABAZE.

QU'avez-vous fait, Seigneur ? quel est vôtre caprice ?
De la rage des Grecs vous rendez-vous complice ?
Pourquoi par des refus offensez-vous le Roi ?
Il vient de me parler, j'en tremble encor d'effroi.
Ses yeux ne m'ont jamais marqué tant de colere :
Dieux ! à quoi pensez-vous

ALCIBIADE.

Eh, que pouvois-je faire ?
Je ne m'attendois pas à recevoir la mort :
Mais quand j'aurois prevû la rigueur de mon sort,
Esclave malheureux d'une injuste puissance,
Aurois-je sur la Grece exercé ma vengeance,
Et conduisant les coups qui lui sont destinez,
Moi-même ravagé ses climats fortunez ?
Voilà ce que j'ai craint, ce que ma prevoyance
Fit l'objet d'une sage & juste défiance ;
Voilà ce qui m'avoit banni de vôtre Cour :
Et lors que par vos soins avancé chaque jour,
Acablé de faveur, je vis toute la Perse
Aplaudir aux bontez du prodigue Artaxerce,
Je previs que pour prix de ses rares bienfaits,
On voudroit m'engager à d'injustes projets ;
Que contre ma Patrie irritant mes caprices,
On pretendroit de moi de criminels services ;
Non, on ne dira point dans la posterité,
Que la Grece par moi perdit sa Liberté.

PHARNABAZE.

Mais faloit-il, Seigneur, pour cette ingrate Grece
Acabler de mépris une illustre Princesse ?
Ah ! vous deviez, Seigneur, un peu mieux ménager. . . .

ALCIBIADE.

Quoi, Pharnabaze encor conspire à m'afliger ?
Seigneur, depuis long-tems vous devez me connoître ;
J'ai fait ce que j'ai pû, le Ciel le sait. Peut-être
Si je vous découvrois mes déplaisirs secrets,
Je vous verrois mêler vos pleurs à mes regrets.
Mais assez, laissez-moi. Vôtre pitié m'acable,
C'est trop s'interesser au sort d'un miserable ;
Chargé de tant de haine & du courroux du Roi,
C'est faire mal sa Cour que de parler pour moi.

Adieu ; que pour jamais ce moment nous separe !
Je vais attendre seul la mort qu'on me prepare.

PHARNABAZE.

Ne l'abandonnons point dans ce mortel ennui :
Et s'il se peut, sauvons ce Heros malgré lui.

Fin du troisiéme Acte.

ACTE IV.

SCENE PREMIERE.

PALMIS, ARTEMISE, AMESTRIS, BARSINE.

ARTEMISE.

Madame, c'en est fait, qu'il vive ou qu'il perisse,
Que de son sang aux Grecs on fasse un sacrifice;
Je ne m'informe plus de l'état de son sort,
Je verrai d'un même œil ou sa vie, ou sa mort.

PALMIS.

Je vois malgré vos soins, qu'en secret agitée,
Vous sentez les transports d'une Amante irritée;
L'indifference enfin que vous me faites voir,
Est l'infaillible effet d'un mortel desespoir;
Que dis-je, de vos yeux le trouble vous acuse.

ARTEMISE.

Hé bien, Madame, il faut que je vous desabuse.
Pour retablir ma gloire, & finir vôtre erreur,
Des Ambassadeurs Grecs j'apuïrai la fureur:
Ils arrivent; le Roi s'aprête à les entendre;
Je vais lui faire voir le parti qu'il doit prendre;

Je vais le disposer à servir leurs desseins,
A livrer la Victime à leurs barbares mains,
A voir perir l'ingrat que j'ai sauvé moi-même ;
Madame, après cela croirez-vous que je l'aime?

PALMIS.

Vous ne l'aimez donc plus ; mais vous l'avez aimé ;
Ce penchant par vos soins nous fut trop confirmé.
Pourrez-vous sans fremir vous faire une victime
D'un cœur qui vous parut digne de vôtre estime?
Pour moi, vous le savez, insensible à l'amour,
Mon cœur est libre encor : mais s'il aimoit un jour,
Quelque injuste que fût l'auteur de mes allarmes,
Je sens que contre lui je n'aurois que des larmes ;
Quand il me haïroit, je l'aimerois toûjours ;
Dans ses moindres perils ardente à son secours,
J'y veillerois sans cesse, & ma plus forte envie
Seroit de le sauver aux dépens de ma vie.
Ah ! quand vers quelque Objet on a porté ses vœux,
Est-il rien de plus bas que d'éteindre ses feux ?
Mais qu'il est peu d'amour longues & violentes !
Sur tout que l'on voit peu de ces Femmes constantes,
Qui jusques au tombeau fidelles à leurs choix,
N'ont aimé, n'ont brûlé, ne l'ont dit qu'une fois.
Madame, écartez vous de la route commune ;
D'Alcibiade enfin désarmez l'infortune ;
Ne vous assurez point sur un dépit trompeur,
Et craignez un retour mortel à vôtre cœur.

ARTEMISE.

Non, non, je ne crains point ce retour de tendresse,
Des infideles cœurs cruelle vangeresse.
Lors qu'à ce Grec enfin j'ai conservé le jour,
La pitié dans mon cœur a plus fait que l'Amour.
Du bruit de sa vertu mon ame fut seduite,

De ses persecuteurs j'arrêtai la poursuite,
Je fus d'un malheureux l'inébranlable apui,
Je prodiguai mes soins. J'ai fait plus aujourd'hui ;
Pour arracher l'ingrat aux fureurs de la Grece,
J'ai presque de mon sang oublié la noblesse,
Je n'ai pas dedaigné de l'unir à mon sort,
Le Roi l'a su, c'étoit un assez grand effort :
Mais après son refus à lui seul trop funeste,
La seule indifference est tout ce qui me reste ;
De ses perils mon cœur ne sent aucun effroi,
Et croît que la colere est indigne de moi
Pour vous convaincre mieux de tout ce que je pense,
Je voudrois que soigneux d'expier son offense,
Prodigue de soupirs, de pleurs & de sermens,
Il vint me consacrer ses vœux, tous ses momens.
Je voudrois qu'inspiré par l'Amour le plus tendre....
Mais il vient, que veut il ? quel parti dois-je prendre ?
Daignez nous écouter, & par cet entretien,
Madame, connoissez & son cœur & le mien.

SCENE II.

PALMIS, ARTEMISE, ALCIBIADE, PHARNABAZE, AMESTRIS, BARSINE.

ALCIBIADE.

QUe vois-je, juste Ciel ! que faut-il que je fasse ?
Où m'avez-vous condnit ?

PHARNABAZE.

Obtenez vôtre grace,
N'épargnez ni soupirs, ni prieres, ni pleurs
Il ne tiendra qu'à vous de finir vos malheurs.

SCENE III.

PALMIS, ARTEMISE, ALCIBIADE, AMESTRIS, BARSINE.

ALCIBIADE.

IL fuit, dans quel état cette fuite me laisse;
Parlons, puis qu'il le faut, surmontons ma foiblesse,
Madame, vous voyez qu'interdit, étonné,
Je sai que vôtre cœur m'a déja condamné;
Que brûlant contre moi d'une vive colere.
A peine tout mon sang vous pourroit satisfaire:
Mais si pour un moment vôtre esprit adouci,
Sur tout ce que j'ai fait vouloit être éclairci;
S'il pouvoit sans chagrin consentir à m'entendre,
Peut-être par mes soins. . . .

ARTEMISE.

Je ne veux rien aprendre;
J'aurois trop de regret, si ma lâche bonté
Un seul moment encor vous avoit écouté;
Pour un indigne cœur ce seroit trop de gloire;
De vos égaremens j'ai perdu la memoire.
Et j'aime mieux cent fois ne m'en plus souvenir,
Que de me voir enfin forcée à les punir.
Vous ne verrez en moi ni fureur ni foiblesse:
Mais cependant songez au peril qui vous presse.
Les Ambassadeurs Grecs dans ce même moment

Poursuivent vôtre mort avec empressement ;
Tout seconde aujourd'hui leur cruelle entreprise,
Et vous avez perdu le secours d'Artemise.
Adieu.

SCENE IV.

PALMIS, ALCIBIADE, AMESTRIS.

ALCIBIADE.

Quelle fierté ! j'ai dû la pressentir ;
Mais Palmis suit ses pas, & je la vois sortir.
Avec la même horreur vous me voyez, Madame ;
Juste Ciel ! n'est-il plus de pitié dans vôtre ame ?
Ne verrai-je personne en ces momens affreux
Prendre quelque interêt au sort d'un malheureux ?

PALMIS.

Que me demandez-vous ? que pouvez-vous attendre
D'une foible pitié qui ne peut vous défendre ?
Artemise & le Roi brûlent d'un fier courroux ;
Contre eux, vous le savez, je ne puis rien pour vous.

ALCIBIADE.

Non, vous ne pouvez rien contre elle & contre un Pere,
Moi-même je ne puis condamner leur colere ;
Elle est juste, Madame, & bien-tôt l'Univers
Aprenant quels honneurs ici m'étoient offerts,
Qu'il n'a tenu qu'à moi d'en jouïr & de vivre,
Aprouvera la mort où ce refus me livre ;
Mais aussi l'Univers instruit de mon secret,

[illegible] mon sort d'un éternel regret,
[illegible] qu'insensible aux soupirs d'Artemise,
D'une plus noble ardeur mon ame étoit éprise ;
Qu'un Objet que les Dieux ont formé de leurs mains
Pour attirer lui seul tous les vœux des humains,
Qui confond d'un regard la raison, la prudence,
Que tant d'infortunez aiment sans esperance,
Me contraint de mourir pour ses divins apas ;
Madame, en cet état ne me plaignez-vous pas ?
Vous détournez vos yeux, je commence à comprendre,
Que vous feignez encor de ne me plus entendre ;
D'un criminel Amour vôtre cœur irrité,
Cherche à pouvoir douter de ma temerité :
Non, non, n'en doutez point, j'ose le dire encore,
Alcibiade meurt parce qu'il vous adore,
Et de ses Ennemis ne craint point le courroux,
Puisqu'au moins vous savez qu'il s'immole pour vous.
Je prevoi quelle horreur va fondre sur ma tête,
Je voi qu'à m'acabler vôtre bouche s'aprête ;
Mais attendez, Madame, & pour quelques momens
Daignez suspendre encor vos premiers sentimens
Portez du moins vos yeux sur toute ma conduite.
Forcé de vous aimer, je m'imposai la fuite,
Je m'éloignai du Roi, j'abandonnai la Cour,
Trop content pour tout bien d'emporter mon Amour ;
[illegible], je vous voi, je ne puis plus me taire.
De mon bizarre sort j'explique le mystere,
[illegible], helas ! par un dernier effort,
Que dans le même instant où je cours à la mort,
Où je n'ai plus d'espoir, où rien ne peut défendre
Ce sang infortuné que les Grecs vont repandre ;
Je vous le sacrifie avec la même ardeur,
Dont les autres Amans recherchent leur bonheur ;

Mon cœur en vous aimant n'eut jamais d'autre envie,
Et se plaint de n'avoir à donner qu'une vie.

PALMIS.

Je ne puis rassurer mon esprit confondu.
Quel discours? quelle audace ? ai-je bien entendu ?
Un Banni de la Grece à mes yeux se declare ;
Il ne se souvient plus du rang qui nous separe ;
Et sans aucun égard trahissant ma bonté,
Abuse lâchement de ma credulité.
Comment pretendez-vous expier cette offence?
Une autre avec éclat marqueroit sa vengeance :
Mais un juste mépris vous en punira mieux ;
C'est une peine dûë aux cœurs audacieux :
Il me suffit des maux où le destin vous livre,
Sans que je prenne encor le soin de vous poursuivre.
Allez donc, étouffez des soupirs indiscrets,
Et sur tout à mes yeux ne vous montrez jamais.

ALCIBIADE.

Non, j'atteste des Dieux la grandeur souveraine,
Que vous ne verrez plus cet objet qui vous gêne ;
Il faut vous le cacher ; je vais prendre ce soin.
Dieux cruels ! mon malheur ne peut aller plus loin.
Je ne vous parle plus de ma funeste flâme,
C'en est fait ; cependant souvenez-vous, Madame,
Que si dans mes Ayeux je ne vois point de Rois,
J'ai fait connoître au moins mon nom par mes exploits :
Que si pour vous aimer il faut une Couronne,
Ce n'est pas la vertu, c'est le sort qui la donne :
Qu'enfin s'il n'a pas mis un Sceptre dans ma main,
Je ne dois pas rougir des fautes du Destin.
Je vous laisse ; il est tems de remplir vôtre attente,

[illegible] prudence ;
[illegible] dont mon cœur eſt
[illegible]
[illegible] fait pour ſouffrir des
[illegible]

SCENE V.

PALMIS, AMESTRIS.

AMESTRIS.

[illegible] cet effort ; il me charme, Madame ;
Achevez, triomphez d'une honteuſe flame.
[illegible] vous ſoupirez ; faut-il vous attendrir ?

PALMIS.

[illegible] helas ! me quitte, & va mourir.
[illegible] mon ſang ! ô devoir trop barbare !
[illegible] que de pleurs ta rigueur me pre-
[illegible]
[illegible] coutera cher d'avoir crû ma fierté !
[illegible] je pas trop loin pouſſé la cruauté ?
[illegible] ma bouche deſeſpere
[illegible] que l'Amour même a choiſi pour me
plaire !
[illegible] le mien s'aplaudit & triomphe en ſecret,
[illegible] de m'offenſer de l'aveu qu'on me fait :
[illegible] ma raiſon ne me défend qu'à peine,
[illegible] plus inhumaine.
[illegible] vos ſeuls conſeils, trop barbare Ameſtris,
[illegible] doit un ſi funeſte prix.
[illegible] cruels avis, loin de votre preſence,
[illegible] moins de force & moins de violence.
[illegible] remarqué, lorſque je lui parlois,
[illegible]... Mais quoi, ſi je le rapellois,
[illegible] plus doux je lui faiſois compren-
[illegible]

AMESTRIS.

Madame. . ..

PALMIS.

Laissez-moi ; je ne veux rien entendre.
Ne vous oposez plus au penchant de mon cœur ;
Je veux de ce Heros prevenir le malheur.
Rompons, rompons le cours de son destin funeste ;
Qu'il vive, c'est assez, que m'importe du reste ;
Sauvons-le, s'il se peut ; qu'il aprenne du moins
Par mes tristes soupirs, par mes plus tendres soins,
Qu'en le desesperant je m'immole moi même ;
Qu'enfin s'il meurt pour moi, s'il m'adore, je l'aime.
Pensez-vous qu'un Amour, que soutient la vertu,
Avec tant de rigueur doive être combattu ;
Qu'un tendre mouvement inspiré par l'estime,
Puisse être avec raison regardé comme un crime ?
Ah ! loin qu'un tel Amour ait rien de criminel,
Qu'il seroit glorieux s'il étoit éternel !
Si. . . .

SCENE VI.

PALMIS, AMESTRIS, PHARNABAZE.

PHARNBAZE.

Daignez pardonner à l'ardeur qui m'enflâme,
Je cherche Alcibiade, il est sorti, Madame ;
Quel chemin a-t-il pris ? il étoit en ces lieux.

... dans vos

... vous ... de laquelle

... ?

... saisissement vôtre ame est-elle atteinte.

PHARNABAZE.

Madame, il va perir. Dans ce moment le Roi

... aux Grecs vient de donner sa foi,

vient de leur livrer le sang qu'ils lui deman-

dent.

... à le verser leurs mains déja l'attendent :

... cruels Ennemis par tout vont le chercher,

... contre leur fureur rien ne peut le cacher ;

... sans attentat, sans cri-

...

... ils prendront leur victi-

me

...

... fait.

PALMIS.

... courons le trouver ;

... il faut ...

PHARNABAZE.

Quoi ?

PALMIS.

Le sauver.

PHARNABAZE.

... Madame ? Ciel !

PALMIS.

... C'est trop attendre ;

... avec lui d'oser trop entrepren-

dre

...

... à ces Grecs furieux ?

PHARNABAZE.

... Madame, ah ! plutôt, que j'expire à vos

... ?

PALMIS.

Finissons les perils d'un cœur si magnanime.
Regarde qui voudra mon dessein comme un crime;
Si je puis arracher ce Heros du trépas,
De mon empressement je ne rougirai pas.

Fin du quatriéme Acte.

ACTE V.

SCENE PREMIERE.

ALCIBIADE *seul.*

Ne pourrai-je assouvir la fureur qui m'entraîne ?
Je cours de tous côtez, & ma recherche est vaine :
Où sont-ils les cruels contre moi conjurez,
Ces Grecs, ces traitres Grecs de mon sang alterez?
On dit que dans ces lieux leur troupe divisée
A me donner la mort est enfin disposée ;
Que d'une ardeur égale on les voit me chercher :
Qu'ils viennent, mon dessein n'est pas de me cacher ;
Mon desespoir répond à leur impatience.
Les Traitres pourront-ils soûtenir ma presence ?
Et sera-t-il quelqu'un, parmi ces inhumains,
Qui ne tienne la vie ou l'honneur de mes mains ;
Que mon bras n'ait tiré du milieu du carnage,
Ou sauvé des horreurs d'un funeste esclavage ?
Quels degrez, quels chemins m'ont conduit à la mort ?
Justes Dieux ! De quels traits marquâtes-vous mon sort ?

Quelle diversité de bonheur, d'infortune,
De pleine confiance, ou de crainte importune?
Tantôt comblé d'honneur, & par tout adoré,
Tantôt chargé de honte, & par tout abhorré,
Jadis de tous les Grecs le Demon tutelaire,
Aujourd'hui triste objet de toute leur colere.
Mais que dis-je, haï, méprisé de Palmis,
Dont j'ai craint les dédains plus que mes Ennemis.
Qui croira que du Ciel l'Arrêt irrevocable
Ait fait pour un seul homme un sort si peu semblable?
Mais que veut Amintas?

SCENE II.

ALCIBIADE, AMINTAS.

AMINTAS.

Je vous trouve en ces lieux,
Je vous revois enfin, j'en rends graces aux Dieux;
Nous vous cherchions, Seigneur, avec un soin extréme,
Pharnabaze me suit, & Palmis elle-même.

ALCIBIADE.

Palmis! qu'entens-je? ah Ciel!

AMINTAS.

Seigneur, dans un moment
Vos yeux seront temoins de son empressement;
Mais la voici.

SCENE III.

ALCIBIADE, PALMIS, PHARNABAZE, AMESTRIS, AMINTAS.

PALMIS.

Je viens assurer vôtre vie,
Je viens vous dérober aux fureurs de l'envie.
Cet Ami genereux s'interesse pour vous,
Jusqu'à braver du Roi l'inflexible courroux.
Ne vous informez point quel mouvement m'inspire :
Adieu, fuiez ; Palmis n'a plus rien à vous dire.

ALCIBIADE.

Moi fuir ? ah ! je ne puis pour de malheureux jours
D'une fuite honteuse emprunter le secours ;
Laissez-moi près de vous malgré le sort contraire
M'aplaudir du bonheur de vous voir sans colere.
Quel transport imprevû succede à mon effroi ?
Je puis vous voir sans crime ; ah ! c'en est trop pour moi.

PALMIS.

Obeissez, craignez de m'irriter encore.

ALCIBIADE.

Cet ordre m'est sacré, Madame, je l'adore ;
Mais ne me pressez plus, c'est un secours trop vain.
Qui pourroit de ma fuite assurer le chemin ?

PHARNABAZE.

Moi, Seigneur, je le puis ; du moins pour cet ouvrage,

Quels que soient mes perils, j'ai tout mis en usage.
Déja sur le Pactole un vaisseau preparé,
Vous offre sur les eaux un chemin assûré;
Confiez vôtre vie au vent qui vous appelle,
Montrez-vous chaque jour à quelque mer nouvelle :
Sans chercher un azile auprès d'un autre Roi,
Que les Grecs forceroient de vous manquer de foi,
Cachez-lui vôtre sort ; nos soins dans vôtre absence,
Agiront près du Roi, prendront vôtre défence ;
Et peut-être qu'un jour vous reverrez ces lieux
Triomphant & chargé de noms plus glorieux ;
Vous savez vers le Port une secrete issuë
Dont la route à vos Grecs n'est pas encor connuë,
Je vais vous dévancer : vous suivi d'Amintas,
Secondez mon projet, & marchez sur mes pas :
Ne vous étonnez point, si l'on vient vous surprendre,
Vous me verrez bien-tôt voler pour vous défendre.

SCENE IV.

PALMIS, ALCIBIADE, AMESTRIS, AMINTAS.

ALCIBIADE.

ARrêtez ; il me laisse. Ami trop genereux,
Pourquoi vous chargez-vous du sort d'un malheureux ?
Madame, permettez que je désobéisse ;
Voulez-vous que pour moi Pharnabaze perisse,

Ou du moins qu'il s'expose à tomber de son rang?
Ah ! puissai-je plûtôt voir couler tout mon sang ?
Aussi bien pensez-vous que je puisse survivre
A l'absence mortelle où la fuite me livre ?
A souffrir le trépas mon cœur s'est préparé ;
Mais, Madame, ce cœur triste, desesperé,
Ne peut porter ailleurs le feu qui le dévore ;
Ne vous souvient-il plus que ce cœur vous adore?
Que sans cesse vers vous tous mes vœux emportez....

PALMIS.

Finissez ce discours. On vous attend : partez ;
Contraignez un Amour qu'il faut que je déteste,
Et qui ne peut avoir qu'une suite funeste ;
Ma gloire m'en prescrit l'indispensable loi,
Artaxerce est mon Pere, & vous n'étes pas Roi :
Ce vous doit être assez dans ce moment terrible,
De voir qu'à vos perils je me montre sensible ;
Je vous dirai bien plus, pour flater vos douleurs,
L'état où je vous voi me coûtera des pleurs ;
Et malgré les efforts de mon ame offensée,
J'en garderai long-tems la funeste pensée.

ALCIBIADE.

Madame....

PALMIS.

Rassurez mes esprits allarmez,
Ne me repliquez point, fuyez si vous m'aimez.

ALCIBIADE.

Helas !

SCENE V.

PALMIS, AMESTRIS.

PALMIS.

CIel ! prens-en soin ! où me vois-je reduite ?
Je ne puis partager les perils de sa fuite.
Cruel devoir ! je suis tes ordres absolus.
Magnanime Heros, je ne te verrai plus ;
Tu cours au gré du sort, des flots & de Neptune,
Traîner l'affreux débris d'une illustre fortune ;
Les vents vont pour jamais t'emporter loin de
moi ;
Je te jure du moins de ne penser qu'à toi.
Fatigué de la Cour du plus grand Roi du monde,
Mon cœur impatient va te suivre sur l'onde ;
Mes soûpirs enflâmez après toi vont voler
Jusqu'à l'heureux instant où prompte à m'acabler
Une mort favorable à mes desirs offerte
Arrêtera les pleurs que je donne à ta perte.

SCENE VI.

PALMIS, ARTEMISE, AMESTRIS, BARSINE.

ARTEMISE *à Barsine.*

JE la voi, pénétrons les secrets de son cœur,
Puis-je vous demander quelle injuste douleur,

Quel transport imprevû, quelles vives allarmes,
Madame, de vos yeux ont fait couler des larmes?
Fille du plus puissant, du plus juste des Rois,
Cent Monarques jaloux attendent vôtre choix;
Unique & digne objet de l'amour d'un tel Pere,
Une superbe Cour vous sert & vous revere;
Quand tout conspire ensemble à vos vœux les plus doux,
Est-il quelque chagrin qui passe jusqu'à vous?

PALMIS.

Madame, je n'ai point de sujet de tristesse.

ARTEMISE.

Pourquoi me cachez vous la douleur qui vous presse?
Jusques à ce moment vous ne me celiez rien,
Et l'Amitié joignoit vôtre sort & le mien.
Aujourd'hui de vos pleurs vous faites un mystere.
Je ne vous presse plus; c'est à moi de me taire;
Mais, Madame, souffrez que j'ose m'informer
D'un Proscrit dont le sort peut encor m'allarmer.
Tantôt, quand je l'ai fui, vous êtes demeurée,
Comment vous êtes-vous d'avec lui separée?
Quels étoient ses discours? A-t-il justifié
Les criminels refus qui l'ont sacrifié?
On dit même qu'ici vous venez de l'entendre;
Vous vous troublez: voilà ce que je veux aprendre;
Et sans chercher encor de nouvelles raisons,
Ce trouble où je vous vois éclaircit mes soupçons.
De l'orgueil de mon Sang reprenons les maximes;
D'un perfide Etranger punissons tous les crimes:
C'en est un que sa mort ne sauroit reparer,
D'avoir pû sans Amour me faire soûpirer.
Que me sert qu'à la Grece Artaxerce le livre;
C'est pour mes interêts qu'il doit cesser de vivre.
Vous, Madame, craignez l'impatient courroux
D'un Pere justement irrité contre vous.

PALMIS.

Moi, Madame !

ARTEMISE.

Comment. O Ciel ! que vais je faire ?
Quoi donc, en un moment à moi-même contraire,
Je vais perdre un Heros que j'ai tant protegé,
De tant d'autres malheurs par le sort affligé ?
Par un motif honteux je deviens inhumaine,
Et jusques sur Palmis je veux porter ma haine ?
S'ils n'ont pû resister au penchant de leur cœur,
Quel crime ont-ils commis digne de ma fureur ?
Et quoiqu'un fol Amour encor me persuade,
M'étoit-il plus permis d'aimer Alcibiade ?
Ouvre les yeux enfin, foible Artemise, voi
Quel oprobre à jamais va réjaillir sur toi,
Hier encore tes jours couloient dans l'innocence,
Ton cœur ne connoissoit ni courroux ni vengeance,
Tu n'aurois pû former, sans tressaillir d'horreur,
Un seul de ces projets qu'enfante ta fureur ;
Regarde où te conduit l'ardeur d'être vangée,
Malheureuse, & combien un jour seul t'a changée.
Madame, pardonnez à mon égarement ;
Ma honte, ma douleur suffit pour mon tourment.
Et toi, perfide Amour, qu'à jamais je deteste,
Terrible Passion, penchant vraiment funeste,
Ne faut-il qu'un moment à ton cruel poison,
Pour bannir la vertu, pour troubler la raison ?
Laisse-moi, je reprens l'empire de mon ame ;
Si j'ai pû m'égarer par une indigne flâme,
Je montrerai bien-tôt par des soins éclatans,
Que du moins mon erreur n'a pas duré longtems.

SCENE VII.

ARTARXERCE, PALMIS, ARTEMISE, AMESTRIS, BARSINE.

ARTAXERCE *à Artemise.*

J'Ai prononcez, Madame, & vous ſerez vangée;
A punir un ingrat ma gloire eſt engagée;
Ma pitié déſormais ne ſauroit l'épargner,
Sans rompre le Traité que je viens de ſigner;
Ce jour éclairera cette mort legitime;
Les Grecs impatiens pourſuivent leur Victime,
Et dans ces mêmes lieux témoins de ſes mépris,
Cet infidele cœur en recevra le prix.
Son adreſſe ne peut le cacher à leur vûë;
Ici de tous côtez leur troupe eſt répanduë;
Il n'eſt point de paſſage, il n'eſt point de détour,
Que leurs yeux irritez n'obſervent tour à tour.
Jamais contre un Tyran des Peuples en furie
N'ont montré tant de haine & tant de barbarie,
Que contre ce Proſcrit, autrefois leur appui,
Ces mortels Ennemis en font voir aujourd'hui.
Mais quoi! vous fremiſſez; craignez-vous de m'entendre?

ARTEMISE.

Au prix de tout mon ſang je voudrois le défendre.
Oui, Seigneur, revoquez un ordre trop cruel;
Sauvez Alcibiade; il n'eſt point criminel.

Vous aprendrez un jour toute sa destinée;
Elle est, n'en doutez point, assez infortunée,
Pour meriter de vous un reste de pitié:
Au nom de mes Ayeux & de vôtre Amitié,
Hâtez-vous, & des Grecs prevenez la vangeance.

ARTAXERCE.

O Ciel! de ce discours que faut-il que je pense?
J'ai crû voir dans vos yeux les plus vives fureurs,
Cependant je n'y vois que les plus tendres pleurs.
Un Banni de la Grece ose braver la Perse,
Il méprise les dons, l'Amitié d'Artaxerce,
Il refuse la main que vous lui presentez,
Et pour ses jours encor vous vous inquietez?
Quel mouvement secret, quelle force invincible,
A tant d'affronts reçus peut vous rendre insensible?
Avez-vous oublié l'orgueil de vôtre Sang,
Et tous les fiers devoirs qu'exige vôtre Rang?
Mais quoi, tous mes efforts, tant de raisons pressantes,
Contre un lâche Ennemi deviennent impuissantes?

SCENE VIII.

ARTAXERCE, PALMIS, ARTEMISE, AMESTRIS, BARSINE, MEMNON.

MEMNON.

Seigneur, Alcibiade attend près de ces lieux,
Il demande à vous voir.

ARTAXERXE.

Qu'entens-je, justes Dieux!
Puis-je.... Mais quel objet se presente à ma vûë.

SCENE DERNIERE.

ARTAXERCE, ALCIBIADE, PALMIS, ARTEMISE, PHARNABAZE, AMESTRIS, BARSINE, MEMNON.

ALCIBIADE.

Laissez-moi, Pharnabaze; en vain vous me priez:
Je veux voir Artaxerce, & mourir à ses pieds.
Ah! Seigneur, vous voyez au gré de vôtre envie
Qu'une sanglante mort va terminer ma vie.
Je fuiois de ces lieux; les Grecs l'ont remarqué,
Et pleins de leur fureur d'abord m'ont attaqué;
Tous mes efforts n'ont pû m'assurer le passage:
Le fidele Amintas, Victime de leur rage,
Est mort en combattant. Par tout envelopé,
Et dans ce même instant d'un trait mortel frapé,
Je tombois dans leurs mains sans le bras secourable
D'un Ami trop soigneux des jours d'un miserable.
Pharnabaze, Seigneur, prés de nous arrivé,
Avec quelques Soldats de leurs mains m'a sauvé;
Daignez lui pardonner sa genereuse audace;
Je viens à vos genoux vous demander sa grace;
Ne la refusez pas à mes soupirs mourans,
Et jugez de mon cœur par ce soin que je prens.

(à Palmis)

Madame, c'est à vous qu'en mourant je m'adresse.
Voyez quel est le prix qu'a reçû ma tendresse ;
D'un Amour sans espoir le tyrannique effort
A plus fait contre moi que les Grecs ni le sort.

ARTAXERCE.

Ah ! que m'aprenez vous ?

ALCIBIADE.

Je parlai. Sa colere
Fut le prix malheureux d'un Amour temeraire.
Si je n'ai pû prétendre à recevoir sa foi,
Quels biens possedez vous qui soient dignes de moi ?
Et que peut pour un Grec le plus grand Roi du monde,
Quand sur la Liberté nôtre bonheur se fonde ?
Je meurs enfin La mort m'épargne la douleur
De ne pouvoir pour vous exercer ma valeur,
De voir la Grece un jour ou troublée ou soumise,
Et sur tout d'être ingrat aux bontez d'Artemise.

(Pharnab. ze le soutient.)

C'en est fait, je succombe, & mon sort est trop beau ;
La gloire m'a suivi jusques dans le tombeau.
Je triomphe, & pour moi le trépas a des charmes,
Puis que je vois vos yeux me donner quelques larmes,
Et m'honorer enfin d'une noble pitié.

(à Pharnabaze.)

Vous pour dernier effet d'une illustre Amitié,
Otez-moi de ces lieux pour sauver ma constance ;
Elle craint ces objets, & cede à leur présence.
Pour remplir mon destin sans en être abattu,
Je sens que j'ai besoin de toute ma vertu.

ARTEMISE.

Quels malheurs, justes Dieux !

PALMIS.

Fortune impitoyable !

Il expire.

ARTAXERCE.

Je voi que ce coup vous acable :
Mais loin de condamner de si justes douleurs,
Je suis prêt avec vous de repandre des pleurs.

FIN.

PHOCION,

TRAGEDIE.

ACTEURS.

PHOCION, General des Atheniens.

AGNONIDE, autre General d'Athenes.

CHRISIS, Fille de Phocion.

ALCINOUS, Fils d'Agnonide, Amant de Chrisis.

DIONE, Confidente de Chrisis.

LICAS, Gouverneur d'Alcinoüs.

CLITUS, Capitaine Athenien,

ARCAS, autre Capitaine Athenien.

GARDES.

La Scene est à Athenes, dans le Palais de la Republique.

PHOCION,

TRAGEDIE.

ACTE PREMIER.

SCENE PREMIERE.

CHRISIS, DIONE, LICAS.

CHRISIS.

EH bien Licas, eh bien, puis-je voir Agnonide ?
L'avez-vous informé du dessein qui me guide ?
Sait-il que pour mon Pere une juste terreur
Acable mes esprits, & déchire mon cœur ?
Et qu'un ordre cruel m'empêchant de le suivre,
Au comble des horreurs son absence me livre ?

LICAS.

Madame, par mes soins Agnodine est instruit
De l'état déplorable où le sort vous reduit;
Vôtre douleur le touche, & prêt à vous entendre,
Il viendra dans ces lieux où vous pouvez l'attendre.

SCENE II.

CHRISIS, DIONE.

CHRISIS.

Quel acueil, quel discours, quel changement, grands Dieux!
Puis je me méconnoître? & suis-je dans ces lieux,
Où mon Pere en ses mains tenant le sort d'Athenes,
Signala l'équité de ses Loix souveraines?
Sont ce ces mémes Murs & ce méme Palais,
Où l'heureux Phocion meditoit ses projets;
Qui marquant chaque jour son zele & sa sagesse,
Firent l'étonnement & l'honneur de la Grece?

DIONE.

Madame....

CHRISIS.

Tu le vois, mille objets menaçans,
Confirment à l'envi les chagrins que je sens;
Ces indignes enfans de nôtre Republique,
Que mon Pere toûjours éloigna de l'Attique,
Amas presque infini d'esclaves, d'étrangers,
Ne m'exposent-ils pas à de nouveaux dangers?
Ces Gardes qui jadis s'ouvrant à mon passage,
Me rendoient en tremblant un legitime hommage,

Aujourd'hui ne m'offrant que des yeux ennemis,
Aprés de longs efforts, m'ont à peine permis
De venir jusqu'ici faire parler mes larmes ;
Pour flechir un Tyran, trop impuissantes armes.

DIONE.

C'est ce Tyran lui seul dont les lâches projets
Ont troublé de vos jours le bonheur & la paix ;
Jaloux de Phocion, sa parricide envie,
Attaque également & sa gloire & sa vie :
Il poursuit un Heros jusqu'ici tant vanté,
Un Heros que la Guerre a toûjours respecté,
Un Heros....

CHRISIS.

Ah! finis cet éloge inutile,
Reserve ces discours pour un tems plus tranquile ;
Et loin de retracer sa gloire & ses vertus,
Songe que ce Heros peut-être ne vit plus,
Que Cassander aigri par les Tyrans d'Athenes,
Ou le livre à la mort, ou le charge de chaînes,
Ingrats Atheniens, pourrez-vous le souffrir ?
Ah! marchez sur ses pas ; & pour le secourir
Dans les murs de Pellé hâtez-vous de repandre
Vôtre sang, que son bras sut tant de fois défendre ;
Et toi, barbare Auteur de nos communs malheurs,
Toi, dont l'Ambition fait couler tous nos pleurs,
Agnodine, provien les maux de ta Patrie,
En sa faveur du moins calme ta barbarie ;
Souvien-toi que ce Chef, dont tu proscris les jours,
Contre tout l'Univers nous défendit toûjours,
Qu'Athenes va tomber, si ta haine l'oprime,
Et vanger en tombant cette grande victime.

DIONE.

Et qui peut se flater que ce Tyran plus doux,
Reconnoîtra son crime, & suspendra ses coups ?

Madame, à ce retour je voi peu d'aparence ;
Esclave de son rang, & fier de sa puissance,
Nous le verrons plûtôt, par de nouveaux forfaits,
Avancer chaque jour ses infames projets.
Mais tandis que sa haine, injuste & sanguinaire,
Détruit la Republique, & poursuit vôtre Pere,
Son Fils, du moins, son Fils, le jeune Alcinoüs,
Vous force en même tems d'admirer ses vertus.
Je ne puis oublier avec quelle assurance,
Du fidelle Licas trompant la vigilance,
Il suivit Phocion, & courut partager
De son sort incertain la gloire & le danger.
Pouvez-vous....

CHRISIS.

Sa vertu digne d'être estimée,
Par ce noble dessein me fut trop confirmée ;
Il vient dans le moment que mes premiers malheurs
Livroient mon ame en proie aux plus vives douleurs ;
Madame, me dit-il, la fortune contraire
Au plus grand des perils expose vôtre Pere ;
C'est le mien qui le livre aux mains de Cassander,
Dont la haine barbare ose le demander ;
Je ne viens point ici, par un lâche artifice,
De cet ordre funeste excuser l'injustice ;
Non, je viens en mêlant mes pleurs à vos soupirs,
Du moins par quelque espoir flater vos déplaisirs.
Je pars malgré la loi du Peuple & de mon Pere,
Je me dérobe aux soins d'un Gouverneur severe :
On poursuit Phocion, je vole à son secours ;
Au destin qui l'attend j'exposerai mes jours.
Trop heureux si mon sang versé pour sa querelle
Le rend à vôtre amour, & vous prouve mon zele !
Tels furent ses discours, & ses derniers adieux ;
Et dans le même instant s'éloignant de mes yeux,
Il me fit concevoir une foible esperance,
Et partit assuré de ma reconnoissance.

DIONE.

Mais, Madame, est-ce assez, & ne croyez-vous pas,
Qu'adorateur secret de vos divins apas,
Quand pour vos interêts il court tout entreprendre,
Il se propose un prix qu'il a droit de pretendre ?

CHRISIS.

Dione, que dis-tu ?

DIONE.

Que son Amour pour vous
Merite en sa faveur des sentimens plus doux.

CHRISIS.

Helas ! crois-tu qu'il m'aime ?

DIONE.

En doutez-vous encore ?
Ses yeux n'ont-ils pas dit que son cœur vous adore ?
Ses regards, ses soûpirs au défaut de sa voix,
Du feu qui le consume ont parlé mille fois ;
Vous l'avez vû vous-même, avouez-le, Madame.

CHRISIS.

Faut-il te faire voir jusqu'au fond de mon ame ?
J'ai crû m'apercevoir dans tous nos entretiens,
Que ses timides yeux trembloient devant les miens ;
Que son esprit confus & sa bouche incertaine,
Tandis qu'il me parloit, ne s'exprimoit qu'à peine ;
J'ai même, le voyant interdit, inquiet,
Senti, je l'avoûrai, quelque trouble secret ;
Dione, je ne puis t'en dire davantage ;
J'ignore des Amans les soins & le langage ;
Sur ce que j'ai crû voir je n'ose m'arrêter.
Quoi qu'il en soit enfin j'en veux toûjours douter ;
Eloignons ces objets de ma triste pensée.

Grands Dieux ! preservez-moi d'une ardeur insensée.
Mon cœur d'assez de maux est troublé chaque jour,
Sans qu'il éprouve encor les tourmens de l'Amour.

DIONE.

Pourquoi vous formez-vous de si tristes allarmes?

CHRISIS.

Non, ces plaisirs parfaits, ces doux transports, ces charmes,
Que l'Amour fait sentir aux cœurs qu'il a choisis,
Ne sont point destinez à celui de Chrisis;
Le sort me persecute avec trop de constance,
Pour permettre.... Mais, Dieux! nôtre Ennemi s'avance.

SCENE III.

CHRISIS, AGNONIDE, DIONE, CLITUS.

CHRISIS.

ENfin pour vous parler j'obtiens quelques momens,
Vos Gardes sont touchez de mes gemissemens,
Ils ne m'oposent plus de funeste barriere;
Mais aucun ne m'aprend le destin de mon Pere.
Que fait-il, ou plûtôt par quelle injuste loi
Soumettez-vous la vie aux caprices d'un Roi,
Dont le rang odieux & l'orgueil tyrannique
N'eurent jamais de droit sur cette Republique?
Quel crime a donc commis ce Chef infortuné?
De quelles trahisons l'avez-vous soupçonné?

A-t-il sacrifié, par de secretes haines,
Aux faveurs des Tyrans la liberté d'Athenes?
Comptez, examinez les jours de ce Heros,
Vous n'y découvrirez que de nobles travaux;
Qu'une vertu sans cesse à nos yeux confirmée,
Et dont la pureté passe la renommée.

AGNONIDE.

Madame, je le vois, vôtre aveugle douleur,
Du sort de Phocion m'impute le malheur:
J'oublirai toutefois cette cruelle injure,
En faveur des transports qu'inspire la nature.
Il ne faut qu'un moment pour vous desabuser,
Et détruire l'erreur qui vous fait m'acuser.
Madame, ai-je trahi la severe justice?
Ai-je seul ordonné que Phocion perisse?
Tout le Peuple en fureur a conspiré sa mort,
Et nommé Cassander Arbitre de son sort.
Vous savez que ce Roi, successeur d'Alexandre,
Contre la Republique alloit tout entreprendre.
Deux fois loin de ces Murs Nicanor repoussé,
Et du Port de Pirée avec honte chassé,
De ce Roi contre nous allume la colere;
Il impute sa fuite aux soins de vôtre Pere:
Athenes toutefois l'acuse hautement
D'avoir pour sa défense agi trop lentement;
Ainsi livré tout seul à la haine commune,
Ai-je pû l'arracher à sa triste infortune?
Ai je pû le sauver & prevenir vos pleurs,
Pour faire sur l'Etat tomber tous ses malheurs?
Non, Madame, & mon Fils Alcinoüs lui-même,
Ce Fils qui m'est si cher par sa vertu suprême,
Par mon ordre à mes yeux periroit aujourd'hui,
S'il faloit prononcer entre Athenes & lui.

CHRISIS.

Puissent les Dieux vangeurs me prendre pour victime,
Si j'ose condamner cette noble maxime;
J'en connois la justice, & Phocion cent fois

M'en fit dans ses leçons la plus sainte des loix ;
Si sa mort à l'Etat eût été necessaire,
Vous deviez quelque tems la laisser volontaire,
Et voir si son grand cœur lâchement dementi,
Auroit pû balancer à prendre son parti.
Ah ! que dans cet état sa Victoire derniere
Eût dignement fini son illustre carriere !
Dans les murs de Pellé nous l'eussions vû voler,
Heureux pour son Pays de pouvoir s'immoler.
Et moi de sa vertu cherissant la memoire,
Consolant ma douleur par l'excez de sa gloire,
Voyant son nom par tout à jamais reveré,
En pleurant son trepas je l'aurois admiré.
Mais que, sans l'avertir du coup qu'on lui prepare,
On le livre avec joie aux mains d'un Roi barbare !
Car je ne compte plus parmi nos Nations
Tous ces Chefs separez par leurs divisions,
Ces Grecs qui trop long-tems éloignez de la Grece
Ont succé des Persans la haine & la molesse,
Ces Grecs qui sous un Roi le plus grand des Heros,
Jusqu'au bout de la Terre ont porté leurs travaux,
Mais qui l'ayant perdu nous ont trop fait connoître
Que toute leur grandeur étoit dûë à leur Maître ;
Indignes du haut rang où sa main les a mis,
Et de donner des loix à ceux qu'il a soûmis :
Sur tout ce Cassander, ce monstre dont l'envie
De ce Vainqueur du monde a terminé la vie ;
Et qui par le poison....

AGNONIDE.

Ah ! Madame, arrêtez,
N'outragez plus ce Prince ; & du moins respectez
De son nom, de son rang l'auguste caractere.

CHRISIS.

Eh quoi ! s'il le profane, est-ce à moi de m'en taire ?

AGNONIDE.

Oui, l'on doit ces égards au sacré nom du Roi.

CHRISIS.

Ce nom dans un Tyran n'est plus sacré pour moi.

AGNONIDE.

Apellez-vous Tyran un Prince legitime ?

CHRISIS.

J'apelle un Roi Tyran quand il aime le crime.

AGNONIDE.

Et quel crime, Madame, a commis Cassander ?

CHRISIS.

Celui qui le soûtient peut-il le demander ?

AGNONIDE.

Si nous sommes tous deux tels que vous l'osez dire,
Vous flatez-vous encor que Phocion respire ?

CHRISIS.

De vos fureurs les Dieux ont pû le preserver.

AGNONIDE.

Si les Dieux l'ont voulu, leur bras l'a pû sauver;
Mais rarement les Dieux prodiguent leurs miracles.

CHRISIS.

Leur moindre volonté ne trouve point d'obstacles.

AGNONIDE.

Nous aprendrons bien-tôt qui de nous s'est trompé.

CHRISIS.

Hélas ! je cede au coup dont mon cœur est frapé.
Ma fierté ne peut plus soûtenir la pensée
Du parricide affreux dont je suis menacée.
Poursui, Tyran, poursui tes barbares desirs;
[illegible] de nos maux fais tes plus doux plaisirs.
Mais quelle raison t'interesse à défendre,
[illegible] tout l'Univers, l'assassin d'Alexandre.

Les jours de Phocion détruisoient tes projets;
Ils vont être le prix de ta servile Paix.
Peut-être à mes soupirs le Ciel encor propice,
Malgré tes soins cruels, confondra l'injustice;
S'il me refuse enfin le secours de son bras,
Le secours des mortels ne me manquera pas.
Je ne m'explique point; mais si mon Pere expire,
Il ne mourra pas seul; & j'ose te prédire,
Qu'après l'avoir conduit aux horreurs de son sort,
Peut-être autant que moi tu pleureras sa mort.
Adieu.

SCENE IV.

AGNONIDE, CLITUS.

AGNONIDE.

Que me dit-elle, & quelle est son attente?
Mais non, je ne crains point sa menace impuissante;
Et la foudre aujourd'hui dût-elle m'acabler,
Dans un si beau chemin je ne puis reculer.
Il est tems de recueillir l'heureux fruit de mes peines;
Accablons, cher Clitus, la liberté d'Athenes,
Hâtons-nous d'accomplir mes glorieux projets,
Faisons-nous dans ces murs un Trône & des Sujets;
Et renversant les Loix de cette Republique,
Rapellons la splendeur des premiers Rois d'Attique.

CLITUS.

Mais, Seigneur, songez-vous. . .

AGENIDE.

...tout examiné.
Je sai que mon projet peut être condamné;
Que ces timides cœurs dont la prudente adresse,
Sous le nom de vertu, déguise sa foiblesse,
Qui n'osant s'ocuper de soins ambitieux,
Redoutent les perils cent fois plus que les Dieux.
Genereux, dis-je, ennemis de mes desseins sublimes,
Leur donneront les noms qu'on donne aux plus grands crimes:
Mais aussi que diront ceux dont la noble ardeur
Entraîne tous les vœux vers la seule grandeur;
Qui loin de contracter de basse servitude,
Du soin de commander font toute leur étude,
Et ne pouvant souffrir de Maître ni d'égal,
Gardent l'Ambition jusqu'au terme fatal?
Ces superbes Mortels me prenant pour exemple,
Dans le fond de leur cœur m'éleveront un Temple;
Et soit que le destin me favorise ou non,
Parmi les noms fameux ils compteront mon nom.
Je t'avoûrai pourtant, quelque espoir qui m'anime,
Que j'eus quelque terreur en commençant le crime;
D'un violent remords mon cœur fut combattu,
Lors que de Phocion j'attaquai la vertu:
Mais voulant sur mon front placer le Diadême,
Il faloit ou le perdre, ou me perdre moi-même,
Pour m'éloigner du Rang que je me suis promis,
Je le crains plus lui seul que tous mes Ennemis.

CLITUS.

Chargé d'ans & de soins dont le nombre l'accable,
Un seul Homme, Seigneur, est-il si redoutable?
... se peut-il ...

AGNONIDE.

Eh ! ne conçois-tu pas
Qu'un Homme tel que lui fait le sort des Etats ?
Quoique mille raisons à sa perte m'attachent,
Je lui dois un aveu que ses vertus m'arrachent :
C'est un de ces Mortels que le Ciel quelquefois
Fait naître pour défendre ou rétablir les Loix ;
Un de ces cœurs choisis, de ces heureux genies,
Où les Dieux font briller leurs faveurs infinies,
Que de leur feu divin ils ont soin d'éclairer,
Et qu'un Ennemi même est contraint d'admirer.

CLITUS.

Eh ! faut-il donc, Seigneur, attenter à sa vie ?

AGNONIDE.

Triste effet, cher Clitus, des fureurs de l'envie ?
Avec moins de vertus Phocion sans secours,
Tranquille dans ces Murs eût vû couler ses jours,
Et passé sans peril les plus longues années
Qu'à son obscur destin la Parque auroit données.
Mais loin de rapeller les pressantes raisons
Qui le font immoler à mes justes soupçons,
Etouffons les remords que me cause sa perte,
En songeant quelle gloire à mon Fils est offerte :
Car, Clitus, c'est pour lui cent fois plus que pour moi,
Que j'aspire à ranger ce Peuple sous ma Loi ;
C'est l'amour de ce Fils digne d'une Couronne,
Qui rassure mon cœur quand le crime l'étonne,
Qui sur tous mes perils me fait fermer les yeux,
Et braver le courroux des Hommes & des Dieux.

CLITUS.

Mais, Seigneur, vôtre Fils par sa fuite imprevuë...

AGNONIDE.

Ah ! ne m'en parle plus, ce souvenir me tuë ;
Finissons un discours qui me glace d'effroi.
J'ignore quel dessein peut l'éloigner de moi ;
Il a surpris Licas, il m'a surpris moi-même,
Et le soit secondant son fatal stratagême,

Je n'ai pû découvrir le chemin qu'il a pris.
En vain jusqu'à ce jour mes soins l'ont entrepris:
Mais mon cœur affligé reprend quelque espe-
rance;
L'ingrat ne peut long tems tromper la diligence
Des fideles Amis qui vont de Cour en Cour
Le chercher, l'avertir, & presser son retour.
Allons donc pour lui seul consommer mon Ou-
vrage,
Des cœurs que j'ai gagnez ranimer le courage,
Sur les plus obstinez faire un dernier effort
Par l'espoir du salaire, ou la peur de la mort,
Et m'instruire sur tout, si, selon mon envie,
Dans Pellé Phocion a vû trancher sa vie.

Fin du premier Acte.

ACTE II.

SCENE PREMIERE.

AGNONIDE, CLITUS.

AGNONIDE.

APproche, vien, Clitus, mes chagrins sont passez,
Je voi mes vœux secrets par le Ciel exaucez;
Dieux! avec quels transports mon cœur s'ouvre à la joie!

CLITUS.

Eh, quel est le bonheur que le Ciel vous envoie?

AGNONIDE.

Je viens de recevoir un Billet de mon Fils.

CLITUS.

Ah! se peut-il...

AGNONIDE.

Licas en mes mains l'a remis.

CLITUS.

Savez-vous sous quel Ciel Alcinoüs respire?

AGNONIDE.

Nous l'ignorons encore, on n'a pû m'en instruire;
Ce n'est que par les soins d'un Esclave inconnu
Que cet heureux Ecrit jusqu'à nous est venu.

Mais mon Fils vit enfin ; & bien-tôt sa presence
Doit remplir en ces lieux ma plus chere esperance.
[illegible], grands Dieux ; c'en est
[illegible]
[illegible] cés mots qu'il m'a tracez.

(Il lit.)

Ne me regardez point comme un Enfant rebelle,
Seigneur, un soin pressant loin d'Athenes m'apelle;
La gloire l'autorise ; excusez un dessein,
Que l'Univers entier voudroit combattre en vain:
Si contre moi ma fuite arme vôtre colere,
Bien-tôt par mon retour j'irai vous satisfaire ;
Et choisir, sans vouloir forcer vos sentimens,
La peine de mon crime, ou vos embrassemens.

(Il continuë.)

Tu vois par son respect, tu vois par sa promesse,
Que son empressement repond à ma tendresse :
Cependant croiras-tu qu'en ce même moment
Je rends graces aux Dieux de son éloignement ?
Autant que son départ m'a fait sentir d'allarmes,
Autant son prompt retour peut me coûter de larmes.
N'en doute point, je crains qu'un destin malheureux
Ne le ramene ici plûtôt que je ne veux.

CLITUS.

D'un pareil sentiment je cherche en vain la cause.

[illegible]AGENONIDE.

Clitus, dans le dessein que mon cœur se propose,
Prêt d'oprimer l'Attique, & de donner des Loix
A des Peuples nourris dans la haine des Rois ;
Avant que d'exercer un pouvoir legitime,
Il faudra l'assurer par plus d'une Victime,
Et porter la rigueur jusqu'à la cruauté,
Contre les Ennemis de mon Autorité ;
Proscrire, sans égard ni de vertu ni d'âge,

Des Citoyens trop fiers pour souffrir l'esclavage,
Dont le bras à toute heure armé pour me punir,
Si je ne les perdois, pourroit me prevenir :
Dans ce tumulte affreux qu'exciteront mes armes,
Dans ces proscriptions, ces combats, ces allarmes,
Mon Fils pourroit tomber ; & je perdrois en lui
Le bonheur de mes jours, mon espoir, mon apui.
Je ne veux point enfin que le Sceptre d'Athenes
Le rende comme moi l'objet de tant de haines :
Chargé seul des forfaits qu'il me coûte à gagner,
A ce Fils innocent je les dois épargner,
Et le faire passer dans ses mains vertueuses,
Tel que jadis, sortant de ses courses fameuses,
L'invincible Thesée, arrivé dans ces lieux,
Le reçut de son Pere à la face des Dieux.

CLITUS.

J'admire pour ce Fils vos soins & vos tendresses.
Mais Cassander, Seigneur, tiendra-t-il ses promesses ?
Etes-vous assûré d'obtenir son secours ?
Enfin de Phocion tranchera-t-il les jours ?
Je crains que la pitié malgré vous ne l'arrête.

AGNONIDE.

Non, son appui m'est sûr, & ma Victime est prête.
Mais quand il manqueroit à ce qu'il m'a promis,
A d'autres défenseurs mon destin est remis.
Demetrius, Cratere, Antigonus, Eumene,
Hazarderont pour moi leur grandeur souveraine ;
Constans à soûtenir mes droits & mon dessein,
Ils paroîtront bien-tôt les Armes à la main,
Et porteront ici cette sanglante Guerre,
Dont leur bras fait rougir la moitié de la Terre.
Pour Phocion, ses jours ne sauroient m'échaper ;
Si Cassander l'épargne, & craint de le fraper,
J'espere que le Peuple, armé contre sa vie,
Viendra me demander qu'elle lui soit ravie.
J'excite contre lui ses fureurs chaque jour ;
Je lui rendrai fatal l'instant de son retour.

Pour aigrir contre lui ce Peuple impitoyable,
Je le fais souvenir de ce jour déplorable,
Où Nicanor fut prêt de nous assujettir,
Tandis que Phocion, loin de nous avertir,
Condamnant nos soupçons contre ce temeraire,
De ses trompeurs sermens vantoit la foi sincere;
Et lui donnant le tems d'avancer ses projets,
Craignoit en l'attaquant de violer la Paix.
Voilà par quels chemins je prepare sa perte;
Et si j'en puis saisir l'ocasion offerte,
Quel comble à mon bonheur de le voir expirer
Dans cette même place, où prompt à l'honorer,
Nos Citoyens jadis par des cris de Victoire,
Celebroient à l'envi ses vertus & sa gloire!
Mais sa Fille paroît. Je crains de lui parler;
De nouveaux déplaisirs je n'ose l'acabler:
Laissons-la de ses maux acuser la Fortune,
Sortons, & prevenons une plainte importune.

SCENE II.

CHRISIS, DIONE.

CHRISIS.

ARrêtez Il me fuit, & ne m'écoute pas ;
Je ne sai quel dessein precipite ses pas.
Quel trouble me saisit ? que faut il que je pense
De ce soin qu'il a pris d'éviter ma presence ?
Juste Ciel ! de mon Pere a-t-il apris le sort,
Et ne s'éloigne-t-il que pour cacher sa mort ?
Dione ; c'en est fait, leur rage est assouvie.

DIONE.

Non, Madame, l'Amour vous repond de sa vie,
Fiez-vous à ses soins ; ne vous souvient il plus
Du départ, des sermens du jeune Alcinoüs ?
Sa valeur vous promet un succez moins contraire.

CHRISIS.

Ah Dieux ! sur quelle foi me dis-tu que j'espere ?
Alcinoüs peut il en de barbares lieux
S'oposer aux desseins d'un Roi victorieux,
Et renverser les loix de son pouvoir suprême,
Qu'en hazardant ses jours, & se perdant lui-même ?
Helas ! il a peri, sans sauver Phocion ;
Et pour redoublement à mon affliction,
Athenes par leur mort est à jamais privée
De toute la vertu qu'elle avoit conservée.

DIONE.

Mais songez....

CHRISIS.

Mon destin ne peut être adouci.

DIONE.

Alcinoüs....

CHRISIS.

Eh bien!

DIONE.

Madame, le voici.

SCENE III.

ALCINOUS, CHRISIS, DIONE.

CHRISIS.

De quel étonnement, grands Dieux! suis-je
[illegible] frapée!
Est-ce vous que je vois? ne suis-je point trompée;
Ah, Seigneur! dissipez le trouble de mon cœur;
Venez-vous augmenter ou finir mon malheur?
Découvrez-moi mon sort: reverrai-je mon Pere?
A-t-il d'un Roi barbare évité la colere?
Puis-je enfin me flatter de son heureux retour?

ALCINOUS.

Madame, en doutez-vous, puis que je vois le jour?
Croyez-vous que soigneux de garantir ma tête,
J'aurai vû sur lui seul éclater la tempête,
Et son sang à mes yeux lâchement répandu,
Sans que parmi ses flots le mien fût confondu?
Non, Madame, jaloux de défendre sa vie,
Sa perte de la mienne auroit été suivie;
Et du moins vous contant son déplorable sort,
On vous auroit conté l'Histoire de ma mort,
Mais grace à sa vertu, grace aux Dieux tutelaires,

Mes soins pour le sauver n'étoient pas necessaires;
Et la fin de ce jour va l'offrir à vos yeux
Vangé des noirs desseins de tous ses envieux.

CHRISIS.

Ce changement soudain, cette joie imprevûë
Jette un trouble nouveau dans mon ame éperduë;
Et ma foible raison, mes esprits languissans
Ne sauroient resister au plaisir que je sens.
Quoi, vos soins genereux n'ont point trouvé d'obstacle?
Mais ne me cachez plus par quel heureux miracle
Mon Pere m'est rendu; qui me l'a conservé?

ALCINOUS.

Je vous l'ai déja dit; sa vertu l'a sauvé.
Sa fierté, sa sagesse & l'éclat de sa vie
Ont desarmé le bras qu'avoit armé l'envie;
Vous devez à lui-même un si parfait Heros,
Et lui seul s'est donné la vie & le repos.
O Ciel! que ne peut point sur le cœur le moins juste
L'intrepide regard, & la presence auguste
D'un Mortel, dont les jours, ménagez par les Dieux,
Sont pleins de nobles soins & de faits glorieux?
Madame, Cassander enflâmé de colere,
Au milieu de sa Cour fit traîner vôtre Pere.
Le suplice étoit prêt. De barbares Soldats
Attendoient le signal marqué pour son trépas.
Devant ce Tribunal Phocion se presente;
Et loin de faire entendre une voix supliante,
Tel que dans les perils se montrent les Heros,
A ce Prince superbe il adresse ces mots:
Cassander, je ne sai quelle fureur t'anime,
Par quel droit pretens-tu me choisir pour Victime?
Mon Pays par mes soins s'est long-tems défendu,
J'ai reculé sa chute autant que je l'ai dû;

Loin de me repentir de ce fameux ouvrage,
Que n'ai-je pour ta gloire encor fait davantage!
Que n'ai-je pû ranger la Grece sous ses Loix,
Et détruire l'orgueil & l'empire des Rois!
Voilà mes sentimens, je ne veux plus les taire,
Et ne m'atache point à calmer ta colere.
Verse, pour me punir, si je l'ose offenser,
Ce reste de mon sang que l'âge alloit glacer:
Mais songe pour le moins, quand tu vas le répandre,
Qu'il fut jadis sacré pour le grand Alexandre;
Que ce Roi, qui du Monde a conquis la moitié,
Aprés m'avoir connu, m'offrit son Amitié,
Et m'en fit confirmer les premiers témoignages
Par d'honorables soins & de precieux gages.
Je ne te dis plus rien: frape, perce ce cœur
Rempli pour ses devoirs de la plus vive ardeur;
Et donne à l'Univers, par ce noir sacrifice,
Un exemple éclatant d'horreur & d'injustice,
Tandis que par les miens trahi, persecuté,
J'en donne un de constance & de fidelité.

CHRISIS.

O force plus qu'humaine! ô merveilleux courage!

ALCINOUS.

Cassandre étonné d'entendre ce langage,
De mouvemens divers en secret combattu,
Et forcé malgré lui d'admirer sa vertu:
Va, lui dit-il, reçoi le jour que je te laisse,
Sois toujours l'ornement & l'honneur de la Grece:
Plus penetré d'estime encor que de pitié,
Je me fais un bonheur d'avoir ton Amitié,
Ne la refuse pas; c'est un Roi qui te prie;
Et libre, va revoir & servir ta Patrie.

CHRISIS.

Ainsi de mes ennuis le cours est terminé.

ALCINOUS.

Et moi plus que jamais à souffrir condamné :
Je fremis des malheurs que le sort me presente ;
Vôtre infortune cesse, & la mienne s'augmente :
Trop digne d'exciter vôtre compassion,
Je suis plus malheureux que n'étoit Phocion.

CHRISIS.

Vous, Seigneur ? quel malheur peut troubler vôtre vie ?

ALCINOUS.

Helas, Madame, helas ! faut-il que je le die ?
Cet aveu dangereux, loin de me soulager,
Dans un gouffre nouveau peut encor me plonger.
Toutefois dût ma peine en devenir plus rude,
Elle me plaira mieux que mon incertitude.
Mais quoi, près d'expliquer le malheur de mon sort,
Mon courage abattu succombe à cet effort ;
Je commence un discours, qu'après je desavouë,
Et ma langue interdite à regret se denouë.
C'est vous en dire assez : mes esprits éperdus,
Mes regards incertains, mes soupirs confondus,
Ce long saisissement, ma surprise soudaine,
Cette source de pleurs que je retiens à peine,
Et la crainte sur tout d'aigrir vôtre courroux ;
Tout ne vous dit-il pas que j'expire pour vous ?

CHRISIS.

Ah, Seigneur !

ALCINOUS.

Cet aveu ne doit point vous surprendre,
Madame, & dès long-tems vous deviez vous attendre
A voir un jour enfin éclater cette ardeur,

Que jusqu'à ce moment j'ai caché dans mon cœur;
Mais que déja cent fois vous auriez dû connoître,
Si vous songiez aux feux que vos beaux yeux font naître.
J'ai vû le premier jour, sans vouloir me flatter,
Quelles difficultez j'avois à surmonter:
Mais mon ardeur s'irrite encor par ces obstacles;
L'Amour en ma faveur me promet des miracles;
Si je ne trouve pas, par un dernier malheur,
Sur tout je ne veux point que la reconnoissance
Vous force malgré vous à quelque complaisance;
Si ma flâme vous gêne ou ne vous touche pas,
Prononcez sans remords l'arrêt de mon trépas:
J'ai servi Phocion par égard pour lui même,
Et ne l'ai point servi parce que je vous aime;
Ce seroit me traiter avec indignité,
Qu'imputer à l'Amour ma generosité.
J'aimai de Phocion la vertu consommée;
Dans un autre que lui je l'aurois estimée,
Et pour un inconnu lâchement oprimé,
Avec la même ardeur mon bras se fût armé.
Vous ne me devez rien; n'écoutez donc, Madame,
Que les seuls mouvemens que vous dicte vôtre ame;
Parlez, parlez, sans crainte, & ne voyez en moi
Que mon cœur, mon respect, mon amour & ma foi.

CHRISIS.

Helas!

ALCINOUS.

Achevez.

CHRISIS.

Ciel!

ALCINOUS.

Ah ! c'eſt trop vous contraindre ;
Quel ſeroit mon bonheur, ſi vous pouviez me plaindre !
Montrez-moi par pitié vos ſentimens ſecrets.

CHRISIS.

Pour chercher Phocion je ſors de ce Palais,
Je ſuis les mouvemens que le devoir m'inſpire.

ALCINOUS.

Eh quoi ! vous me laiſſez ſans me vouloir rien dire ?
Vous refuſez un mot à mon empreſſement ?

CHRISIS.

Devez-vous demander d'autre éclairciſſement ?
Voyez-vous dans mes yeux ni mépris ni colere ?
Faut il de ma pitié de marque plus ſincere
Que ce triſte ſoupir qui vient de m'échaper,
Et le cœur d'un Amant s'y devoit-il tromper ?

SCENE IV.

ALCINOUS, CHRISIS, LICAS, DIONE.

LICAS.

Madame, Phocion arrive dans Athenes.

CHRISIS.

O moment fortuné qui termine mes peines !

Raison, devoir, amour, precipitez mes pas.
Adieu, Seigneur.

ALCINOUS.

Je vais. . .

CHRISIS.

Non, ne me suivez pas.
Demeurez.

ALCINOUS.

J'obeïs après vôtre défense;
Mais que je vais souffrir de mon obeissance!

SCENE V.

ALCINOUS, LICAS.

LICAS.

QUe vois je? quel adieu? quel discours? ah! Seigneur,
Vos regards, vos transports ont trahi vôtre cœur,
Vous aimez. Juste Ciel! que dira vôtre Pere?

ALCINOUS.

Ah Dieux! lui voudras-tu reveler ce mystere?
Qu'il l'ignore à jamais. Eh quoi, mon cher Licas,
Pourrois-tu me trahir?

LICAS.

Non, ne le craignez pas.
Dans les soins que de moi demandoit vôtre Enfance,
Vous avez trop souvent senti ma complaisance,
Et c'est encor l'effet de la même amitié,
Qui m'inspire pour vous une juste pitié:
Mais prevoyez, Seigneur, quelle suite funeste
Vôtre Amour. . .

ALCINOUS.

C'est assez, épargnez moi le reste;
Dans cet heureux instant je ne voy rien a prevoir,
Qui puisse traverser ma joie & mon espoir.

Fin du second Acte.

ACTE III.

SCENE PREMIERE.

PHOCION, CHRISIS, DIONE.

PHOCION.

ENfin nous sommes seuls. Embrassez-moi, ma Fille ;
Le Ciel me fait revoir ces Murs & ma Famille,
Seuls objets où mon cœur porta toûjours ses vœux,
Et que malgré mes soins le sort rend malheureux.
Je ne le cele point ; à cette chere vûë,
D'un transport si charmant mon ame s'est émuë,
Qu'il a pû balancer pendant quelques momens
De mes profonds ennuis les cruels mouvemens.
Pour vous, ce tendre Amour & ce respect sincere
Que vous avez toûjours senti pour vôtre Pere,
Vous ont fait, je le sai, partager mes malheurs;
Nos barbares Tyrans ont joüi de vos pleurs,
Contre eux vôtre douleur n'avoit point d'autres armes.

CHRISIS.

Pourquoi rapellez-vous ces mortelles allarmes?
N'y songeons plus, Seigneur, vous vivez, je
vous voi.
Quelle gloire pour vous, & quel plaisir pour moi,
De pouvoir embrasser un Pere que j'adore!
Juste Ciel! qu'il m'est doux de vous revoir encore
Tranquille, & respecté chez les Atheniens!

PHOCION.

Ah! que tu connois mal quels sont nos Citoyens.
Des Peuples inconstans l'ame basse & commune
Regle leurs sentimens au gré de la fortune;
Et tel qu'ils adoroient dans la prosperité,
Devient leur Ennemi par son adversité:
Ils avancent sa perte, injuste ou legitime,
Et joignent leur secours au destin qui l'oprime.
Je viens de l'éprouver. Tout le Peuple autrefois
Voloit pour aplaudir à mes moindres exploits,
Quand suivi de Captifs gemissans sous nos chaînes,
Triomphant, j'aprochois des sacrez Murs d'Athenes;
Et je voi qu'aujourd'hui ce Peuple furieux
Ne souffre qu'à regret mon retour en ces lieux;
Et d'un Tyran, barbare, aimant les injustices,
La haine est le seul prix qu'il donne à mes services.

CHRISIS.

Eh! laissez le, Seigneur, ce Peuple criminel,
Il merite de vous un mépris éternel;
Ne vous permettez plus la moindre inquietude
Pour des cœurs sans justice, & pleins d'ingratitude;
A leur propre conduite abandonnez leur sort;
Et bien-tôt l'infortune, ou les fers, ou la mort
Vangeront vos bontez trop mal recompensées:
Portez, portez ailleurs vos vœux & vos pensées,
A l'heureuse Chrisis donnez tous vos momens,

Inspirez à son cœur vos nobles sentimens ;
Que vos soins desormais soient pour vôtre Famille ;
Que vivant avec vous. . . .

PHOCION.

Que dites-vous, ma Fille ?
Nos soins les plus pressans, nôtre premier amour,
Sont dûs aux Lieux sacrez où nous venons au jour.
Athenes plus que tout m'est precieuse & chere,
J'en étois Citoyen avant que d'être Pere ;
Son Salut me tient lieu de tous les autres Biens,
Et vos Droits sur mon cœur sont moins forts que les siens:
Mais puis que de ma Foi l'ingrate se défie,
Et méprise ces soins que je lui sacrifie,
Sans trahir mon devoir je puis les donner tous
Au penchant naturel qui m'entraîne vers vous.
Oui, ma Fille, mes vœux & mon bonheur suprême
Se bornent à jouir de vous & de moi-même ;
Vôtre vertu me charme, aprochez. Justes Dieux!
Conservez cherement ce tresor precieux,
Et jusques à l'instant qui doit finir ma vie,
Sauvez nôtre amitié des fureurs de l'envie.

CHRISIS.

Ah, quel bonheur, grands Dieux! que mon sort est charmant!
Mais, Ciel! Cleon vous cherche avec empressement.

SCENE II.

PHOCION, CHRISIS, CLEON, DIONE.

CLEON.

JE n'ai pû découvrir les desseins d'Agnonide,
Mais, Seigneur, je crains tout de cette ame perfide;
Il assemble avec soin les Chefs & les Soldats,
Tout le Peuple en tumulte acompagne ses pas;
Il triomphe, & j'ai vû briller sur son visage
Du plaisir de son cœur l'assuré temoignage:
Ces funestes aprêts peuvent vous menacer.

PHOCION.

Ce seroit trop, Cleon, je ne le puis penser:
Mais quand mes Ennemis en voudroient à ma vie,
Est-ce un malheur pour moi qu'elle me soit ravie?
Et dois-je par la fuite en prolonger le cours?
Non, grands Dieux! pour le peu qu'il me reste de jours,
Je ne veux point survivre à la chûte d'Athenes,
Et voir loin du peril ses miseres prochaines.

CHRISIS.

Quel étrange dessein, Seigneur! quittez ces Lieux;
Eloignez-vous.

PHOCION.

Cachez cette crainte à mes yeux,
Ma Fille; cet avis devroit moins vous surprendre:
Quel que soit mon destin, je dois ici l'attendre.

CHRISIS.

Rendez-vous à mes soins, songez à vous, Seigneur.
Quoi, mes pleurs ne sauroient émouvoir vôtre cœur!

PHOCION.

Non, & ces lâches pleurs font honte à ma Famille;
Mes yeux n'osent en vous reconnoître ma Fille;
J'en rougis. Si j'avois formé quelque attentat
Contraire à mon devoir, ou funeste à l'Etat,
Voyant mon nom chargé d'une indigne memoire
Vous devriez pleurer la perte de ma gloire,
Et voir avec douleur vôtre Pere privé
D'un honneur si long tems par son sang conservé:
Mais puis que, grace au Ciel la plus injuste envie
Ne peut donner d'atteinte à l'éclat de ma vie,
Ne pleurez pas pour moi, pleurez d'autres malheurs
Plus cruels que mon sort, plus dignes de vos pleurs;
Pleurez la liberté, sur tout pleurez le crime
Des lâches Ennemis dont je suis la victime.

CHRISIS.

Malgré mes deplaisirs je l'avoûrai, Seigneur,
Vos genereux discours flattent encor mon cœur.
J'admire la vertu que vous faites paroître,
Et je rends graces aux Dieux de ce qu'ils m'ont fait naître
D'un Heros dont la gloire est égale à la leur,
Et dont la fermeté passe encor la valeur.

SCENE III.

PHOCION, ALCINOUS, CHRISIS, CLEON, DIONE.

ALCINOUS.

SEigneur, ma raison cede au coup qu'on vous prepare;
Je fremis au seul bruit d'un projet si barbare:
Le Peuple à haute voix demande vôtre mort.

CHRISIS.

Juste Ciel !

ALCINOUS.

Prevenez leur criminel effort;
A leurs perfides coups dérobez vôtre tête;
Fuiez, Seigneur, fuiez, évitez la tempête:
Vous me voyez ici prêt à guider vos pas;
Je viens pour vous offrir le secours de mon bras:
Au nom de tous les Dieux, Seigneur, je vous convie
De vous rendre à mes vœux, d'assurer vôtre vie;
Mais ne differez point. Secondez mes transports,
Seigneur, si vous joignez vos soins à mes efforts,
J'ose attester des Dieux la Majesté suprême,
Qu'Athenes, que la Grece, & Cassander lui-même,
Contre vos jours sacrez conspireroient en vain;
Je jure....

PHOCION.

Je conçois quel est vôtre dessein;
Je sai, pour dérober ma tête à cet orage,
A combien de perils l'Amitié vous engage;

Je

Je le juge aisément par tous vos soins passez ;
Mais il n'en est plus tems, Seigneur, c'en est assez.

ALCINOUS.

Ah ! que me dites-vous ? quelle funeste envie
Vous fait abandonner le soin de vôtre vie ?
Suivez-moi...

PHOCION.

Moderez cette bouillante ardeur,
Et du moins un moment écoutez-moi, Seigneur.
Ne vous oposez point au Peuple qui m'oprime ;
Laissez-le sans obstacle immoler sa victime ;
Abandonnez ma vie, il veut me la ravir,
Et conservez la vôtre encor pour le servir.
Vous êtes dans un âge, où, par d'heureuses peines,
Vous pouvez retablir la puissance d'Athenes ;
C'est là l'unique Gloire où vous devez penser ;
C'est là que vos vertus se doivent exercer.
Pour moi qui, gemissant sous le poids des années,
Ne dois plus esperer de belles destinées ;
Qui, cedant aux efforts que je voudrois tenter,
Ne me sens plus de bras pour les executer ;
Loin d'aller à genoux mandier des aziles,
Je méprise mes jours, puis qu'ils sont inutiles.

ALCINOUS.

O Ciel !

PHOCION.

Je voi Clitus, & je n'ignore pas
Quel funeste dessein conduit ici ses pas.

SCENE IV.

PHOCION, ALCINOUS, CHRISIS, CLITUS, DIONE, Gardes.

GLITUS.

SEigneur, je ſuis chargé d'un ordre....

ALCINOUS.

Temeraire....

PHOCION.

Arrêtez. Où vous porte une aveugle colere ?

ALCINOUS.

Laiſſez-moi....

PHOCION.

L'immoler ce ſeroit me trahir;
Aux Decrets de l'Etat j'ai juré d'obeir;
Je me ſuis fait toûjours de cette obeiſſance
Un auſtere devoir, dont rien ne me diſpenſe;
J'en ai preſcrit au Peuple une ſevere loi:
Pourrois-je, ſans rougir, la violer pour moi ?
Je n'examine point, au moment qu'on m'acable,
Si je ſuis en effet innocent ou coupable,
Si celui qui m'oprime obſerve l'équité;
Je ſonge ſeulement à ſon Autorité;
Puis qu'il la tient du Peuple, elle eſt juſte & ſu-
prême;
Je la reſpecte en lui comme dans Solon même;
J'obeis ſans murmure; & s'il faut me vanger,
Je ne voi que les Dieux qui s'en doivent charger.

GHRISIS.

Ah, Ciel!

PHOCION.

Ne craignez rien, je vous suivrai sans peine,
Clitus, j'assouvirai la fureur inhumaine
De ces Peuples ingrats qui demandent ma mort.
Seigneur, ne tentez plus de criminel effort
Pour prolonger des jours dont le cours m'importune;
D'Athenes, s'il se peut, relevez la Fortune;
Versez tout vôtre sang pour maintenir ses droits,
Et pour la garantir de l'Empire des Rois.
Vous, ma Fille, armez-vous d'un genereux courage;
Lassez par vos vertus le Sort qui nous outrage.
Si je meurs aujourd'hui, n'acusez point les Dieux;
Cachez-vous aux regards d'un Peuple furieux;
De vos tristes Foyers faites vôtre retraite;
Ne montrez de ma mort qu'une douleur discrete;
Rapellez les conseils que je vous ai donnez;
Et voyez les malheurs qui vous sont destinez
Du même œil dont je vois ceux où le Ciel me livre;
Sur tout, si vous m'aimez, gardez-vous de me suivre.
Adieu.

SCENE V.

CHRISIS, ALCINOUS, DIONE.

ALCINOUS.

Quel cœur, grands Dieux! dans cette extremité
Porta jamais si loin son intrepidité?
Je l'envie & le plains; je le pleure & l'admire.

CHRISIS.

Et moi, Seigneur, & moi je ne puis vous rien dire;
Vous ſavez mes malheurs, vous les connoiſſez tous,
Et je dois ſeulement embraſſer vos genoux.

ALCINOUS.

Ah, Madame!

CHRISIS.

Seigneur, ſoulagez ma miſere;
Je meurs, j'ai tout perdu quand j'ai perdu mon Pere;
Rendez-le moi, vous ſeul pouvez nous ſecourir.

ALCINOUS.

Pour vous le rendre, helas! ne faut-il que mourir?
J'y volerai, Madame, & vous ſerez ſervie
J'exige ſeulement pour le prix de ma vie,
Que vôtre cœur ſepare, en ces momens affreux,
D'un Pere criminel un Fils trop malheureux;
Et qu'au moins, ſi je meurs où mon Amour m'entraîne,
Mourant je ne ſois point l'objet de vôtre haine.

CHRISIS.

Que me demandez-vous? Allez, Seigneur, allez;
Mes yeux par mes malheurs ne ſont point aveuglez;
Ils ne confondent point l'innocence & le crime;
L'un a toute ma haine, & l'autre mon eſtime.

ALCINOUS.

Après un tel aveu, trop content de mon ſort,
Je cours pour Phocion faire un dernier effort;
Je vai trouver mon Pere, & pour toucher ſon ame,
Lui peindre avec tranſport tout l'excez de ma flâme;
Madame, j'aime trop pour ne pas triompher
De l'injuſte courroux que je veux étouffer.
Je ſuis cher à mon Pere; & mon reſpect, mes larmes

De ses cruelles mains feront tomber les armes :
Ou contre sa fureur, par l'Amour affermi,
Ne le regardant plus qu'en mortel Ennemi,
Mon cœur desespéré trouvera tout facile ;
Phocion par mes soins sera libre & tranquile,
Mon bras le sauvera du Peuple & de ses Loix,
Ou je vous dis adieu pour la derniere foi.

Fin du troisiéme Acte.

ACTE IV.

SCENE PREMIERE.

AGNONIDE, CLITUS.

AGNONIDE.

J'Ai peine, je l'avouë, à te croire sincere;
Mes vœux sont traversez par un Fils temeraire?

CLITUS.

N'en doutez point, Seigneur; enflâmé de courroux,
Ce Fils impetueux s'est armé contre nous.

AGNONIDE.

De cet emportement qui peut être la cause?
Quel est donc le dessein que l'ingrat se propose;
Mais pourquoi l'acuser? un penchant genereux
Le pressoit de servir Phocion malheureux;
Il ignore le prix que sa mort lui destine,
Et ne soupçonne point que c'est sur la ruïne
De ce Chef redouté qu'il a voulu sauver,
Que je fonde le Trône où je dois l'élever.
Ah! quand je l'instruirai de la gloire immortelle,
Des suprêmes honneurs où sa perte l'apelle,
Je le verrai superbe & plus ardent que moi,

Devorer la Couronne, & l'heureux sort d'un Roi,
Renoncer au vain nom d'une vertu sterile,
Pour jouïr avec moi d'un crime plus utile:
Quoi qu'il en soit enfin, je reponds de mon Fils.

CLITUS.

C'en est donc fait; vos soins vont recevoir leur prix.

AGNONIDE.

Je n'en saurois douter, mon triomphe s'avance;
Le succez de mes vœux passe mon esperance:
Tout le Peuple assemblé condamnant Phocion,
Vient d'ouvrir la barriere à mon ambition.
Voici le jour fatal de ce grand sacrifice;
Je dois lui prononcer l'Arrêt de son suplice.
Va, ma Garde t'attend pour le conduire ici.

SCENE II.

AGNONIDE *seul.*

JUsques à ce moment mes soins ont réussi.
Fortune, à mes desseins sois encor favorable.
Ton retour ordinaire, & presque inévitable;
Par moi-même, à mon tour, doit-il être éprouvé?
Et si près du succez l'aurois-tu reservé?
Ah! si tu dois tromper mes soins & ma prudence,
Attens à me montrer ta fatale inconstance,
Que ce Peuple superbe ayant reçû mes Loix,
Puisse placer mon nom parmi ceux de ses Rois,
Et qu'au moins un seul jour jouissant de ma gloire,
Par ce Titre éclatant j'assure ma memoire.
Mais Phocion paroît; declarons-lui son sort.
Commençons, il est tems, mon bonheur par sa mort.

Sortez donc de mon cœur, devoir, pitié, tendresse;
Je ne vous connois plus que pour une foiblesse;
Je renonce aux conseils que vous pouvez donner,
Et je me livre à ceux qui me vont couronner.

SCENE III.

AGNONIDE, PHOCION, CLITUS, GARDES.

PHOCION.

ARbitres de mon sort, Dieux, que vôtre puissance
Avec facilité confond nôtre prudence!
Qui l'eût crû qu'on verroit par un fatal retour
Phocion dans ces lieux acusé quelque jour;
Traîné honteusement par un Peuple perfide,
Et pour combles d'horreur, jugé par Agnonide?

AGNONIDE.

Ce mépris offençant, ces transports de courroux,
Démentent le grand nom d'un homme tel que vous:
Mais loin de prolonger un discours inutile,
Songez que desormais vous n'avez plus d'azile;
Que je viens en ces lieux Maître de vôtre sort....

PHOCION.

C'en est donc fait; ce jour est celui de ma mort:
Car ne présume pas qu'une telle menace,
Que ta fureur me porte à te demander grace;
Ma vertu rougiroit de ces indignes soins,
Et ne veut que mon cœur & les Dieux pour temoins.

Qui n'est pas que je cherche à voir finir ma vie ;
Et de quelque malheur qu'elle soit poursuivie,
J'attens, serein & constant à remplir mon destin,
Le moment que le Ciel a marqué pour sa fin :
Mais pour me dérober au peril qui me presse,
Je ne saurois descendre à la moindre foiblesse ;
Un homme tel que moi, loin de s'humilier,
Conte ce qu'il a fait pour se justifier.
Ose toi-même ici rapeller mon histoire,
Elle ne t'offrira que des jours pleins de gloire :
Chaque instant est marqué par un exploit fameux.
Mais que dis-je ? où m'emporte un mouvement honteux ?
Est-ce à moi de conter la gloire de ma vie ;
D'en retracer le cours quand Athenes l'oublie ?
J'en rougis : Je suis prêt à me desavouer :
Prononce, j'aime mieux mourir que me louer.

AGNONIDE.

Et ne comptez-vous point parmi vos faits augustes,
Pour un traître Ennemi vos foiblesses injustes ?
Pouvez-vous excuser vos soins pour Nicanor ?
Dans le Port de Pirée on le verroit encor ;
Que dis-je sous le joug Athenes oprimée
Serviroit de retraite à sa barbare Armée,
Si malgré vos avis le Peuple furieux
Ne l'eût surpris, défait, & chassé de ces lieux.

PHOCION.

Il est vrai ; prevenu de la plus forte estime,
Je n'ai pû soupçonner Nicanor d'un tel crime ;
Mais punit-on jamais avec séverité
L'excez de confiance & de fidelité ?
Cet Ennemi funeste a senti ma colere.
Quand je l'ai défendu, je le croyois sincere :
Trompé par ses sermens, & garant de sa foi,
Je voulois que le Peuple en jugeât comme moi ;
Et j'aimois mieux tomber sous ses perfides armes,
Que d'immoler sa vie à de vaines allarmes.

AGNONIDCE.

On vous eût aplaudi si son noir attentat
N'eût menacé que vous, & non pas tout l'Etat;
Mais puis que vos conseils & vôtre negligence
Laissoient nos Murs, nos biens, & nos jours sans défence,
Le Peuple justement irrité contre vous,
Aux plus sanglans efforts a porté son courroux.
Ses Tribus ont reglé ce qae je vous annonce;
Decret trop rigoureux qu'à regret je prononce;
On veut que de vos jours le cours soit terminé
Par le honteux suplice aux Traîtres destiné.
Allez l'attendre.

PHOCION.

O Ciel!

AGNONIDE.

Mais la haine publique
Refuse à vôtre Cendre un Tombeau dans l'Attique;
Cette Terre ne peut le garder dans son sein.

PHOCION.

Dieux! avez-vous permis cet horrible dessein?
Que dira l'Univers instruit de ma fortune?
Livré, quoi qu'innocent, à la haine commune,
Je meurs; & mon Pays sauvé par mes exploits,
Pour qui l'on vit mon sang repandu tant de fois,
Refuse après ma mort de recevoir ma Cendre!
Enfin, par une Loi qu'on ne pourra comprendre,
Il faut, loin des honneurs que je m'étois promis,
Que je cherche un Tombeau parmi mes Ennemis!

SCENE IV.

AGNONIDE *seul.*

JE ne le cele point; quand ma haine l'acable,
J'admire malgré moi ce cœur inébranlable,

Qui toûjours preparé contre les coups du Sort,
Me fait presque envier la gloire de sa mort :
Mais loin que sa vertu m'inspire la clemence,
Ce qu'elle a de plus noble & m'irrite & m'offence ;
Et c'est enfin pour lui le plus grand des forfaits,
D'avoir pû me contraindre à l'aveu que je fais.

SCENE V.

AGNONIDE, ALCINOUS

ALCINOUS.

AH, Seigneur ! qu'a-t-on fait, qu'ose-t-on entreprendre ?
Phocion dans les fers ! quel sort doit-il attendre ?
Quoi, Cassander en vain a respecté ses jours,
Puis qu'un Peuple barbare en veut trancher le cours ?
Et vous-même, Seigneur, precipitez sa chûte ?

AGNONIDE.

J'acable un malheureux que le Ciel persecute.

ALCINOUS.

Ah ! loin de l'acabler, protegez sa vertu.

AGNONIDE.

Aveugle Alcinoüs, que me demaades-tu ?
Aprens que c'est moi seul qui l'entraîne au suplice,
Que je joins contre lui l'audace à l'artifice ;
Mais que c'est pour toi seul, Fils ingrat, qu'il perit.

ALCINOUS.

Pour moi, grands Dieux ! quel trouble agite mon esprit ?

AGNONIDE.

Oui pour toi, Fils ingrat, je le repete encore :

Tu ne peux ignorer que ton Pere t'adore;
Ce tyrannique amour étouffant mon devoir,
Jusqu'au Trône a porté mes vœux & mon espoir:
Apliqué sans relâche à te soûmettre Athenes,
J'immole le seul Chef qui peut tromper mes peines;
Tu recueill'ras seul tout le fruit de sa mort;
Malheureux, est-ce toi qui dois plaindre son sort?

ALCINOUS.

Quoi, vous avez conduit cette injuste entreprise
Chaque mot, chaque instant ajoûte à ma surprise.
Helas! que n'avez-vous, grands Dieux, dans mon berceau,
De mes funestes jours consumé le flambeau,
Quand vous avez prevû qu'une plus longue vie
D'un semblable attentat devoit être suivie!

AGNONIDE.

Ciel! de quels sentimens ton cœur est prevenu?

ALCINOUS.

Je le voi bien, ce cœur ne vous est pas connu.
Helas! y pensez-vous? Quel funeste heritage
Pretendez-vous, Seigneur, me laisser en partage?
Tyran de ma Patrie? Est-il quelque grandeur,
Dont ce titre odieux n'efface la splendeur?
Du Trône & de ses soins mon cœur se sent capable,
Mais l'ardeur d'y monter ne me rend point coupable:
Sans violer des droits dans Athenes sacrez,
Je voudrois par mon sang m'en tracer les degrez,
Du Peuple en ma faveur reünir les suffrages,
Et meriter de lui les plus justes hommages;
Ou plûtôt, sans changer les Loix de nos Ayeux,
Je voudrois imiter leurs Exploits glorieux,
Posseder leurs vertus si dignes de nos Temples;
Et sans aller plus loin chercher d'autres exemples,

[illegible]

[illegible] l'égaler [illegible]

[illegible]

[illegible] N O U S.

[illegible] peut-être il vous offence ;
[illegible] donnez à mon Enfance :
[illegible] pour les Loix,
[illegible] préferé autrefois ;
[illegible] en suivant vôtre gloire,
[illegible] banni la mémoire.
[illegible] Seigneur, de vôtre Ambition
[illegible] les jours de Phocion.

AGNONIDE.

[illegible] pourfuivre mon Ouvrage :
[illegible] me presser davantage,
[illegible] part à ces coups inhumains,
[illegible] aujourd'hui le Sceptre dans tes
[illegible]
[illegible] je vais m'ouvrir la route ;
[illegible] qu'il me coute.

[illegible] N O U S.

[illegible] horrible dessein,
[illegible] un poignard dans le sein.
[illegible] moins severe,
[illegible] tendresses d'un Pere,
[illegible] les secrets,
[illegible] à quels regrets.
[illegible]

[illegible] N I D E.

[illegible] apprendre
[illegible]

[illegible] N O U S.

[illegible] vous surprendre !
[illegible] les yeux sur vous,
[illegible] vôtre courroux :
[illegible] vôtre haine.

AGNONIDE.

Parle, c'eſt trop tenir mon eſprit à la gêne.

ALCINOUS.

Vous voyez à vos pieds dans ce malheureux Fils,
Un Amant enchanté des beautez de Chriſis.

AGNONIDE.

O Ciel !

ALCINOUS.

Je ne veux point, Seigneur, pour ma défence,
Des Aſtres ſur les cœurs rapeller la puiſſance;
D'un Aſcendant ſecret l'effort imperieux
A tiré ſon peuvoir de l'éclat de ſes yeux :
Dès long-tems je l'adore, & je ſens que mon ame
Ne peut juſqu'au tombeau brûler d'une autre flâme ;
C'eſt de ce tendre Amour le genereux tranſport,
Qui m'a de Phocion fait partager le ſort,
Et qui chez Caſſander m'a preſſé de le ſuivre,
Reſolu, s'il mouroit, de ne lui point ſurvivre.
Les Dieux ont relevé ce Heros abattu ;
Son malheur m'a fait voir juſqu'où va ſa vertu.
Je brûlois du deſir d'entrer dans ſa Famille ;
J'ai peint en arrivant ma tendreſſe à ſa Fille;
J'ai crû voir dans ſes yeux quelque retour pour moi,
Quand vos ordres cruels les ont remplis d'effroi:
Pour ſon Pere enchaîné de nouvelles allarmes,
Avec plus d'abondance ont fait couler ſes larmes;
A l'excez de ſes maux prête de ſucomber,
J'ai vû preſque à mes pieds cette Beauté tomber.
Jugez en ce moment de ma triſteſſe extrême.
Cet affligeant Objet vous eût touché vous-même;
Si dans ce jour fatal Phocion doit perir,
D'un ſi ſenſible coup on la verra mourir !
Je ne vous dirai point qu'une douleur mortelle
Me fera dans l'inſtant expirer avec elle;
On pourroit imputer à de vains mouvemens,
Un diſcours ſi commun aux vulgaires Amans ;

N'en faites point d'épreuve à vôtre Fils funeste ;
Seigneur, si pour ce Fils quelque bonté vous reste,
Ce n'est point à regner que je mets mon bonheur,
Chrisis & ma vertu suffisent à mon cœur.

AGNONIDE.

Levez-vous.

ALCINOUS.

Se peut-il, Seigneur, que ma priere
Ait enfin obtenu la grace de mon Pere?

AGNONIDE.

Que j'expire plûtôt. Tes soins & ton Amour
M'animent encor plus à lui ravir le jour ;
Sa mort me va vanger de ta perfide flâme ;
Un Fils qui m'a trahi ne peut rien sur mon ame :
Cesse donc de tenter des efforts superflus.
Va.

ALCINOUS.

Mon Pere...

AGNONIDE.

Obéis, je ne t'écoute plus.

ALCINOUS.

Et moi j'oserai tout, puis qu'on me desespere.
Mais non, je garde encor du respect pour mon Pere;
Il cesse de m'aimer, & je vois que son cœur
Sans trouble & sans combat acheve mon malheur :
Mais ce jour finira mon sort & mon suplice ;
Et puis que Phocion meurt par vôtre injustice,
Dans mon sang innocent vous me verrez laver
La honte que je souffre à ne le point sauver.

AGNONIDE

Meurs. Tes jours ne sont plus precieux à ton Pere ;
Mais tu caches en vain ta fureur temeraire :
Au travers du respect que tu veux affecter.
Je vois ta perfidie & ta haine éclater.
Mais de tes vains projets je previendrai la suite,
Et je sai le moyen de regler ta conduite.
Hola ! Gardes, à moi. Repondez-m'en, Licas ;
Dans cet Apartement ne l'abandonnez pas.

SCENE VI.

ALCINOUS, LICAS, GARDES.

ALCINOUS.

CIel ! que vois-je ? Ah ! rends-moi la liberté ravie,
Pere injuste & cruel, ou m'arrache la vie.
L'espoir seul de la mort m'est offert aujourd'hui,
Si mes Gardes ne sont moins barbares que lui.

Fin du quatriéme Acte.

ACTE V.

SCENE PREMIERE.

ALCINOUS *seul.*

ARCAS ne revient point. Ciel ! quelle impatience
De mès maux chaque instant aigrit la violence ?
Il vient.

SCENE II.

ALCINOUS, ARCAS.

ALCINOUS.

LIcas tient-il tout ce qu'il a promis ?
A t-il à me servir préparé mes Amis ?
Pour sauver Phocion sont-ils prêts à me suivre ?
Dans le trouble où je suis je ne saurois plus vivre.

ARCAS.

Qui, Seigneur, ils sont prêts à seconder vos vœux ;
Ils brûlent comme vous d'un courroux genereux.
Licas a tout conduit ; sa prudence & son zele
Ont bientôt assemblé cette troupe fidele ;
Dès le premier signal ils sont prêts à partir :
Je vous laisse, & dans peu je viens vous avertir.

SCENE III.

ALCINOUS *seul.*

Helas ! quelle infortune à la mienne est égale ?
Ordre injuste & cruel, contrainte trop fatale !
Déplorable Chrisis, peut-être en ces momens
Ton cœur soupçonne-t-il la foi de mes sermens.
O Ciel ! de mon dessein seconde la justice,
Empêche par mes soins que Phocion perisse,
Differe de sa mort les aprêts inhumains,
Et fais que je l'arrache à de barbares mains.
Sa vertu t'interesse à prendre sa défence ;
A soutenir un bras armé pour l'innocence.
Que mon sort seroit doux, si je pouvois, grands Dieux !
Rendre un Pere à Chrisis ; & mourant à ses yeux,
Imprimer dans son cœur la memoire éternelle
D'un Amant immolé pour la gloire & pour elle !

SCENE IV.

ALCINOUS, ARCAS.

ARCAS.

Venez, Seigneur, venez, voici l'heureux moment
Où vous pourrez sortir de cet Apartement;
Ne perdons point de tems, le poison se prepare.

ALCINOUS.

Mourons, ou prevenons cet attentat barbare.

ARCAS.

Fuiez, Seigneur, fuiez, vôtre Pere paroît.

SCENE V.

AGNONIDE, CLITUS, ARCAS.

AGNONIDE *à Arcas.*

Faites venir mon Fils.

SCENE VI.

AGNONIDE, CLITUS.

AGNONIDE.

Clitus, c'en est donc fait?

CLITUS.

Oui, Seigneur; Phocion, sans changer de visage,
Vient de prendre à mes yeux le funeste Breuvage.
Mais avant que l'effet de ce mortel poison
Ait glacé ses esprits & troublé sa raison,
Il demande à vous voir.

AGNONIDE.

Ah! qu'a-t-il à me dire?

CLITUS.

Je l'ignore, lui seul pourra vous en instruire:
Puis-je voir, a-t-il dit, Agnonide un moment?
Qu'il n'aprehende rien de mon ressentiment.

AGNONIDE.

Qu'il vienne; acordons lui cette derniere grace.
Je l'attendrai.

SCENE VII.

AGNONIDE *seul.*

L'Effet repond à mon audace;
Achevons; assurons le Sceptre dans mes mains;
Fermons, fermons mon cœur à des scrupules vains.
Quel que soit le projet où mon cœur s'abandonne,
Je le crois innocent quand le Ciel le couronne:
Je ne crains point pour moi la honte des Tyrans;
Je me place au contraire au rang des Conquerans
Qui font dans les Etats ces changemens celebres
Qui de la nuit des tems perceront les tenebres.
Je couronne mon front pour couronner le tien,
Mon Fils; mais qu'avec toi mon dernier entretien

Qu'un chagrin devorant empoisonne ma joie !
L'amitié, l'interêt veut que je le revoie,
Ce Fils qui me trahit, on va me l'amener;
A seconder mes vœux puissai-je l'entrainer?
Vainement contre lui j'excite ma colere,
Je me sens pour l'ingrat les entrailles d'un Pere.
Peut-être que flatant son amoureuse ardeur,
Par le Don de Chrisis je gagnerai son cœur:
Après la mort du Pere il peut aimer la Fille;
Je consens que l'Hymen l'unisse à ma Famille;
Qu'il l'épouse, qu'il regne, & que le même jour
Satisfasse à la fois & la Gloire & l'Amour:
Aussi bien quels honneurs pourroient m'offrir des charmes,
Si je voyois mon Fils les payer de ses larmes?
Mais Clitus revient seul, que dois-je soupçonner?

SCENE VIII.

AGNONIDE, CLITUS.

CLITUS.

SEigneur, qu'en ce moment je vai vous étonner?

AGNONIDE.

Comment?

CLITUS.

D'Alcinoüs je vous aprens la fuite;
Tous ses Gardes gagnez marchent sous sa conduite;
Le perfide Licas cedant à la pitié,
Ou vaincu par les soins d'une tendre Amitié,
Seconde ses desseins & soûtient son audace;

Je viens de les trouver dans la prochaine Place,
Les armes à la main, la fureur dans les yeux;
Ils faisoient éclater des cris seditieux.
Par l'exemple du Chef cette Troupe animée,
Plaignoit de Phocion l'innocence oprimée;
Et juroit à l'envi de courir à la mort,
Ou de changer bien-tôt son déplorable sort.

AGNONIDE.

Dieux ! qu'est-ce que j'entens ? quelle étrange nouvelle !
O temeraire Fils! O Licas infidele!
Mais je vais te punir. Cher Clitus, sui mes pas
Allons leur oposer mes fideles Soldats;
Et repandons le sang, dans ma fureur extrême,
Des Mutins, de Licas, & de mon Fils lui-même.

SCENE IX.

PHOCION, CLEON.

PHOCION.

AGnonide me fuit, & n'ose m'acorder
Le dernier entretien que j'ai fait demander.
Que le sort d'un Tyran, justes Dieux ! est à plaindre!
Sans armes, & mourant, je le force à me craindre.
Que le poison est lent, qui doit finir mon sort!
Dieux ! que n'avancez-vous le moment de ma mort ?
Quoi ? tu ne me dis rien?

CLEON.

Eh ! que puis-je vous dire ?
Mes yeux versent des pleurs, Seigneur; mon cœur soupire;

Tous mes sens sont saisis du plus mortel effroi ;
Ah, Seigneur ! quels discours attendez-vous de moi ?
Helas !

PHOCION.

Ma destinée est celle de Socrate.
Immolé comme lui par ma Patrie ingrate ;
Que dis-je ? c'est le sort des Generaux fameux
Que les Atheniens ont vû naître chez eux.
Mais, Dieux ! je vois ma Fille.

SCENE X.

PHOCION, CHRISIS, CLEON, DIONE.

CHRISIS.

Ah ! que vôtre presence
De mes vives douleurs suspend la violence !
A l'aspect de mes pleurs les plus cruels Soldats
N'ont osé m'outrager, ni retenir mes pas.

PHOCION.

O Ciel !

CHRISIS.

Vôtre Ennemi n'ose achever son crime,
Il n'ose encor porter la main sur sa Victime ;
Vous ne repondez point, & je vois dans vos yeux...

PHOCION.

Preparez-vous, ma Fille, à nos derniers adieux.

CHRISIS.

Je vous perds donc, Seigneur? Au desespoir livrée,
D'avec vous pour jamais je serai separée ?

Non, de mes jours mes mains éteindront le
flambeau,
Et Chrisis vous suivra jusques dans le tombeau.

PHOCION.

Gardez-vous d'acomplir ce dessein temeraire;
Songez qu'après ma mort vous m'êtes necessaire.
L'implacable fureur de nos cruels Tyrans
Refuse le repos à mes Mânes errans;
Je n'ai point en ces lieux de Bûcher à pretendre;
Ma Fille, c'est à vous de recueillir ma Cendre.
Sans pompe, sans éclat, portez loin de ces lieux
Les restes condamnez d'un Pere glorieux:
Mon Urne entre vos mains, gemissante, éplorée,
Celebrez mes malheurs de Contrée en Contrée;
Et ne vous arrêtez que sur les Bords heureux,
Où la terre plus douce, & propice à vos vœux,
Vous pressant d'achever mes tristes Funerailles,
A ma Cendre proscrite ouvrira ses entrailles.

CHRISIS.

Quoi, vous me destinez à ce funeste emploi!
Helas!

PHOCION.

Je vous prescris encore une autre loi.
N'entreprenez jamais de me vanger d'Athenes;
Que mon Tombeau finisse & renferme vos haines.
Puisse le Ciel pour elle apaiser son courroux!
Il me reste, ma Fille, à disposer de vous;
Alcinoüs vous aime, & sa vertu m'est chere.
Tous ses vœux, tous ses soins ne tendent qu'à
vous plaire:
Si son cœur est pour vous fidele après ma mort,
Joignez par un saint Nœud tous vos jours à son
sort.
Je n'avois souhaité de voir ici son Pere,
Que pour en obtenir un aveu necessaire;
Peut-être à mes desirs se seroit-il rendu:
Mais le perfide, helas! ne m'a point attendu.
Ne vous souvenez plus que sa fureur m'oprime;

S'il

S'il est traître & cruel, le Fils est magnanime;
Et voulant en mourant vous choisir un Epoux,
Je ne trouve que lui qui soit digne de vous.

CHRISIS.

Lui, Seigneur? Ah! plûtôt que la foudre m'accable!
Je ne vous cele point qu'il me parut aimable,
Qu'avec plaisir tantôt mon cœur eût obéi;
Mais il m'est odieux puis qu'il vous a trahi.
De mille faux sermens sa tendresse est suivie;
Il devoit ou perir, ou vous sauver la vie;
Il me l'avoit promis, & cependant helas!
Le perfide se cache, & ne vous défend pas;
Il perd toute sa gloire, & montre sa foiblesse.

SCENE DERNIERE.

PHOCION, CHRISIS, ALCINOUS, DIONE, CLEON, LICAS.

ALCINOUS.

AUx dépens de ses jours il vous tient sa promesse,
Cet Amant malheureux acusé sans raison.
Venez, Seigneur, sortez d'une indigne prison;
Que vôtre Liberté soit mon dernier ouvrage.
Mais, Dieux! je voi la mort peinte sur son visage.
Ne seroit-il plus tems, Madame?

PHOCION.

Non, Seigneur.

ALCINOUS.

Ah ! c'en est trop. Ce coup acable enfin mon
cœur :
En vain par tout mon sang je vous ouvre un
azile,
Je meurs, & mon trepas vous devient inutile.

PHOCION.

Helas ! que vôtre sort est terrible pour moi !
Qu'avez-vous entrepris ? Pourquoi, Seigneur,
pourquoi
Immoler vôtre vie au salut de la mienne ?
Nos Tyrans n'auront plus de frein qui les re-
tienne ;
Vous seul pouviez encor resister à leurs coups,
Mais la foi, la vertu, tout expire avec vous.

CHRISIS.

Destin cruel, prens moi pour derniere victime ;
Un Pere que j'adore, un Amant que j'estime !...
Dieux, qui voyez mon cœur dans ce desordre
affreux,
Vous savez qui de nous est le plus malheureux.

PHOCION.

C'en est fait ; tout mon sang se glace dans mes
veines.
Grande Divinité, Protectrice d'Athenes,
Minerve, daigne encor soûtenir sa grandeur ;
Ecoute ; & penétrant jusqu'au fond de mon cœur
Sois temoin que, malgré sa poursuite cruelle,
Le dernier de mes vœux s'est adressé pour elle.

ALCINOUS.

Digne effort d'un Heros qu'Athenes a proscrit ;
Un soin bien different ocupe mon esprit.
O toi ! qui fus toûjours l'Arbitre de ma vie,
Je n'implore que toi, seconde mon envie,
Amour, offre à l'Objet, pour qui je vais mourir,
Ma derniere pensée & mon dernier soûpir.

PHOCION.

Adieu, ma Fille.

ALCINOUS.

Helas!

CHRISIS.

O, Fortune contraire!
J'ose, après de tels coups, défier ta colere.

FIN.

www.ingramcontent.com/pod-product-compliance
Lightning Source LLC
Chambersburg PA
CBHW070301030726
47505CB00004B/881
9782019555900